악마의 선물

악마의 선물

초판 1쇄 찍은 날 | 2017년 9월 25일
초판 1쇄 펴낸 날 | 2017년 9월 30일

지은이 | 문희
펴낸이 | 예경원

편집 | 유경화 · 주승아

펴낸곳 | 예원북스
등록번호 | 제396-2012-000132호
등록일자 | 2012. 7. 25
YRN | 제1-0198호

주소 | 경기도 고양시 일산동구 호수로 646-24 위너스21-Ⅱ 206A호 (우) 10401
전화 | 031-819-9431 팩스 | 031-817-9432
http://cafe.naver.com/yewonromance
E-mail | yewonbooks@naver.com

ISBN 979-11-6098-565-8 03810

※ 이 도서의 국립중앙도서관 출판시도서목록(CIP)은 서지정보유통지원시스템 홈페이지(http://seoji.nl.go.kr)와 국가자료공동목록시스템(http://www.nl.go.kr/kolisnet)에서 이용하실 수 있습니다.

19세 미만 구독 불가

악마의 선물

문희 장편소설

YEWONBOOKS ROMANCE STORY

예원

C·O·N·T·E·N·T·S

프롤로그 · 7

1 · 25 | 2 · 56 | 3 · 86 | 4 · 115

5 · 143 | 6 · 167 | 7 · 190 | 8 · 221

9 · 245 | 10 · 275 | 11 · 307 | 12 · 335

에필로그 · 369

프롤로그

평범한 월요일 오전이었다. 하늘은 천고마비의 계절답게 푸르고 드높았다. 짙은 하늘색 하늘에 뭉게구름도 예쁘게 피어올라 있었다. 모든 게 완벽했던 하루의 시작이었다.

드르륵.

가녀린 손이 베란다의 하얀 창문을 열고 가을의 공기를 한번 들이켰다. 물론 서울의 공기야 별로였지만, 그래도 오늘은 집 앞의 작은 산에서 푸른 내음이 나는 것 같았다.

깔끔한 베이지색 원피스에 흰색 앞치마를 두르고 길고 숱이 많은 머리를 하나로 묶은 여자는 기분 좋은 마음을 콧노래로 대신했다.

청소로 하루를 시작한 단이는 결혼 2년 차 새내기신부의 일과를 시작하고 있었다. 한때 간호사로서 일했었지만 지금은 전업주부였다. 원래 바지런한 성격답게 한시도 쉬지 않고 집안일을 했다.

그래서일까, 단이의 몸은 결혼 전보다도 훨씬 말라 있었다. 청순하면서도 여성스러운 이미지 덕에 다니던 병원의 모델을 할 정도로 단이는 아름다웠다. 화장을 하지 않아도 들꽃처럼 은은한 향기를 머금은 듯 보였다.

청소기를 돌리기 시작한 단이는 화이트소음에 자신의 콧노래가 묻히고 있었지만 기분은 아주 좋았다.

"킁킁, 이게 무슨 냄새지?"

아침을 먹기 위해 청소 전에 올려놓은 김치찌개가 타는 냄새였다. 단이는 청소기를 끄는 것도 잊고 주방으로 달려갔다.

Rrrrrrr—

"주방이 먼접니다."

전화벨이 요란하게 울리고 있었지만 그녀는 불이 날까 봐 주방으로 뛰어갔다.

딩동딩동.

이번엔 초인종이 울려댔다. 누가 온 모양이었다. 난리도 이런 난리가 없었다. 김단 인생에 가장 평화로운 월요일에서 가장 소란스러운 월요일로 바뀌는 순간이었다.

"잠깐만요!"

단은 큰소리로 말한 후에 주방의 냄비를 가스불에서 내려놓고 현관으로 달려갔다.

Rrrrrrr—

딩동딩동.

전화벨은 끊길 줄 모르고 계속 울리고 초인종 또한 마찬가지였다. 먼저 현관의 문을 열어준 그녀는 택배 아저씨에게 택배물을 받고는 청소기를 끄고 전화기로 뛰어갔다.

"헉헉, 여보세요?"

[뭔 전화를 이렇게 늦게 받아?]

시어머니의 화난 목소리가 전화기 밖까지 울렸다.

윙—

"죄송합니다, 어머니."

답을 했지만 그녀의 눈은 핸드폰으로 가 있었다. 신랑의 전화였다.

윙—

정신이 없어서 죽을 것만 같았다.

[택배 받았어?]

"네, 방금요."

[그거 파란색은 동민이 거고 붉은색은 네 거니까 하루에 세 번 꼬박꼬박 먹어. 그래야 애가 잘 들어선다고 하니까.]

"네."

[바꿔 먹는 멍청한 짓은 하지 말고.]

"네."

[남들 잘 갖는 애 하나 못 가져서 여러 사람을 고생시켜 고생시키길. 이 양반은 네가 뭐가 좋다고 그 난리를 쳐서 결혼을 시킨 건지. 쯧쯧쯧.]

"죄송합니다."

그녀의 목소리가 떨렸다. 시어머니의 막말에 이제 이골이 날 때도 됐는데 아직 상처받을 자리가 가슴에 남아 있기는 한 모양이었다.

윙—

핸드폰이 계속해서 울리고 있었다. 시어머니를 닮아서 신랑도 끈질긴 구석이 있었다. 시어머니의 전화를 끊자마자 신랑의 전화를 받았다.

[집에서 놀면서 왜 그렇게 전화를 안 받아?]

"미안해요. 어머님하고 통화하느라고요."

[그래?]

어머니라면 벌벌 떠는 신랑이었다. 그의 모든 게 어머니로부터 나오기 때문이었다. 한마디로 그의 돈줄이 어머니였기 때문에 안하무인인 신랑이 그나마 무서워하는 사람이 어머니였다.

[엄마가 뭐래?]

신랑은 아직도 시어머니를 엄마라고 칭했다.

"한약 지어 보내셨어요. 임신에 도움이 되는……."

[필요 없는데.]

"네?"

[하여튼 오늘 저녁에 나와.]

"네?"

너무 놀란 그녀는 신랑의 말에 반문을 했다. 결혼을 한 지 2년이 되었지만 신랑과 특별한 날이 아니고서는 밖에서 따로 만난 적이 없었기 때문이다.

작년까지만 해도 남편은 이러지 않았다. 결혼 전의 신랑은 그녀에게 굉장히 친절한 사람이었다. 결혼하고도 굉장히 다정했던 남편은 점점 무관심해지기 시작했고 요즘은 자꾸 짜증이 늘고 있었다. 다음에 날을 잡아서 이야기를 해봐야겠다고 생각했다.

그는 밖에서 일하는 사람이라 피곤할 수가 있었다. 아니면 집안일만을 하는 그녀에게 남편은 더 이상 매력을 느끼지 못하는 것일수도 있었다.

그렇다고 2년의 결혼생활을 포기하고 싶진 않았다. 시어머니 때문에 조금 힘이 들긴 했지만 남편은 무관심할 뿐 그녀를 힘들게 하지는 않았다. 그것만으로도 만족했다.

짧은 순간, 오늘이 무슨 기념일인데 혹시 잊어버린 것이 아닌지 빠르게 생각했다.

[바보야, 자꾸 묻게? 나오라면 나오면 그만이지. 병원 앞으로 와.]

단이는 다람쥐 쳇바퀴 도는 생활을 2년이나 하고 보니 자신의 생각을 말하기보다는 어지간한 일은 그냥 참고 넘겼다. 점점 더 자신이 무기력해지고 있음을 느꼈다. 자신의 일에 자부심을 가지고 혈기 왕성하던 김단은 이제 없었다.

"네."

신랑의 전화를 끊고 난 후 단이는 화장실로 가서 세수를 했다. 세수를 했는데도 얼굴을 세게 한 방 맞은 기분이었다. 최악이었다. 무기력한 생활을 오래하다 보니 점점 더 바보가 되는 느낌이었다.

쏴악!

세면대의 물은 시원하게 나왔지만 단이는 고구마를 수십 개 먹은 기분이었다. 다리에 힘이 풀렸다. 거울 속 물에 젖은 얼굴로 서 있는 여자가 자신이란 게 약간은 어색했다.

활발하다 못해 말괄량이 간호사의 모습은 온데간데없고 집안

살림과 시집살이에 치여 사는 여자가 서 있었다. 이제 26살인데 거울 속의 여자는 서른은 훨씬 넘어 보였다.

"버겁다."

처음부터 이런 결혼은 하는 게 아니었는데, 신랑과 시아버지의 성화에 못 이겨 결혼을 서둘러 했다. 돌아가신 시아버지를 생각하자 눈물이 났다. 시아버지가 살아 계셨다면 오늘날 자신의 삶이 이렇지는 않을 것 같았다.

시아버지는 단이가 근무했던 병원의 병원장이셨다. 성형외과인 병원답게 언제나 사람이 많았고 병원이 잘돼서인지 몰라도 병원장인 시아버지는 항상 간호사들에게 친절하셨고 어려운 형편의 간호사들에게는 남몰래 도움의 손길도 주신 인간적인 분이셨다.

그런 분의 눈에 띄어 지금의 신랑과 결혼을 했다. 아무것도 모르는 24살의 나이에 결혼을 했고, 결혼 후에야 시아버지가 그렇게 결혼을 서두른 이유를 알았다. 말기 암 진단을 받으셨던 시아버지는 외아들의 결혼을 보고 싶으셨던 것이었다.

아들이 너무 마마보이라서 착하지만 고집이 있는 그녀 같은 사람이 아들을 잘 이끌어줄 것이라고 믿는다고 말씀을 하셨다. 하지만 그건 어디까지나 시아버지의 바람일 뿐 그 누구도 시어머니를 당할 수가 없었다. 그건 그녀도 마찬가지였다.

"후."

얼굴의 물기가 다 말라가도록 그대로 한참을 서 있던 단이는 한숨을 내쉬었다. 시아버지가 아무리 원했어도 그녀가 선택하지 않았으면 그만인 문제였다. 어차피 선택은 자신이 한 것이었다. 당시에 단이는 남자 경험이 전무한 상태라서 남편의 친절한 모습이 사랑이라고 생각했었다.

단이는 다시 한 번 세수를 한 후에 거울에 비친 자신의 모습을 보았다. 한때 강남의 성형외과에서도 얼굴로는 최고라는 평가를 받았었다. 그래서 다니던 병원의 간판모델을 할 정도로 뛰어난 미모의 소유자였다. 하지만 확실한 건 지금 그녀의 얼굴은 생기를 잃었다.

투명하고 하얀 피부도 그대로였고 짙은 눈썹도 그대로였다. 깊고 짙은 검은 눈동자도 그대로였고 오뚝한 콧날도 그대로였다. 유명 연예인이 떠오르는 코끝의 매력 점과 과즙을 머금은 듯한 두툼하고 붉은 입술도 그대로였다. 모든 게 그대로인데 거울 속의 그녀는 확실히 달랐다.

탄 냄비를 닦고 남은 청소를 하느라 아침을 거른 그녀는 늦은 점심을 먹고 난 후에 오랜만에 거품목욕을 하며 피로를 풀었다.

40평대의 넓은 신혼집은 청소를 해도 해도 끝이 없었다. 거기에 이상하게 흰색 와이셔츠의 칼주름을 고집하는 신랑 때문에 그녀는 지난 2년 동안 매일같이 와이셔츠의 주름을 잡았고 오전의 일이 끝이 나면 오후에 시어머니의 집으로 가서 오전의 일을 반복하는 삶을 살았다.

하지만 매주 월요일은 어머니의 집에 가지 않아도 되는 날이었다. 어머님이 바쁜 날이었기 때문이다. 그녀는 오늘은 기분 전환을 해보기로 마음먹었다. 맛있는 음식도 사달라고 하고 커피숍에서 커피도 마실 생각이었다.

“예쁘게 입어야지.”

모처럼 드레스 룸에서 가을에 맞는 베이지색 블라우스와 베이지색 에이라인 스커트를 입고 트렌치코트도 걸쳤다. 머리도 오랜만에 길게 풀어내려 여성스러움을 강조했다. 거울을 보니 자신의 모습이 상당히 마음에 들었다.

그녀는 신랑이 문자로 보내준 일식집으로 향했다. 그녀가 초밥을 좋아한다는 걸 2년 만에 기억해 낸 모양이었다. 강남의 일식집은 대단히 유명한 집이었다. 결혼 전에 신랑이 그녀에게 빠져 있던 때도 와보지 못한 곳이었다.

그녀가 들어가자 기모노 스타일의 유니폼을 입은 여직원이 그녀를 예약된 방으로 안내해 주었다. 깨끗하고 아담한 다다미방이었다.

10분쯤 시간이 지나고 드디어 신랑이 왔다. 오늘 하루 종일 힘이 들었는데 이제는 마음을 풀어줄 그녀의 신랑이 반가웠다. 물론 지난 2년간의 모습을 보면 큰 기대는 하지 않지만 이렇게 저녁식사 자리를 마련해 준 것만으로도 감사할 따름이었다.

신랑이 원래부터 무심한 사람은 아니었다. 병원장이 되고 눈코 뜰 새 없이 바빴기 때문에 그녀를 챙기지 못한 것이라고 생각했다.

드르륵.

문이 열리고 신랑이 들어왔다. 어김없이 흰색 와이셔츠를 입은 귀공자 스타일의 신랑의 얼굴이 보였다. 마마보이에 공부 말고는 할 줄 아는 게 없는 신랑이란 걸 빼면 외모만으로는 참 준수하게 생긴 사람이란 건 인정하지 않을 수 없었다.

"여보."

단이는 반갑게 자리에서 몸을 반쯤 일으켰다. 그때 신랑 혼자만이 아니란 걸 알았다.

"은희야."

2년 전에 병원에서 그녀와 함께 근무한 친구였다.

"어, 안녕."

오늘 은희의 얼굴은 잔뜩 굳어 있었고 그건 신랑도 마찬가지였다. 둘이 나란히 그녀의 앞에 앉았다. 그들이 들어오자 여직원이 주문을 받기 위해 들어왔다.

"은희, 초밥 먹을 거지?"

"네."

이건 무슨 시추에이션인지, 신랑이랑 은희가 그녀의 앞에 자연스럽게 나란히 앉더니 그녀에게 먼저 뭘 먹을 건지 묻지 않고 은희를 먼저 챙겼다.

"초밥 A코스로 3인 주세요."

신랑은 초밥을 먹지 않았다. 회 종류는 징그럽다며 입에 대지도 않았다. 신랑의 입맛은 초딩 입맛이었다. 햄버거나 피자를 좋아했고 반찬에도 꼭 햄이 들어가야 먹었다. 그런 신랑이 초밥을 시켰다.

"당신도 초밥 먹게요?"

신랑에게 묻는 단이의 목소리가 떨렸다.

"응, 나 초밥 좋아해. 은희랑 먹다 보니 맛이 있더라고."

단이는 솟아오르는 분노를 참으며 다시 한 번 물었다.

"은희랑 초밥 먹으러 다녔어요?"

"응."

신랑은 굳은 얼굴로 말을 했다. 마치 단이에게 뭔가를 알리고 있는 목소리였다. 멍청하게 아직도 못 알아듣느냐는 표정이었다. 단이는 사실을 인정하고 싶지 않았다. 지금 그녀 앞에서 당당하게 자신들이 바람을 피운 사이라고 말하는 이것들을 죽여 버리고 싶은 마음을 단이는 가까스로 참았다.

"욱!"

"괜찮아?"

단이의 눈에서 불이 났다. 지금 은희가 하는 제스처는 그녀가 2년 동안 그렇게 바라고 바랐던 입덧이었다. 은희가 임신을 했다. 수저를 쥐고 있는 단이의 손이 부들부들 떨려왔다.

"그러게 커피숍에서 만나자니까 음식점으로 와가지고."

신랑은 지금 그녀 앞에서 은희를 두둔하고 있었다. 미치지 않고서는 저럴 수가 없었다.

"괜찮아요. 그리고 오늘은 단이에게 미안한 말도 해야 하고."

역겹게도 은희가 착한 척을 하고 있었다.

"뭐가 미안해? 임신한 게 죄야? 못한 게 죄지."

가슴이 무너져 내린다는 게 어떤 것인지 단이는 지금 처음으로, 아니, 부모님이 돌아가셨던 그날 이후 두 번째로 맛보고 있었다. 절대로 용서할 수 없었다.

"그만해요, 동민 씨."

그녀의 앞에서 벌이는 두 명의 행태에 단이는 분노가 치밀어 올랐다. 그때 음식이 하나씩 들어오기 시작했다.

"이거 광어 초밥이다. 우리 은희가 제일 좋아하는 거네."

신랑이 그녀에게는 한 번도 해주지 않았던 것을 지금 그녀 앞에서 은희에게 해주고 있었다. 단이는 손에 핏기가 사라질 정도로 힘껏 물 컵을 힘주어 잡았다. 눈이 돌아가는 이 상황을 어떻게 넘어가야 할지 알 수가 없었다.

그냥 바빠서 그녀에게 무관심한 것이라 생각했지 다른 여자가 있을 거라곤 한 번도 생각한 적이 없는 단이었다.

"임신한 거야?"

그녀는 은희의 얼굴을 똑바로 쳐다보며 물었다.

"응."

목소리는 작았지만 은희의 목소리 안에는 자신감이 가득 차 있었다. 이제 너의 신랑은 내 꺼야 그리고 아름다운 성형외과 병원장 사모님도 나야라는 표정이 선명하게 드러나 있었다.

은희는 뛰어난 미모의 소유자는 아니었지만 굉장한 글래머에 남자를 홀리기로 유명한 친구였다. 술자리에서 은희가 그녀에게 자랑한 남자만 해도 한둘이 아니었다.

한번은 환자의 남편을 유혹해서 만난 적도 있었다. 그건 우연히 퇴근 후에 남자의 차를 타고 가는 은희의 모습을 본 적이 있어서 잘 알고 있었다.

퇴사 이후에도 전화 연락을 하고 지낼 정도로 은희와 그녀의 사이는 나쁘지 않았었다. 그런데 은희가 뒤에서 이런 짓을 벌이고 있는 줄은 꿈에도 생각지 못했다. 친구와 남편에게 동시에 배신을 당하고 나니 단이는 지금 정신이 없었다. 용서가 안 되는 것들이었다.

"희야, 이거 먹어봐."

그녀에게 보여주기 위해 만든 자리라지만 진짜 이건 아니었다.

"뭐 하는 짓이에요? 희야? 임신?"

참았던 분노가 폭발했다. 이건 진짜 아니었다. 단이는 은희의 머리채를 잡고 싶었지만 다시 한 번 이 믿기지 않는 상황을 물었다. 아니길 바라면서 말이다.

"우리 희야가 내 아이를 가졌어."

"하!"

기가 찼다. 뭐가 그리도 당당한지 신랑은 나에게 아무런 미안함 없이 자랑스러워하고 있었다. 원래 이런 사람이었던가? 부끄러운 줄도 모르고 있었다.

"당신 아이는 확실해요?"

단이의 목소리에 물기가 가득했다.

"당연하지."

이번엔 은희가 눈을 희번덕거리며 그녀에게 말했고 신랑이 고개를 계속해서 끄덕였다.

"희야, 너무 흥분하지 마. 우리 복덩이에게 안 좋을라."

"야! 당연히 임신이지. 그럼 내가 거짓말이라도 한다는 거야?"

은희는 대단히 흥분을 하고 있었다. 그리고 신랑은 그런 은희를 달래느라 정신이 없었다. 단이 앞에는 이제 신랑은 없었다. 너무나 당당히 그녀를 괴롭히는 두 명의 악마만이 존재할 뿐이었다.

단이는 손이 파랗게 질릴 정도로 강하게 물 컵을 움켜쥐고 있었지만 끓어오르는 분노로 인해 그 사실을 인지하지 못하고 있었다. 온몸이 사시나무 떨리듯이 떨렸다. 추워서가 아니었다. 극도의 분노로 인한 신체적인 반응이었다.

"지금 둘 다 뭐 하는 짓이야?"

화가 난 단이가 소리를 쳤다. 그녀의 말에 둘은 놀란 표정이었다.

"살살 말해."

신랑이 은희의 귀를 양손으로 가리며 말했다. 미친놈이었다.

"난 오늘 단이 네가 오는 줄 몰랐어. 우리 원장님이 중요한 할 말이 있다고 하셔서 나왔을 뿐이야."

단이가 알고 있던 끼 많고 놀기 좋아하는 은희의 모습이 아닌 세상 가녀린 여자의 모습을 하고는 은희가 말했다. 그 모습에 역겨움으로 토할 것만 같았다.

"이왕 이렇게 됐으니 말인데 이쯤 되면……."

촤악!

단이는 막장 드라마의 한 장면처럼 은희의 얼굴에 물을 끼얹었다.

"야, 뭐 하는 짓이야?"

좌악!

이번에는 남편에게 물병의 물을 끼얹었다. 그리고 단이는 자리에서 일어나 매서운 눈으로 그들을 보았다.

"미친 것들. 부끄러운 줄 알아."

"뭐, 뭐?"

"그렇게 좋으면 살아. 사라져 줄게. 그런데 은희야, 이 집에서 날 해방시켜 준 거 고맙다. 너도 뼈저리게 느끼게 될 거야. 그리고 평생을 불안해하며 살겠지. 아름다운 병원엔 너보다 젊고 영악한 간호사들이 넘치니까."

정곡을 찌르는 그녀의 말에 은희의 표정이 굳어졌다.

"아참, 마마보이 씨. 위자료는 넉넉하게 준비해 두는 게 좋을 거야."

2년 동안 억누르고 살았던 단이는 한꺼번에 자신의 속에 담아두었던 걸 다 쏟아냈다. 이렇게 당할 이유가 이젠 단이에겐 없었다.

"미, 미쳤어?"

신랑은 당황하면 말을 더듬었다.

"아니, 그 어느 때보다 정신 멀쩡해."

"내, 내가 위자료 줄 것 같아?"

"네가 안 줘도 법은 내 편이야. 불륜에 아이까지 데리고 와? 그건 네 엄마도 어쩔 수가 없는 일이야. 고마워, 집을 나가는 것도 홀가분한데 돈까지 줘서."

진작 이렇게 했어야 했다. 참고 사는 게 능사가 아니란 걸 깜빡하고 지난 2년의 시간을 보냈다. 시아버지께서는 예쁘고 당찬 며느리가 마마보이 아들을 잘 인도하길 바라셨던 모양인데 삶이 그렇게 마음대로 되는 게 아닌 것 같았다. 일식집을 나오는데 마음이 무거웠다. 이제 지긋지긋한 서울은 싫었다.

신랑의 흔적이 남아 있는 이곳을 한시바삐 떠나고 싶었다. 단이는 집으로 가서 자신의 짐을 챙기기 시작했다. 2년을 어떻게 살았는지 챙길 물건들이 그렇게 많지는 않았다. 혼수는 시아버지가 몰래 주신 돈으로 했기 때문에 가져가고 싶지 않았다. 그건 그녀의 것이 아니었다.

"승용차 한 대가 다야?"

승용차 한 대 분량의 짐이 전부였다. 그녀는 전주로 향했다. 이 세상에 하나뿐인 가족 외삼촌이 계시는 곳이었다.

"삼촌 갑니다."

단이는 뒤도 돌아보지 않고 전주로 향했다. 마음이 이렇게 홀가분할 수가 없었다.

어린 시절 부모님이 교통사고로 돌아가시고 외삼촌의 손에서 자란 단이는 불행하지 않은 삶을 살았지만, 부모님의 부재는 언제나 그녀의 마음 한구석에 남아 있었다.

단이는 그냥 평범한 가정을 가지고 싶었었다. 따뜻한 신랑과 사랑스런 아이들이 있는 그냥 평범한 가정 말이다. 시아버지의 따뜻한 인성이 아들에게도 있을 줄 알고 2년을 버텼지만 아버지와 아들은 달랐고 그녀는 더 이상 버틸 이유가 없었다.

"친구와 바람이 났어."

소설에서나 나오는 더러운 일이 그녀에게 현실로 일어났다. 용서가 안 됐다. 시집살이와 무관심은 얼마든지 견딜 수가 있었지만 부처도 돌아앉는다는 계집질은 단이도 참을 수가 없었다.

"난 행복한 가정을 가질 복이 없나 봐……."

운전대를 잡은 단이의 손이 가늘게 떨리고 있었다.

1

한 달 후.

서울에서 전주로 내려온 지 한 달이 되는 날이자 빈둥거림을 청산하고 간병인으로 첫 출근하는 날이었다. 아직 이혼 소송 중이었고 해결된 건 없었지만 마음은 그때보다 많이 편안해진 상황이었다.

늦가을의 느낌이 물씬 풍기는 시골길을 자전거로 달리며 단이는 참으로 오랜만에 자유를 만끽하고 있었다. 붉은색으로 물든 단풍나무길은 서울에서는 보기 힘든 장관을 연출하고 있었다. 자전거의 페달을 신나게 밟으며 단이의 얼굴에도 모처럼 미소가 번지고 있었다.

빵!

“깜짝이야.”

하마터면 넘어질 뻔한 단이 옆으로 검은색 벤츠가 지나갔다. 그 안에 누가 탔는지도 모르게 검은색 선팅을 한 차는 도도함을 뽐내며 그녀의 안전이야 어떻든지 간에 목적지를 향해 빠르게 향하고 있었다.

“후, 김단 인생에 완벽하게 화창한 하루가 있을 리가 없지.”

한숨을 푹 쉬며 단이는 자전거의 페달을 다시 밟기 시작했다. 청바지에 운동화를 신고 노란색 등산 점퍼에 카키색 배낭을 멘 단이는 누가 봐도 관광객의 모습이었다. 물론 가방 안에는 간호사복을 넣어 가기는 했지만 말이다.

집에서 20분 정도 떨어진 곳에 외삼촌이 집사로 근무하는 집이 있었다. 오늘 단이는 그 집으로 일을 하러 가는 길이었다. 엄마보다 다섯 살 위인 외삼촌은 십여 년 전 단이의 부모님이 갑작스레 돌아가신 이후로 쭉 단이를 맡아 키우셨다. 그동안은 서울에서 지내시다가 이곳으로 이사 온 지는 5년 정도 되셨는데 이곳에 오실 때부터 단이는 서울에서 혼자 지냈었다.

그래서 열혈 외삼촌은 단이가 먹을 김치 등을 챙겨서 2주에 한 번은 꼭 서울에 들르셨다. 물론 결혼 전의 일이긴 했지만 말이다.

단이는 그런 삼촌에게 미안한 마음이 들기도 해서 일찍 안정된 가정을 가지고 싶었다. 물론 물거품이 되긴 했지만 말이다.

그래도 그녀가 이곳에 온 날 외삼촌은 정말로 따뜻하게 그녀를 맞아주었다. 그리고 한 달이 지나도록 외삼촌은 한 번도 그녀의 이혼에 대해서 잘못했다고 말한 적이 없었다.

첫날 잘 생각했다고 말한 게 전부였다. 그리고 한 달간 변호사를 선임한 걸 빼고는 삼촌은 아무런 말이 없으셨다. 덕분에 한 달 동안 단이는 처음으로 편안한 휴식을 취할 수가 있었다.

그러다가 엊그제 삼촌은 갑자기 석 달 동안만 간병인을 할 수 있냐는 말을 하셨다. 그녀는 이유도 묻지 않고 알았다고 했다. 모처럼 하시는 외삼촌의 부탁을 들어주고 싶었기 때문이었다.

그녀가 모실 분은 외삼촌이 30년 넘게 모신 회장님이라고 했다. 서울에서부터 5년 전에 이곳에 내려오기까지 오랜 세월 동안 한 분만을 모신 외삼촌이었다.

외삼촌이 아주 부자인 회장님의 집사로 일하는 건 알았지만 자세한 내용은 알지 못했다. 삼촌은 전주로 내려오기 전에도 회장님의 집에서 살지 않고 집에서 출퇴근을 했기 때문이었다.

출근을 해서 자신의 사무실로 오라는 말을 한 삼촌은 6시쯤에 먼저 출근을 하셨다. 이렇게 일찍 출근을 해야 하는지 걱정이었지만 다행히 출근 시간은 8시까지였다.

이런저런 생각을 하다 보니 삼촌이 말한 집에 도착을 했다. 그리고 단이는 한참을 문 앞에 서 있었다. 마치 군부대를 연상시키는 철문에 놀랐고 그 앞에 무장을 한 남자들이 진짜 군인처럼 서 있었기 때문이었다.

"부대로 잘못 들어왔나?"

단이는 주변을 두리번거리기 시작했다. 하지만 삼촌이 알려준 길대로 왔고 주변은 산으로 둘러싸여 있을 뿐이었다. 단이는 용기를 내서 검은 제복을 입은 남자 앞으로 다가갔다.

"저기요, 이쪽에 구 회장님 댁이 어딘가요?"

"여긴데 어떤 일로 오셨습니까?"

딱딱한 말과는 다르게 남자는 아주 넋을 잃은 표정으로 그녀를 바라보고 있었다.

"구 회장님 간병인으로 왔는데요. 한 집사님 사무실로 가려고요."

"잠깐만 기다리십시오."

남자는 이렇게 말을 하고는 경비원실로 보이는 곳으로 가서 전화를 걸더니 커다란 철문을 열어주었다.

"들어가십시오."

"감사합니다."

단이는 인사를 한 후에 넓은 길을 따라 안으로 들어갔다. 안으로 들어서자 밖의 큰 도로와 마찬가지로 단풍나무가 우거진 길이 계속 이어지고 있었다. 하지만 이상하게 분위기는 철문 밖과 완전히 달랐다.

마치 시대를 거슬러 조선시대로 온 기분이 들었다. 커다란 물레방아가 폭포수 아래를 돌고 그 옆에는 민속촌에서나 볼 법한 초가집이 있었다. 조경의 하나로 만들어진 것 같았다. 잔디밭이 펼쳐진 넓은 정원이 아니라 나무들이 우거진 산길로 들어가는 기분이었다.

길의 끝에는 커다란 기와집이 그 위용을 드러냈다. 아흔아홉 칸짜리 기와집이었다. 집 앞에는 커다란 주차장이 있었고 얼마나 많은 사람들이 사는지 몰라도 언뜻 보기에도 수십 대의 차량이 주차되어 있었다.

대부분의 차들은 고급 수입차였고 이상하게 다 검은색이었다. 입장권을 끊고 들어가야 할 분위기였다.

"뭐지? 이 분위기는?"

단이는 자전거를 주차장 한 켠에 있는 자전거 보관대에 묶어두고는 대문 쪽으로 향했다. 대문에는 다행히 사람들이 없어서 단이는 집 안으로 그나마 편하게 들어갈 수 있었다. 집 안에는 감색 개량한복을 입은 사람들이 분주히 움직이고 있었다.

"저기 죄송한데 한 집사님 사무실은 어딘가요?"

"저쪽에 있는 쪽문을 지나서 우회전 하시면 다시 쪽문이 나오는데, 거기가 일원당이고 그 뒤로 가시다 보면 커다란 정원이 나오는데, 정원을 지나면 바로 초록색 기와가 보일 겁니다. 그곳이 집사님이 계시는 사무관입니다."

이렇게 커다란 한옥집은 민속촌 이외에는 처음 와보는 단이었다. 단이는 친절한 직원에게 인사를 한 후에 서둘러 사무관인지 뭔지 하는 초록색 건물을 찾아 나섰다. 이러다가는 8시를 넘길 것 같았다.

"헉헉."

빠른 걸음으로 걷다 보니 숨이 찼다. 운동 부족이 분명했다. 하긴 165cm의 키에 45kg밖에 나가지 않는 연약한 몸의 소유자인 단이는 여자들의 부러움의 대상이었지만 그녀 스스로는 너무 말라 볼품이 없다고 생각했다.

"체력 부족이야. 후~"

그렇게 한숨을 쉬며 두 번째 쪽문을 지나는데 그녀는 너무 놀라 그 자리에 멈춰 서버렸다. 작은 쪽문은 직원들이 다니는 길인지 일원당이라고 하는 곳보다 약간 높은 길이었다. 그래서 일원당의 앞마당이 훤히 보였다.

일원당의 크기에도 놀랐지만 거기에 검은 양복을 입고 모인 수십 명의 남자들로 인해 단이는 더 놀랐다. 남자들은 군대에서 사열을 받듯이 줄을 서서 한곳을 바라보고 있었다. 그들이 바라보고 있는 곳에 서 있는 남자는 한눈에도 남자들의 우두머리임이 느껴지고 있었다.

단이는 발걸음을 떼지 못하고 나무 뒤에 몸을 숨기고는 남자를 멀리서 살짝 훔쳐보았다. 남의 일에 관심이 있는 스타일도 아니고 걸음을 멈추고 남자를 바라보는 스타일도 아닌데 단이는 그렇게 발걸음을 멈추고 한동안 남자를 보았다.

가까운 거리가 아님에도 남자의 모습은 단이의 눈을 사로잡기에 충분했다. 유명 성형외과에 근무한 관계로 남자 연예인들과 모델들도 많이 봤지만 그녀가 보고 있는 남자의 분위기는 따라가지 못하고 있었다.

얼굴은 가까이서 보는 게 아니라 확실하지는 않았지만 남자의 전체적인 모습은 카리스마가 넘쳤다. 커다란 키에 검은색 양복이 마치 옷이 아닌 몸의 일부처럼 그의 핏을 살리고 있었다.

아프리카 초원을 누비는 검은색 퓨마 같은 모습의 남자는 움직일 때마다 섹시한 카리스마를 뿜어내고 있었다. 신기한 일이었다. 이렇게 낯선 남자에게 시선을 빼앗기다니 말이다.

남자는 말을 하지 않고 마당에 서 있는 사람들을 응시하고 있었다. 마당의 남자들도 모두 그의 시선에 제압을 당한 느낌이었다. 그때 누군가 마당 안으로 끌려 들어왔다.

"흡!"

너무 놀란 단이는 소리를 지르지 않기 위해서 자신의 입을 손으로 막아야 했다. 지금 건장한 남자들에게 끌려 들어온 남자는 온몸이 피투성이였다. 마당에 내동댕이쳐진 사람을 끌고 들어온 사람이 일으켜 앉혔다.

“무슨 짓을 저지른 줄 아나?”

낮은 저음의 목소리가 일원당을 울리고 있었다. 피 흘리는 사람을 보면서도 그의 목소리는 냉정하기 그지없었다.

“조직을 배신한 대가가 얼마나 엄청난지 알게 될 거다.”

갑자기 피투성이의 남자 앞으로 작두같이 생긴 커다란 물건이 들어왔다. 영화에서나 볼 수 있을 법한 장면이 지금 단이의 눈앞에 펼쳐지고 있었다.

“사장님, 한 번만 용서해 주십시오!”

“한 번 배신한 놈은 두 번 배신하는 법이지.”

남자의 손이 작두 사이로 얹어졌다. 강하게 몸을 비트는 남자는 울며 고래고래 소리를 질렀다.

“아아악, 살려주십시오!”

너무 무섭고 충격적인 장면이라 눈이라도 감고 싶었지만 놀란 마음에 눈도 마음대로 감아지지 않았다. 도망을 가다가 들키면 어쩌나 하는 마음에 다리 역시도 마음대로 움직일 수가 없었다. 진퇴양난이 아닐 수 없었다.

"살려주세요. 제발……."

남자의 처절한 소리가 계속될수록 단이는 다리의 힘이 풀렸다. 주저앉지 않으려고 앞의 나무를 잡는 순간 누군가 단이의 입을 막았다.

"으읍!"

"쉿! 삼촌이야. 조용히 해."

세상에 태어나 이렇게 놀라본 적이 없는 단이는 그 손의 주인공이 외삼촌임을 알고는 그 자리에 주저앉았다. 주저앉은 단이를 삼촌이 부축을 해서 그 자리를 빠져나왔다. 그녀가 나오는 동안에도 뒤에서는 울부짖는 소리가 계속해서 들리고 있었다.

"그걸 그렇게 보고 있으면 어떻게 해."

외삼촌이 처음으로 단이를 혼냈다.

"죄송해요. 하지만……."

"지금 본 건 잊어."

"외삼촌."

"앞으로 보게 될 일 또한 기억에 담아두지 마라. 그래야 네가 편해."

그렇게 말을 하며 외삼촌은 단이를 자신의 사무실로 데려갔다. 하지만 단이는 방금 본 그 끔찍한 장면들이 잊혀지지 않을 것 같았다.

"제발, 살려주세요!"

작두로 기철의 손을 끌고 들어가는 태만에게 기철은 살려달라고 애원을 했다. 태만은 기철에 비하면 아주 어린 사람이었다. 그런 태만에게 기철은 존댓말을 써가며 비굴하게 애원을 하고 있었다. 어떻게 해서든지 병신은 되지 말아야 했기 때문이었다.

싸움꾼이 손을 잘리다니, 그건 모든 걸 다 잃는 것이었다. 사실 태만이 아닌 구 사장에게 애원을 해야 했지만 위에서 그를 내려다보는 구 사장을 감히 제대로 쳐다보지도 못했다. 그는 구 사장이 두려웠다.

잔인하기로 따지면 국내의 조폭 중에서 일등인 사람이었다. 구 사장이 지나는 길에는 언제나 피 냄새가 가득했다. 국내의 알아주는 조폭 두목들도 벌벌 떠는 구 사장에게 걸렸으니 기철의 목숨은 이제 추풍낙엽 신세였다.

"태만, 제발……."

그의 손이 작두 위에 얹어졌다. 넓은 나무판은 얼마나 많이 사용되었는지 받침대가 피로 물들어 있었다. 그리고 그 위로 서슬이 퍼런 칼은 기철 같은 배신자의 손목을 자르기 위해 칼끝에서 빛이 났다.

"구 사장님, 용서해 주십시오."

마지막 용기를 모아 기철은 구 사장을 올려다보았다. 남들은 죽도록 패고 다녔지만 기철은 제 몸이 아픈 건 잘 참지 못하는 사람이었다. 그런데 잠시 후에 그는 팔목이 날아갈 판이었다. 어떻게 해서든지 구 사장에게 용서를 받아야 했다.

"뭐든 시키는 대로 하겠습니다. 한 번만 기회를 주십시오."

"무슨 짓을 저지른 줄 아나?"

낮은 저음의 목소리가 처음으로 나왔다. 기철은 눈을 들어 구 사장을 바라보았다. 구 사장의 눈에는 살기가 있었다. 그래서인지 구 사장과는 편안한 만남일 때도 오래 쳐다볼 수가 없었다. 하지만 오늘은 달랐다.

기철이 봉수파에 정보를 흘렸기 때문이었다. 잠시 돈에 눈이 멀었던 게 분명했다. 러시아에서 오는 무기의 밀입국 시기를 봉수파에 알려주고는 일부를 빼돌릴 생각을 한 것이었다. 봉수파가 그에게 정보만 넘기면 엄청난 돈과 봉수파에서 한자리를 준다고 약속을 했기 때문에 그의 마음이 흔들렸다.

나이 서른이 넘도록 일원파에 있었지만 그는 넘버3의 자리에도 못 올랐다. 그는 그저 허접한 일만 하는 조직원일 뿐이었다.

"조직을 배신한 대가가 얼마나 엄청난지 알게 될 거다."

"사장님, 한 번만 용서해 주십시오."

"한 번 배신한 놈은 두 번 배신하는 법이지."

기철의 손이 작두 사이로 얹어졌다. 강하게 몸을 비틀며 기철은 울먹이며 고래고래 소리를 질렀다.

"아아악, 살려주십시오."

얄미운 태만이 놈이 그를 보며 씨익 미소를 지었다. 구 사장의 발바닥이나 핥는 놈에게 이런 치욕을 당하다니 기철은 마음속으로 칼을 갈았다.

"빨리 처리해!"

구 사장 옆을 지키고 있던 행동대장 덕근이 태만에게 명령을 했다.

"아아악!"

분명 기철의 팔 위로 차가운 금속이 떨어졌는데 지금 기철이 느끼는 건 뜨거운 불에 타는 느낌이었다. 기철의 눈에 마당에서 팔딱거리는 손이 보였다.

"치워!"

기철의 의식은 희미해져 갔고 귀에는 구 사장의 차가운 목소리가 들렸다. 이렇게 그는 조직에서 지워졌다.

탁탁!

혁민은 자신의 검은 슈트에 마치 피가 튄 것처럼 기철이 끌려가는 동안 자신의 바지를 손으로 털어냈다. 그의 측근들만 알고 있었지만 그는 지독한 결벽증을 앓고 있었다. 먼지 하나를 용납하지 않는 혁민이었다. 그의 블랙 정장은 완벽한 칼주름을 자랑했고 그의 명품구두는 파리가 낙상할 정도로 반짝였다.

무협소설에 나오는 협객의 눈빛처럼 그의 눈이 매섭게 마당 아래 남자들을 쳐다보고 있었다. 그의 앞에는 전국의 조직원들 가운데 지역별로 서열이 가장 높은 중간보스들만 모아놓았다.

물론 지금 팔목이 잘려 나간 기철은 이렇게 중간보스 급도 안 되었지만 엄청난 사고를 쳐버렸다. 무기 밀매가 조직의 주된 수입원은 아니지만 이렇게 쉽게 배신자가 생긴다면 문제였다. 흐트러진 조직을 재정비할 때였다.

"끌고 와!"

이번에는 기철을 데리고 있던 평택의 중간보스인 조동수를 끌고 왔다. 동수도 기철처럼 온몸이 피투성이였다. 물론 조동수가 기철과 짜고 그러지 않았다는 건 알지만 조직원을 제대로 관리하지 못한 책임을 물어 어제 김기철만큼 맞았다.

일원당의 마당이 모처럼 피로 물들고 있었다.

"조직원을 제대로 관리하지 않은 책임은 피할 수 없다."

모두가 놀란 눈으로 마당에 내팽개쳐진 조동수의 피투성이 모습을 바라보고 있었다. 언제 자신들이 저 자리에 있을지 장담할 수 없기 때문이었다.

"분명히 경고하는데 이번 일은 시작에 불과해. 앞으로 이 같은 일이 조직에서 일어날 시에는 팔목 정도로는 끝나지 않을 거야. 알겠나?"

"네!"

일원당이 쩌렁쩌렁 울리고 있었다. 그들의 시선이 흔들렸다. 아버지가 일원파를 만들 당시에는 하나의 깡패 조직에 불과하던 것이 지금은 국내 제일의 조직이 되었다.

혁민은 자신의 앞에 서 있는 사람들의 얼굴을 쳐다보았다. 그들도 김기철처럼 배신하지 않으리란 법은 없었다. 하지만 그때마다 그는 오늘처럼 거세게 그들을 몰아칠 것이다. 그것이 일원파를 흔들리지 않게 유지하는 방법이었다.

그가 계단을 하나씩 내려오자 마당에 널브러져 있던 조동수가 몸을 일으키려 애를 썼다. 조동수는 조직의 보스인 그에게 예의를 표하는 것이었다. 그가 조동수의 피 묻은 손을 잡아 일으켰다.

"두 번은 용서 안 해."

"네, 사장님."

혁민이 마당에 서 있는 보스들의 사이로 걷기 시작했다. 그가 자신들 사이를 걷자 중간보스들의 몸이 바짝 긴장해 있었다. 그들은 몸은 가만히 있었지만 눈동자를 기민하게 움직이며 자신들의 보스를 살피고 있었다.

거침없이 걷는 그의 모습은 마치 아프리카 초원의 표범과도 같았다. 우아하지만 절도 있는 그의 걸음걸이는 사람을 숨죽이게 했다. 그들보다 머리 하나는 더 큰 혁민은 작은 사람이 빠르다는 속설을 깰 만큼 민첩하고 빠른 주먹을 자랑했다.

철의 주먹을 가진 그답지 않게 그의 외모 또한 강한 매력을 뿜어내고 있었다. 어려서부터 몸싸움을 해서인지 그의 얼굴 곳곳에 상처투성이였지만 그것이 오히려 더 남자다움을 배가시키고 있었다.

남자가 반한 남자의 모습이 혁민이었다. 운동으로 다져진 그의 몸은 차돌 같았고 그의 목은 운동선수들처럼 굵었다. 그리고 각진 얼굴은 강한 카리스마를 뿜어내고 있었고 그의 쌍꺼풀이 없이 날카로운 눈매는 하늘을 나는 매를 연상시켰다.

모두가 숨을 죽이며 그의 움직임을 주시하고 있는 그때 일원당 마당으로 그와 같이 매서운 인물이 등장했다.

"회장님!"

휠체어 한 대가 들어서고 있었다. 휠체어에 앉아 있는 이는 몸은 불편해 보일지 모르지만 그 눈빛은 보통사람의 것이 아니었다.

일원당의 마당으로 나온 사람은 다름 아닌 일원건설의 회장이자 일원파의 창시자인 구창진 회장이었다. 몇 번의 수술로 인해 구 회장의 몸은 많이 여위었다. 혁민처럼 기골이 장대한 그였지만 지금은 몸이 반으로 줄어든 듯 아주 말라 있었다.

"김기철이는?"

"지금 병원으로 이송 중입니다."

"필요 없어."

그의 말에 혁민의 충복인 덕근이 어디론가 전화를 했다.

"없애."

구 회장의 사전에 용서란 없었다.

"김봉수 불러들여."

"회장님."

이번은 혁민이 말릴 차례였다.

"이번 일을 용서가 안 돼."

"그럼 전면전입니다."

김봉수의 봉수파가 요즘 마약까지 거래를 하면서 그 세력을 많이 키웠다. 이렇게 하면 아주 큰 싸움이 될 것 같았다. 그게 두려운 건 아니었다. 다만 혁민은 시끄러운 게 싫었다.

"두려운 거냐?"

"아닙니다. 시끄러운 게 싫습니다."

"우리 손해는?"

"손해는 보지 않았습니다. 덕근이가 빠르게 움직였습니다."

"알았다."

회장이 나타나 혁민과 말을 끝내는 동안 중간보스들은 몸을 구

십도로 숙이고 있었다.

"몸만 숙이면 뭘 해. 똑바로 해야지. 저기 누워 있는 놈도 치워 버려."

"회장님, 동수는 아닙니다."

"아니긴, 그놈이 그놈이지. 쯧쯧, 멀었어."

아버지는 혁민이 잔인하게 굴어도 혼을 내고 인정을 베풀어도 혼을 냈다. 하지만 혁민은 아버지의 뜻을 알고 있었다. 빈틈을 보이지 말라는 뜻이었다.

"꼴도 보기 싫으니까. 다 꺼져."

구 회장의 말에 모두가 고개를 더 숙였다.

"안 꺼져!"

혁민이 신호를 하자 모두가 일원당의 마당에서 빠르게 빠져나갔다.

"넌 나 따라와."

구 회장의 뒤를 따르는 혁민이었다.

"다들 꺼지라고."

구 회장의 신경질적인 말에 혁민을 수행하던 사람들도 빠르게 자리를 피했다.

"오늘 날카로우십니다."

"아니야."

"어머니 기일 때문에 그러십니까?"

어머니가 돌아가신 지 벌써 20년이었다. 그동안 구 회장은 여자가 없었다. 어머니에 대한 미안함과 그리움 때문이란 걸 혁민은 누구보다 잘 알고 있었다. 아마 어머니가 살아 계셨다면 지금 그는 어쩌면 아버지인 구 회장과 다른 길을 걷고 있었을 수도 있었다.

"이번에도 절에서 할 거야?"

"아니오, 이번엔 집에서 스님들 모셔다가 지낼 예정입니다."

"알았다."

생전 어머니가 다니시던 절에서 매년 기일을 보냈는데 그곳은 아버지가 휠체어를 타고 가시기에 힘든 곳이었다. 작년까지는 그래도 조금씩 걸을 수 있었는데 올해는 힘이 들 것 같아 그가 결정한 일이었다.

"이것 때문에 다 물리신 겁니까?"

구 회장이 집안일로 다른 사람을 다 물리고 그와 단둘이 이야기하는 스타일이 아니었다.

"이번에 집권당이 바뀌면서 세무조사가 들어갈 모양이더구나."

혁민의 눈썹이 가운데로 모아졌다. 이건 그가 마음에 들지 않는 일이 있을 때나 짓는 표정이었고 그건 그의 아버지인 구 회장도 같았다.

"자금을 좀 준비해."

"알겠습니다."

"세금 폭탄을 맞는 것보단 나으니까. 개들에게 먹이 주는 셈 치자."

"네."

항상 벌레들이 들끓는 곳이었다. 이런 건 몇 번의 경험으로 혁민도 생각을 하고 있었다.

"이제 사무실에 나갈 거냐?"

"네, 일원건설 전주점이 오늘 오픈합니다."

"그래서 애들 다 부른 거야?"

"겸사겸사 불렀습니다."

"더 혹독하게 다뤄야 해."

"알겠습니다. 오늘 요양사가 오는 날입니다. 이번엔 한 집사님이 신경을 많이 쓴 모양입니다."

요양사들이 한 달을 견디지 못하고 도망을 가고 있었다.

"그래서?"

"아닙니다."

구 회장의 괴팍한 성격은 아무도 꺾을 수가 없었다. 그건 여자에게도 예외는 아니었다. 혁민은 본당으로 들어가는 구 회장을 한숨을 쉬며 바라보았다.

"사장님, 전주지사로 가실 시간입니다."

그의 비서이자 그에겐 유일한 여직원인 조하나가 어느새 옆으로 와서 그에게 말했다.

"가지."

남자들만 그의 곁에 둔다는 철칙을 깨고 둔 비서였다. 그의 은인이자 중간보스였던 조민국의 딸인 조하나는 아버지가 다른 조직원들의 칼에 맞아 죽자 스스로 그의 곁에 와서 비서가 되었다.

처음엔 거절을 했는데 간곡한 하나의 부탁에 그는 5년째 하나에게 그의 비서 역할을 맡겼다. 하나는 아름다웠지만 그는 하나가 여자로 보이지 않았다.

검은색 벤츠에 타자마자 그는 하나에게 요양사에 관해 물었다.

"이번 요양사는 어떻지?"

"그리 오래 버티지 못할 것 같습니다. 지난번보다 더 마른 체격이라서요."

걱정이었다. 한 집사도 잘하고 있지만 그래도 24시간 옆에서 보살피는 요양사가 필요했다. 집안일로도 바쁜 한 집사가 구 회장 곁을 24시간 지킬 수는 없었다. 그러기에 일원당의 살림이 너무 컸다.

손이 벌벌 떨리고 마음이 쉽사리 진정되지 않고 있었다. 외삼촌의 사무실에 온 지 10분이 지났지만 단이의 떨림은 멈추지 않았다.

"그 사람 진짜 팔 잘리는 거예요?"

조용히 장부를 보고 있던 외삼촌이 안경 너머로 단이를 바라보는데, 외삼촌에게서 처음 보는 눈빛이었다.

"단이야, 네가 왔을 때 이런 모습을 보인 게 유감이다마는 이곳에서는 가끔 이런 일들이 일어난다. 우린 그저 우리의 일만 하면 되는 거야. 그건 우리와 다른 세계 사람들의 일이야."

"외삼촌."

"여기서는 한 집사라고 불러. 그리고 이곳에 일을 하러 온 이상 이곳의 룰을 따르기 바란다. 그럼 내가 여기서 몇십 년을 보낸 이유를 알게 될 거다. 보이는 것이 다는 아니란 걸 명심해."

외삼촌의 부탁으로 이곳에 오기는 했지만 불안한 마음을 떨칠 수가 없었다. 그리고 이상하게 안 하고 싶다는 말도 나오지 않았다. 두려웠지만 판도라의 상자처럼 이곳이 궁금했다.

"읽어보고 이곳에 사인하도록 해."

"뭔데요?"

외삼촌에게 종이를 건네받으며 단이 물었다.

"계약서."

단이는 외삼촌에게 받은 계약서를 찬찬히 읽기 시작했다. 처음부터 끝까지 이곳에서 보고 들은 이야기들을 밖에 나가서 발설하지 않겠다는 내용이었다. 만약에 발각될 시에는 엄청난 결과가 있을 거라는 이야기와 함께 말이다.

단이는 계약서에 사인을 하고 외삼촌을 바라보았다.

"할 말 있어?"

"네, 괜찮아요?"

"뭐가?"

"오랜 세월 동안 이 집에서 일하셨는데 말이에요."

"여기 나보다 오래된 사람들 많아. 다만 회장님이 몸이 안 좋아지신 이후에 많이 변하셔서 그게 문제지."

그래도 다행인 게 아까 그 남자가 이곳의 회장이 아니란 것이었다. 외삼촌이 30년을 모신 분이면 나이가 많으실 게 분명했다.

"잘할 수 있을 거예요."

"그래, 나도 너만 믿는다. 3개월 후에는 오랜 세월 회장님의 곁을 지키다가 2년 전에 집안 사정 때문에 그만두었던 김 여사님이 돌아오실 거야. 그때까지만 부탁한다."

"알았어요."

단이는 놀란 마음을 뒤로하고는 외삼촌에게 답했다. 어차피 지금은 할 일도 없는 백수였고, 외삼촌이 처음으로 부탁한 일이라 단이는 외삼촌을 꼭 돕고 싶었다.

"회장님 뵈러 가야지. 너무 시간을 지체했어."

단이는 자리에서 일어나 외삼촌의 뒤를 따라가기 시작했다. 처음에 그렇게 충격을 받지 않았다면 일원당이란 이곳은 굉장히 매력적인 집이었다. 삼촌을 따라가는 길은 연못 길이었는데 커다란 연못 위로 다리가 있고 그 다리가 다음 채를 잇고 있었다.

파닥!

갑자기 연못에서 남자의 팔뚝만큼 커다란 잉어가 튀어 올라 단이를 놀라게 했다.

"외삼촌, 잉어예요!"

"아주 오래된 잉어들이지. 어떤 건 머리 부분이 꼭 사람의 얼굴을 한 게 있어. 나중에 시간이 되면 한번 찾아봐."

"네. 여기 연못은 진짜 커요."

"이곳에서 작은 건 사람뿐이다."

외삼촌의 말이 이해가 갔다. 이곳의 규모는 마치 궁궐의 규모와 견줄 만했다. 모든 것이 크고 넓었다.

그들이 연못의 다리를 건너 도착한 곳은 멋진 한옥 건물이었다. 아까 보았던 대청마루가 있던 일원당의 건물과는 다른 곳이었다. 겉모습만 한옥이었지 그 안은 완벽하게 현대적인 시설을 갖춘 곳이었다.

긴 복도를 따라 걷고 있는데 고함 소리와 물건이 깨지는 소리가 나고 있었다. 그러자 외삼촌이 달리기 시작했고 단이도 따라 달렸다.

그 소리가 들리는 방 앞에 서자 외삼촌이 들어가지 못하고 방문 앞에 그대로 서 있었다.

"저리 비켜!"

"회장님."

누군가 회장을 말리는 소리가 났다.

팍! 쨍그랑!

뭔가를 집어 던지는 소리도 아주 요란하게 났고 깨지는 소리가 자주 들리고 있었다.

"들어가 봐야 하는 것 아니에요?"

"회장님, 한 집삽니다."

외삼촌의 말에 상황이 종료가 되었는지 안이 조용해졌다.

"들어가겠습니다."

그리고 외삼촌이 문을 열자 단이의 눈이 두 배는 커지고 있었다. 바닥엔 술병이 잔뜩 깨져 있었고 그 옆에는 술병에 맞아 머리에 피를 흘리고 있는 남자가 서 있었다. 오십대쯤으로 보이는 남자는 얼마나 맞았는지 얼굴이 부어 있었고 머리와 눈가에 피가 흐르고 있었다.

아마도 술을 못 마시게 하다가 맞은 것 같았다.

"도훈 씨는 나가 계세요."

단이는 머리에 피를 흘리는 도훈의 앞으로 갔다.

"단이는 이리로 와서 회장님께 인사드려."

"아니오, 잠깐만요. 이분이 먼저예요. 구급상자는요?"

"저기."

환자가 있기 때문인지 다행히 방 안에 구급상자가 있었다.

단이는 당황한 얼굴의 도훈의 손을 잡고는 의자에 앉혔다. 그리고는 소독용 거즈로 얼굴의 피를 닦고는 상처를 살펴보았다. 이렇게 단이가 남자를 치료할 동안 외삼촌은 바닥의 병들을 다치지 않게 한쪽으로 모으고 있었다.

"회장님, 술은 안 된다고 말씀드리지 않았습니까."

외삼촌의 말에 회장은 대꾸도 하지 않고 단이가 치료하는 모습만 보고 있었다.

"꿰매야 할 것 같은데 참으실 수 있죠?"

남자가 고개를 끄덕였다. 얼마나 할 일이 없으면 이렇게 인간대접도 못 받는 곳을 그만두지 못하는 걸까라는 생각이 든 단이는 오십대쯤 되어 보이는 남자의 상처를 더 세심하게 치료했다. 간호사라서 직접 치료는 하지 않았지만 간단한 봉합은 웬만한 의사보다 솜씨가 좋은 그녀였다.

"제가 성형외과 간호사 출신인 걸 감사하세요."

긴장한 남자에게 농담을 던졌지만 남자는 미동도 하지 않았다. 바늘로 다섯 바늘을 꿰매는 동안 남자는 고통을 느끼지 못하는 사람처럼 움찔거리지도 않았다. 신기한 일이었다.

"다 됐어요. 병원에 가시기 뭐하시면 약국에 가셔서 진통제라도 사 드세요. 안 그러면 많이 욱신거릴 거예요."

남자는 치료가 끝이 나자 자리에서 일어나 단이에게 인사를 하고는 그 자리에 그대로 서 있었다.

"약국 가시라고요."

단이가 남자를 향해 말을 했지만 남자는 미동도 하지 않았다.

"피 묻은 옷도 갈아입으시고요."

"……."

"여보세요."

단이가 가만히 서 있는 남자를 향해 말했다.

"다녀와."

회장의 말이 떨어지자 남자는 구십도로 인사를 하고는 밖으로 나갔다. 그제야 단이는 휠체어에 앉아 있는 회장을 보고 고개 숙여 인사했다.

"요양보호사 김단입니다."

간호사 자격증과 요양보호사 자격증이 있는 단이었다.

"……"

단이의 인사에 구 회장은 그저 쳐다볼 뿐 아무런 말이 없었다. 차가운 눈매의 구 회장을 단이는 겁내지 않고 바라보았다.

"제가 회장님 곁을 지키는 동안은 절대로 술은 안 됩니다. 그리고 제가 아직 회장님의 상태를 잘 모르지만 체크가 끝이 나는 대로 괴롭지만 물리치료와 가벼운 운동도 하실 겁니다."

단이는 이상하게 회장이 무섭지가 않았다. 오히려 불쌍하다는 생각이 들었다. 회장도 몸이 아프기 전에는 아까 일원당 마당에서 보았던 사람들처럼 거친 생활을 했을 텐데 지금은 걷지도 못하고 휠체어에 의지를 하니 얼마나 힘들지 말을 안 해도 알 것 같았다.

"보기 싫어도 3개월만 참고 절 따라 하시면 뛰지는 못해도 걷기는 하실 겁니다."

단이의 말에도 회장은 눈 하나 마주쳐 주지 않았다.

"한 집사님께서는 이 방을 좀 치워주시고 회장님께서는 잠깐 저와 산책을 하시죠."

"나가."

"……"

"나가라는 말 안 들려?"

회장이 그녀에게 소리를 질렀다. 하지만 단이는 회장의 휠체어를 밀고 그대로 밖으로 나갈 준비를 했다.

“한 집사님, 담요요.”

가을이라 날이 선선했기 때문에 단이는 놀란 얼굴의 외삼촌에게 담요를 받아 무작정 밖으로 나왔다.

“뭐 하는 짓이야?”

“산책 나갑니다.”

“내가 널 채용한다고 했어?”

“전 이미 계약서에 사인을 했습니다.”

어디서 이런 용기가 난 건지 단이도 알 수가 없었다. 지신의 기막힌 현실과 모든 걸 가졌어도 몸이 불편해서 아무 소용이 없는 회장의 신세가 비슷하다는 생각이 들었기 때문일 것 같았다.

“한 집사 불러.”

“제가 일원당이 처음이라서 돌아가는 길을 모릅니다.”

그건 사실이었다. 외삼촌과 올 때는 분명히 연못이 있었는데 지금은 소나무길이었다.

“미쳤어?”

“네, 지금 제정신은 아닌 상황이죠.”

“뭐?”

회장이 몸을 버둥거렸지만 단이는 휠체어를 계속해서 밀고 있었다.

“남편은 친구와 바람이 났고 이혼을 하고 삼촌댁에 내려와서 처음으로 일을 구했는데 이 집에 들어와서 처음으로 본 게 피투성이인 사람의 팔을 작두로 자르는 장면에 사람의 터진 머리까지 꿰매고 나니 제정신이긴 힘들죠.”

“…….”

“마치 꿈을 꾸고 있는 것 같습니다.”

이건 악몽이 분명했다. 그러지 않고서는 너무나 비현실적인 상황이었다. 회장은 여전히 심술궂은 노인처럼 말이 없었지만 더 이상의 말은 하지 않았다.

“여긴 어딘가요?”

“…….”

답을 할 리가 없었지만 단이는 휠체어를 끌며 계속해서 회장에게 말을 걸었다. 그러지 않고서는 그녀도 미칠 것 같았기 때문이었다. 조용한 소나무길은 회장보다 단이에게 안정을 찾아주었다.

앞으로 3개월 동안 힘든 시간을 보내겠지만 그래도 이혼의 상처보단 덜할 것 같았다. 이렇게 힘든 상대를 만난 것도 어쩌면 남편과 은희의 모진 행동들을 잊으라는 신의 계시인지도 몰랐다.

“흠, 나무 향이 좋네요. 서울의 공기와는 차원이 다른 것 같아요. 그래서 이곳으로 내려오셨나 봐요."

"……."

계속해서 단이 혼자 말을 하고 있었다. 어차피 듣는 사람도 보는 사람도 없는데 무안하지도 않았다. 단이는 지금 그녀와 회장을 신기한 눈으로 보는 시선이 있다는 걸 알지 못했다. 알았다면 그토록 많은 시간을 떠들어대지 못했을 것이다.

배에서 꼬르륵 소리가 났다. 점심시간이 다 된 모양이었다. 마음이 아무리 아파도 배는 고팠다. 아주 신기한 일이었다. 식음을 전폐한다는 말은 단이에게 통하지 않는 모양이었다.

핸드폰을 보니 12시였다. 아침 8시에 출근을 했는데 벌써 시간이 이렇게나 지났다.

"회장님!"

누군가 회장님을 애타게 찾는 소리가 들렸다. 체구가 아주 거대한 남자가 그들을 향해 달려오고 있었다.

"헉헉, 식사시간이십니다."

"가려고 했어요."

그는 나를 이상한 눈으로 쳐다보고는 회장의 휠체어를 잡으려고 했다.

"놔둬."

"네? 네."

회장의 첫말이었다. 그녀에게 휠체어를 끌도록 허락한 것이었다. 단이는 기분 좋게 휠체어를 끌고는 남자가 안내하는 곳으로 향했다. 아주 나쁘지 않은 시작이었다.

2

일원건설의 전주사옥은 서울 본사의 사옥보다 규모면에서는 컸다. 전주의 특성상 전주사옥은 일원당처럼 한옥의 구조였다. 그래서 서울사옥처럼 30층의 높이가 아니라 3층 건물이 여러 동 만들어져 있었다.

테이프 커팅 식을 하고 혁민은 여러 사람들에게 인사를 받고 있었다. 지역 정치인들은 거의 다 온 듯했고 전라남북도 지사들이 다 모인 행사였다. 일원건설은 대규모 토목공사로 유명한 건설회사였다. 다만 그는 이름만 올리고 있었고 경영은 전문가들이 하고 있었다.

다행히 아버지가 사람 보는 눈이 있어서 지금의 경영진들은 아주 훌륭하게 회사를 이끌어 나가고 있었다.

"구 사장님."

아까부터 그를 탐욕스러운 눈으로 보고 있던 지역 국회의원이 그에게 다가왔다.

"최 의원님, 이렇게 와주셔서 감사합니다."

"감사는요. 아주 훌륭한 사옥입니다. 전주의 명물이 될 것 같아요. 그리고 회사의 공원까지 개방을 해주시니 감사합니다."

"아닙니다. 당연히 할 일을 한 것뿐입니다."

그의 곁으로 정치인들이 침을 흘리며 몰려들기 시작했다. 와인을 마시지 않으면 속이 울렁거릴 욕심의 악취를 풍기면서 말이다.

혁민은 이런 시간이 제일 싫었다. 조직에서 일을 하는 것보다 이런 접대가 그에겐 맞지 않았다. 하지만 이런 인간관계도 그의 일의 연장이었다.

그때였다. 그가 제일 싫어하는 봉수파의 김봉수가 양쪽에 그의 똘마니들을 붙이고 들어왔다.

"실례합니다."

김봉수가 정치인들에 둘러싸인 그에게로 다가왔다.

"아이고, 의원님들 반갑습니다."

김봉수가 인사를 하자 정치인들이 고개를 흔들며 자리를 피했다. 정치인들 사이에서 김봉수는 아주 입방정으로 유명했다. 그래서 김봉수와 얽히지 않기 위해 정치인들은 하나둘 자리를 피하고 있었다.

"버러지 같은 새끼들."

김봉수는 이렇게 말을 하고는 비열한 웃음을 지으며 혁민의 앞에 섰다.

"왜 벌레들을 가까이합니까?"

"때론 도움이 되니까."

나이가 오십이 넘은 김봉수에게 혁민은 반말을 했고 김봉수는 혁민에게 존대를 했다. 거대 조직을 이끄는 보스인 혁민을 김봉수는 무시할 수가 없을 것이다.

"축하드립니다. 완벽한 한옥 같습니다. 하하하."

"……."

혁민의 한쪽 눈썹이 올라갔다.

"하하하……."

호탕하게 웃던 봉수가 웃음을 멈췄다.

"우리가 지금 웃을 사이는 아닌 것 같은데?"

"왜 그러십니까? 작은 일로 신경 쓰실 분은 아닌 줄로 알고 있었는데……."

"쥐새끼가 쌀을 야금야금 먹는다고 그대로 놔두면 곡간이 조금씩 줄어드는 법이지."

"쥐새끼?"

"오늘 그 쥐새끼를 해치웠지."

혁민은 차갑게 내뱉었다. 오늘 봉수의 하수인인 기철이 제거되었다. 작은 불씨도 용납할 수가 없었다.

"하하하, 축하드리러 왔는데 너무하신 것 아닙니까?"

"잘 들어두는 게 좋을 거야. 오늘은 기철이 혼자만 제거가 됐지만 다음은 당신 차례야."

"협박하는 겁니까?"

봉수가 혁민을 보면서 비웃듯이 말했다.

"아니, 경고라고 해두지. 그게 사람이 될지 돈줄이 될지 그건 생각 중이야."

입맛이 떨어졌다. 손에 들고 있던 와인 잔을 테이블에 놓아두고는 혁민은 자리를 떴다. 그는 충분히 자리를 빛냈고 나머지는 일원건설의 사장단이 알아서 마무리할 것이다.

생각보다 일찍 일원당에 도착한 그는 도훈을 찾았다. 구 회장의 수족인 도훈은 혁민을 업어서 키운 사람이었다.

"아저씨."

"네, 사장님."

아버지에게 또 맞았는지 도훈의 얼굴이 부어 있었다. 그리고 웬

일인지 얼굴에 붕대가 묶여 있었다.

"아버지가 또 그러셨습니까?"

"제가 잘 피하지 못했습니다."

도훈은 아버지에게 헌신적이었다. 모두가 아버지에게 등을 돌린 순간에도 도훈은 그러지 않았다. 아버지가 그가 세 살 때 감옥에 들어간 적이 있었는데 아저씨도 같이 감옥에 들어가실 정도로 그는 아버지의 충복이었다.

그런데 아버지는 항상 도훈을 너무 함부로 대했다. 이유가 있기는 했지만 이젠 오랜 세월이 지났으니 용서를 할 때도 됐다고 생각했다.

"오늘은 병원에 다녀오셨습니까?"

"아닙니다. 새로 오신 요양사분께서 꿰매주셨습니다."

"요양사가요?"

"성형외과 간호사 출신이라고 하셨습니다."

간호사가 얼굴을 꿰매다니 할 말이 없었다.

"다음엔 병원에 가세요."

"그 정도로 다치지 않았습니다."

"왜 그렇게 바보 같으세요."

"……."

"아버지는 어디 계십니까?"

"요양사분이 소나무길로 모시고 갔습니다."

아버지가 순순히 산책을 가셨다니 놀라울 뿐이었다.

"진짜요?"

"네, 화는 내셨지만 산책을 나가긴 하셨습니다."

믿을 수가 없어서 본당의 뒤에 있는 소나무길로 향했다. 정말로 길의 중간에 요양사와 아버지가 소나무향을 맡으며 평화로운 시간을 보내고 있었다. 아니, 여자 혼자 일방적으로 아버지에게 말을 걸고 있었고 아버지는 여자의 말을 씹고 있었다.

그래도 쉽게 볼 수 있는 장면이 아니라 혁민은 한동안 그들의 모습을 바라보았다. 까칠한 아버지가 요양사의 말을 듣고 있었다.

소나무 사이로 들어온 햇볕이 요양사의 얼굴을 비췄다. 멀리 떨어져 있어서 제대로 보이진 않았지만 아버지를 상대로 저런 깡을 보이다니 대찬 여자임에는 분명했다.

"아버지가 임자를 제대로 만난 것 같군."

잠시 후에 점심을 알리는 똘마니 하나가 와서 좋은 구경을 더 이상 못 하게 만들자 혁민의 인상이 구겨졌다. 그는 발길을 돌려 식당으로 향했다. 2탄은 식당에서 보면 될 것 같았기 때문이었다.

단이는 회장의 휠체어를 끌고는 남자가 알려주는 대로 식당으로 향했다. 식당은 아까 그녀가 갔던 본당 안에 있었다. 한옥임에도 불구하고 모든 곳이 휠체어가 다니기 편하게 설계되어 있었다.

각 건물마다 한자로 된 현판이 걸려 있었다. 그래서인지 마치 조선시대의 양반집에 있는 느낌이었다.

"이곳의 위치를 알려면 오래 걸릴 것 같아요."

앞에 걸어가는 남자를 보며 단이 말을 걸었다.

"……."

남자는 그녀의 말을 듣지 못했는지 대답이 없었다.

"저기요? 제 말이 안 들렸나요?"

"저, 저한테 물어보신 겁니까?"

"네."

남자는 당황한 얼굴로 그녀에게 다시 물었다.

"죄송합니다. 전 저한테 말을 거실 줄 몰라서……."

"여기가 아주 넓어서요."

"제가 나중에 안내해 드리겠습니다."

남자는 이렇게 누군가가 말을 거는 것에 익숙하지 않은 것 같았다.

"네, 부탁드릴게요."

단이는 이렇게 말을 하고는 식당 앞에서 멈추었다. 회장 혼자 먹기엔 크긴 했지만 생각보다 식당은 넓지 않았다. 원탁의 식탁에는 2인의 식사가 차려져 있었다. 단이는 회장의 휠체어를 식탁 쪽으로 바짝 붙여주었다.

"혁민이 왔나?"

"네."

외삼촌이 식탁 옆에 서 있었다. 그리고 다른 남자들이 식사를 나르고 있었다.

드르륵.

미닫이문이 열리더니 한 남자가 들어왔다. 멀리서 보나 가까이서 보나 그 존재감을 여실히 드러내는 남자였다. 우아한 짐승이 들어오고 있었다. 멀리서 볼 때보다 그의 존재감은 정말로 대단했다.

숨이 막힐 듯 공간을 메운 그의 모습은 마치 타이탄을 연상하게 만들었다. 190cm는 되어 보이는 키에 양복조차 감추지 못한 그의 근육의 움직임은 여자인 단이마저도 압도하고 있었다. 거기에 처음으로 보는 그의 얼굴은 단이의 시선을 잡기에 충분했다.

무협소설 삽화에 나오는 강호의 검객같이 날카로운 눈매에 높은 코, 그리고 굳게 다문 입술은 한 번 보고는 절대로 잊지 못할 강한 섹시함을 풍기고 있었다.

"다녀왔습니다."

"왜 이렇게 빨리 와."

"사장단이 뒷마무리는 잘할 겁니다."

그가 그녀의 곁을 지나 식탁 의자에 앉았다.

"도훈 아저씨는 그만 괴롭히십시오."

"……."

"아버지의 충복입니다."

"네 엄마를 죽게 한 놈이기도 하지."

"아버지, 그건 사고였습니다."

"아니, 핸들을 꺾은 건 그놈이다."

"저라도 그랬을 겁니다. 살고자 하는 건 본능이니까요."

탁!

회장이 수저를 거칠게 놓았다.

"난 어떤 경우에라도 그렇게 하지 않았을 거다. 그리고 도훈이 녀석 이야기하지 말고 밥이나 먹어."

"안 그러면 차라리 제거하세요."

"때가 되면."

"벌써 20년 전의 일입니다."

"닥쳐."

회장의 목에 핏대가 서고 얼굴이 붉어졌다.

"그만하시죠. 회장님께서 혈압이 많이 상승하셨습니다."

단이는 얼굴을 정색하며 남자를 보았다. 어차피 그녀는 이곳에 3개월만 있으면 그뿐이었다. 하지만 남자의 매서운 눈을 보고 그녀는 그만 입을 다물었다. 눈빛의 차가움에 얼어버릴 것만 같았다.

"너무 나서지 않는 게 좋아."

남자는 한마디로 그녀의 말을 잘라 버렸다.

"식사하십시오."

언제나 아버지와 아들의 대화가 이런 식인 것 같았다. 화를 내던 회장이 다시 밥을 먹기 시작했다. 식사가 끝날 때까지 두 사람은 더 이상의 대화를 하지 않았다.

회장님의 식사가 끝이 나자 비로소 그녀의 점심시간이었다. 많은 에너지를 쏟아내서인지 오늘따라 허기가 졌다. 식사는 외삼촌과 같이 직원식당에서 했다.

"외삼촌, 여기는 여자분들이 안 보이네요?"

"여자가 없으니까."

"네?"

"여기 근무하는 사람들은 다 남자다."

"왜요?"

"여자들이 가끔 견디지 못할 장면들이 연출되니까. 다만 회장님의 요양사만은 예외야. 왜냐면 그나마 남자보다는 거칠게 대하지 않으시니까 내가 여자로 뽑는다. 금방 그만두긴 하지만 말이야."

외삼촌의 표정이 그리 밝진 않았다.

"도훈 아저씨라는 분은 왜 그러시는 거예요?"

"사모님이 20년 전에 교통사고로 돌아가셨는데 그때 운전을 한 사람이 도훈이지. 그전에는 회장님의 오른팔이었어. 물론 지금처럼 사업엔 참여하지 않고 회장님 부부만 모시긴 했지만 말이야."

가슴 아픈 일이었다.

"그래서 기일이 다가오면 회장님은 술에 의지를 하시고 도훈이는 항상 그런 회장님을 말리다가 맞지. 하지만 기일이 지나고 나면 덜해져."

"어쩐지 왜 그렇게 못 벗어나나 했어요."

"아참, 아침에 시간이 없어서 말을 못한 게 있어."

"뭔데요?"

"3개월간 이곳에서 숙식을 해야 한다는 거야."

"외삼촌."

"언제 아프실지도 모르고 해서 말이야."

단이는 밥을 먹다 말고는 멍하게 있었다. 출퇴근을 하는 줄 알았는데 이건 예상 밖이었다.

"미리 말하지 않아서 미안하다. 하지만 지금 네 도움이 회장님에게 필요해. 벼랑 끝에 서 계신 분이다. 마음도 몸도 말이야. 너처럼."

회장의 심리 상태가 그리 좋아 보이지는 않았다. 요양사들이 회장의 난폭하고 날카로운 성격에 못 이겨 그만두는데 그녀마저 그만두면 지금 당장 그의 곁에는 간호에 대해선 아무것도 모르는 도훈만 있으니 삼촌도 걱정이 된 것이었다. 아마도 그녀마저 그만두면 안 되니까 조금 안 좋은 상황은 말을 안 한 것 같았다.

너처럼이란 말이 단이에게 비수처럼 꽂혔다. 지금 그녀 또한 만신창이가 되어 있었다.

"난 네가 아무 생각 없이 일에만 매달렸으면 한다. 힘들겠지만 지금 단이 네겐 아주 좋은 일이라고 생각해."

"알아요."

단이는 외삼촌의 마음을 잘 알았다. 그래서 더 거역할 수가 없었다. 집에 혼자 있으면 남편이 배신한 일에 대한 생각만 할 거라고 삼촌은 생각하신 것 같았다. 우울하게 있는 것보다는 이렇게 나와서 힘은 들지만 일을 하는 게 그녀에겐 더 좋은 일이라고 결론을 내리신 것 같았다.

"너무 힘이 들면 그때 가서 말해."

"그런 일은 없을 거예요."

단이는 알 수 없는 확신이 들었다.

"여기 계시는 분들은 다 이곳에서 지내시나요?"

"거의, 그리고 나도 단이 네가 있을 동안은 이곳에서 지낼 생각이다."

외삼촌의 말에 단이는 두려움을 떨칠 수 있었다.

식사는 생각보다 맛있었다. 김치찌개는 서울의 식당에서 먹는 것과는 차원이 달랐다. 아마도 주방장이 굉장한 솜씨를 가진 모양이었다.

"진짜 맛있어요."

"당연히 맛있을 수밖에 없지. 이곳의 주방장이 전라도 음식의 명장이거든. 이곳으로 모셔오는 데 공을 많이 들였어."

"굉장한 맛이네요. 여기 계속 있으면 살찌겠어요."

단이는 농담을 했지만 마음속에는 긴장감이 흐르고 있었다.

"아까 그분은 누구세요?"

"구혁민 사장님, 구 회장님의 하나뿐인 혈육이지."

"아주 무섭던데요."

"이 집에서 오랜 세월 일을 해서 그런지 난 그렇지 않다마는 가까이하긴 힘든 사람들이지."

"왜요?"

"사는 세상이 달라."

외삼촌은 더 이상의 말은 하지 않았다. 그래서 단이도 더 이상 그에 대해 묻지 않았다.

"구 회장님 차트가 필요해요."

"점심 먹고 보여주마."

"네."

식사를 마치고 커피도 한잔하고 차트도 볼 겸해서 외삼촌의 사무실로 갔다. 이동하면서 스쳐 지나는데 사람들의 관심이 그녀에게 쏠려 있었다. 단이는 지금 완벽한 홍일점이었다. 시선을 받지 않을 수가 없는 상황이었다.

"저도 저런 유니폼을 입어야 하나요?"

"아니, 지금 네 간호사 복장이면 충분해. 그리고 여자들 옷은 준비된 게 없어."

"네."

사무실에 도착해서 외삼촌이 내려준 커피를 마시며 차트를 보던 단이는 놀라운 사실을 알게 되었다. 구 회장은 위암수술의 경과도 좋았고 뇌졸중 증상이 있긴 해도 다리를 완전히 못 쓸 정도는 아니었다.

"물리치료사님은 오시나요?"

"매번 올 때마다 거의 몇 대 맞고는 식겁하고 다 도망갔지."

"다시 불러주세요."

"뭐?"

"저대로 놔둘 수가 없어요. 그리고 재활 운동을 할 수 있는 곳이 있나요?"

삼촌이 고개를 흔들었다.

"당장 하나 만들어주세요. 저렇게 운동을 안 하시면 더 못 걸어요."

"걸으실 수는 있는 거야?"

"물론이죠. 본인의 의지에 달려 있긴 하지만요. 못 걸을 이유가 없으세요."

"안다. 의사들의 말을 믿고 몇 번 시도는 했지만 회장님이 소리소리를 지르시는 바람에 하다가 멈췄다."

"이번엔 괜찮을 거예요."

외삼촌이 의외라는 눈으로 단이를 보았다.

"3개월 동안 걸을 수 있게 만들어 드린다고 약속했어요."

"뭐? 나중에 뒷감당은 어쩌려고."

"본인이 노력한다면 가능해요."

단이는 이렇게 자신있게 말을 하고는 외삼촌의 사무실을 나왔다.

"혼자 갈 수 있지?"

"그럼요."

연못을 따라가면 되는 것이었다. 아무리 길치인 그녀라도 그 정도는 할 수 있었다. 커다란 연못 한가운데 구름다리처럼 펼쳐진 다리는 아름다운 풍경을 만들어내고 있었다. 그리고 주변에 심어진 소나무들이 운치를 더하고 있었다.

다리 중간쯤 갔을 때 맞은편에서 한 무리의 남자들이 걸어오고 있었다. 다섯 명 정도의 인원이었는데 단이의 시선은 가운데 중심이 되어 걸어오는 남자에게 저도 모르게 꽂혔다.

구 사장의 날카로운 눈이 단이의 시선을 붙잡고 있었다. 눈길을 돌려야 하는데 시선마저 그의 카리스마에 얼어붙은 듯 다른 곳으로 피할 수가 없었다. 잔인하게 사람의 팔을 자르라고 명령하던 그의 모습이 떠올랐다.

다른 세상의 사람이라고 말하던 외삼촌의 말이 귓가를 맴돌긴 했지만 지금은 달리 방법이 없었다. 그와의 거리가 점점 좁아지고 있었다. 뒤를 따르는 남자가 손을 휘저으며 물러서라고 말했지만 발이 떨어지지가 않았다.

작은 키가 아닌 그녀였지만 가까이 선 그를 보기 위해서는 고개를 뒤로 젖혀야 할 정도였다. 한걸음 가까이 다가온 그로 인해 단이의 얼굴에 뿌려지던 햇빛이 사라졌다. 완벽하게 그가 그늘을 만들어주고 있었다.

"요양사 선생이군."

"……."

"그렇게 정신을 놓고 있으니 아까 회장님께 똑 부러지게 말을 하던 믿음직한 요양사는 내가 잘못 본 건가?"

"……."

"김단 씨!"

옷 위로 수놓아진 이름을 본 모양이었다. 그가 이름을 부르자 그제야 단이는 정신이 번쩍 들었다.

"죄송합니다."

"아버지한테 가는 길인가?"

"네."

하는 말마다 반말이었지만 그게 너무나도 잘 어울린다는 정신 나간 생각을 한 단이었다. 얼른 자리를 피해야 했다.

"그럼."

단이는 목례를 하고는 서둘러 자리를 피했다. 태어나서 처음으로 남자에게 매력이라는 걸 느낀 단이었다. 연예인에게 느끼는 그런 동경의 마음을 지금 그녀는 느끼고 있었다. 아니, 조금 다른 느낌이었다. 그걸 말로 표현하기엔 뭔가 묘한 감정이었다.

단이는 서둘러 구 회장이 있는 곳으로 갔다. 구 회장은 환자였다. 몸이 아닌 마음에 상처를 입은 사람 같았다. 마치 그녀처럼 말이다. 그 고통이 몸으로 전해져 지금의 상태까지 된 것 같았다. 아닐 수도 있었지만 지금까지의 결론은 그랬다.

회장의 방 앞에는 그녀가 오전에 치료를 해준 도훈이라는 사람이 서 있었다.

"식사는 하셨어요?"

"네. 오전엔 감사했습니다."

고마움을 전하는 도훈의 얼굴엔 악의라고는 하나도 없었다. 이런 사람을 그렇게 구박하다니 단이는 마음이 아팠다.

도훈이 문을 열어주자 휠체어에 앉아 창밖을 바라보고 있는 회장의 뒷모습이 보였다. 회장이 머무는 곳은 일반 사람들의 방이라기보다는 병원의 중환자실 같았다. 아늑한 느낌과는 거리가 먼 의료기기들이 방 안 가득이었다.

"회장님, 식사는 잘 하셨습니까?"

"……."

"말씀 안 하셔도 괜찮습니다. 저만 하면 되니까요."

단이는 자신도 믿어지지 않을 만큼 구 회장을 편한 환자처럼 대하고 있었다.

"날이 추워지기 전에 산책을 많이 나갈 생각입니다."

퍽!

각 티슈가 그녀를 향해 날아들었다.

"한 번만 더 이렇게 못된 영감님처럼 구시면 하루 종일 산책만 할 겁니다."

"뭐?"

“한 번 뭔가를 던지시면 한 시간씩 늘릴 겁니다. 이번만은 제가 그냥 넘어가겠습니다.”

회장이 어이가 없다는 표정을 지었지만 단이는 회장의 휠체어를 끌고 방 안을 나섰다.

“도훈아, 뭐 해. 이 여자 당장 치워.”

도훈이 어쩔 줄을 모르고 방황을 하고 있었다.

“뭐 해!”

“요양사님…….”

“제 몸에 손댔다가는 아시죠? 신고할 겁니다.”

“헛!”

“제 몸에 손댄 것 말고 도훈 아저씨에게 상해를 입힌 걸로 회장님을 신고할 겁니다.”

회장과 도훈이 놀란 표정으로 그녀를 보았다.

“제가 책임을 맡은 이상 회장님은 반드시 걸으실 겁니다. 그래서 일원당의 마당에서 검은 양복을 입은 사람들을 호령하시게 될 겁니다.”

어디서 이런 용기가 나오는지 단이 자신도 알 수가 없었다. 하지만 지금은 어떻게 해서든 이 고집불통 영감을 회복시켜야 했다.

그러자 도훈이 길을 비켜주었다.

“이도훈!”

회장의 호령에 주변에서 일하던 사람들이 몰려나왔다.

"뭐 해, 이년 당장 치워!"

도훈이 옆에서 고개를 흔들자 모두가 걸음을 멈추었다.

"뭐, 뭐 하는 거야?"

"운동 나가는 겁니다. 회장님."

단이는 이렇게 말을 하고는 회장의 휠체어를 끌기 시작했다.

"서지 못해!"

"못 섭니다."

그가 어떤 인물인지 알 수 없지만 설마 그녀를 죽이지는 않겠지 하는 마음으로 그녀는 휠체어를 밀고 나갔다. 가을의 바람은 선선하고 좋았다.

"회장님, 이곳은 서울의 공기와는 참 많이 다른 것 같아요."

언제 소란했나 싶을 정도로 단이는 조용히 회장에게 말을 걸었다.

"연못 쪽으로 갑니다."

단이는 이렇게 말을 하며 연못 쪽으로 방향을 틀었다.

"제가 아직 이곳의 지리를 몰라서 그곳이 좋을 것 같아요."

"이곳의 가장 좋은 곳은 솔담이 아닙니다."

그녀의 뒤를 조용히 따르던 도훈이 말했다.

"솔담이요?"

"모두가 소나무길이라고 생각하지만 사실은 소나무연못의 이름입니다."

"그럼 어디로 갈까요?"

"삼나무길이 아주 좋습니다."

도훈은 그렇게 말을 하고는 그들의 앞에 서서 걷기 시작했다. 50대 남자치고는 건장한 체격의 도훈이었다. 회장에게 힘으로 질 이유가 없었다. 하지만 도훈에게는 죄책감이 있는 모양이었다.

"와!"

하늘 위로 높게 치솟아 있는 삼나무길은 그야말로 장관이었다.

"수목원 같아요."

집 안에 수목원이 있는 것 같았다.

"회장님, 저하고 자주 나와요."

"……."

"말씀을 안 하시니 긍정으로 알겠습니다."

이렇게 심술궂은 회장과의 동거가 시작되었다. 앞으로 2개월 29일은 범상치 않을 게 분명했다.

"나가! 으윽!"

아버지의 고함 소리가 본당을 울리고 있었다.

"잡으세요."

요양사의 말소리도 들렸다.

"이 미친년아, 꺼지라고!"

아버지의 목소리가 높은 걸 보니 물리치료 중인 게 분명했다. 요즘 들어 아버지는 자신의 몸을 돌볼 생각을 하지 않았다. 위암 수술 후에 바로 찾아온 뇌졸중 때문에 왼쪽의 모든 기능이 마비가 되었었다.

지금은 어느 정도 회복이 되었지만 아버지는 본인의 몸에 신경을 쓰지 않고 자포자기를 한 것 같았다. 물론 건강과는 다르게 조직의 일엔 소홀함이 없으신 분이었다.

"들어가 볼까요?"

덕근이 어쩔 줄을 모르고 있었다.

"아악!"

"놔둬, 아버지의 몸에 손을 댄 사람은 참 오랜만이니까."

그는 아버지의 방문을 열고 방 안의 상황을 몰래 지켜보았다. 도훈 아저씨가 아버지의 몸을 잡고 있었고 요양사가 땀을 뻘뻘 흘리면서 아버지의 다리를 주무르고 있었다.

"평생 휠체어에 의지하실 거예요?"

"이거 안 놔! 난 걷고 싶지 않아!"

"거짓말 마세요."

"도훈이 너 이 여자 안 내쫓아!"

"회장님이 아무리 그러셔도 전 계약을 했고 절 자르시면 진짜 다 말해 버릴 거라고요."

"돈 줘서 내보내!"

아버지는 정말 질색을 하고 있었고 여자는 혼신의 힘을 다해 아버지를 주무르고 있었다. 혁민은 덕근을 데리고 그 자리를 떴다.

"괜찮을까요?"

"괜찮을 거야."

아버지를 저렇게 지극정성으로 보살피는데 굳이 자를 필요는 없을 것 같았다. 혁민은 요양사 옷이 다 젖을 정도로 아버지를 열심히 주무르고 있던 여자를 생각하자 절로 웃음이 나왔다.

"아버지가 적수를 만난 것 같아."

"저 요양사 한 집사님 조카랍니다. 나이는 26살이고 아름다운 성형외과의 간판 모델이었답니다. 어쩐지 아주 예쁘더라고요."

"……."

"그리고 더 대박인 건 이혼녀랍니다. 그 성형외과 원장이 남편이었는데 바람이 나서 이혼하게 되었다고 합니다."

성격이 굉장히 와일드할 거라고 생각했는데 여자는 뜻밖에 여린 구석이 있었다.

"저 같으면 둘 다 죽여 버렸을 겁니다. 세상에 태어난 걸 후회할 만큼 고통스럽게 죽였을 겁니다."

"시끄러."

덕근의 개인적인 생각 따위는 중요하지 않았다. 다만 저렇게 예쁘고 적극적인 여자를 차버리고 다른 여자를 만난 그녀의 남편이 이해가 가지 않을 뿐이었다.

"이상하군."

"네?"

"아니야, 봉수파의 움직임은?"

"오후에 기철이의 행방을 수소문하느라 바쁜 것 같았습니다. 그리고 아직 그 이상의 행동은 보이지 않았습니다."

"뒷수습은?"

"기철이에 대한 모든 걸 지웠습니다."

조직생활을 하다 보니 이 같은 상황이 빈번하게 일어났다. 그래서인지 그들은 더 교활해져서 경찰이나 검찰은 그들에게 무슨 일이 일어나는지 알지 못했다.

바쁘게 오후의 일과를 소화한 혁민은 8시가 넘어서야 자신의 사무실에서 나올 수가 있었다.

사무실은 한자리에 모여 있었다. 일하는 사람들을 관리하는 관리동과 그의 사무동이 있었고 기숙사가 그 옆에 마련이 되어 있었다.

그가 퇴근하는 길은 솔담을 지나는 길이었다. 그 정취를 즐길 만큼 그는 정서적으로 풍요로운 사람이 아니었다. 아버지의 건강과 조직의 운영을 생각해서 이곳에 오게 된 것이지 다른 이유는 없었다.

그는 피곤한 몸을 이끌고 혼자서 본당으로 향했다. 그러다가 그는 다리 중간에 앉아 있는 요양사를 보았다. 지쳐서 저러는 건지 아님 땅바닥에 앉아 쉬는 게 일상인지 알 수가 없었지만 여자가 저렇게 바닥에 철퍼덕 앉아 있는 건 그리 좋은 광경은 아니었다.

가관인 건 여자가 다리 난간 사이에 다리를 끼우고 앉아서 기둥에 얼굴을 대고 있는 것이었다. 그냥 지나칠까 하다가 그가 오는 줄도 모르고 계속해서 그 자세를 유지하고 있는 여자 곁으로 갔다.

그가 옆에 쭈그리고 앉아 있는데도 여자는 그대로였다.

"이봐."

옆에서 보니 하얀 목덜미가 달빛과 조명에 그대로 드러나 있었다.

"이봐, 여기서 자면 어떻게 해?"

혁민은 손으로 여자의 팔을 흔들었다. 여자의 가는 팔이 그의 손에 부러질 듯했다.

"김단 씨."

아까 명찰을 보았던 기억이 나서 그가 그녀의 이름을 불렀지만 이상하게 여자는 일어나지 않았다. 그가 여자를 다시 한 번 흔들었다. 그러자 여자가 옆으로 그대로 쓰러졌다. 코에 손을 가져다 대보니 죽은 건 아니었다.

"귀찮게 생겼군. 이봐."

그가 단이의 얼굴을 손바닥으로 살짝 아플 정도로 쳤다. 하지만 단이는 미동도 없었다. 다른 때 같으면 그냥 지나쳤을 상황이었지만 그는 단이를 안아 들었다.

그의 품 안에 들어온 단이는 굉장히 가벼웠다.

이러니 마사지 좀 했다고 기절을 하지.

체력이 바닥인 것 같았다. 하지만 그의 손끝에 느껴지는 그녀의 풍만한 가슴은 마른 몸과는 확실히 대조적이었다.

그는 자신도 모르게 다시 한 번 단이의 가슴을 손끝으로 쓸어내렸다. 이런 행동은 한 번도 해본 적이 없는 그였다.

그의 돈과 권력을 보고 불나방처럼 달려드는 여자들은 언제나 그를 귀찮게 했다. 그래서 어느 순간부터 그는 여자를 자연스럽게 멀리했고 전주로 내려와서부터는 여자와 만나지 않았다. 그게 오히려 더 편했다. 하지만 지금 그의 손끝에 닿은 단이의 가슴은 한 번쯤 만지고 싶다는 생각이 들었다.

"미친."

기절한 여자를 상대로 이런 헛생각을 하다니 지금 그는 여자가 필요한 것 같았다. 그러지 않고서야 이런 생각을 할 수가 없었다.

그는 단이를 안아 들고 솔담의 다리를 건너 단이의 외삼촌인 한 집사의 사무실로 향했다.

벌컥!

그의 등장에 장부를 보고 있던 한 집사가 놀라 자리에서 일어났다.

"단이야!"

한 집사가 자신이 아닌 누군가를 먼저 아는 체하는 건 처음이었다. 조카가 맞기는 한 모양이었다. 한 집사는 사색이 되어 그에게 다가왔다.

"단이야."

"구급차를 불러요."

한 집사는 그의 말에 정신을 차리더니 구급차를 불렀다. 혁민은 그사이에 단이를 소파에 누이고는 사무실을 나가려 했다.

"사장님, 감사합니다."

자신과 상관없는 사람에게 처음으로 친절을 베푼 그였다.

“어색해.”

악마의 아들이라는 별명을 가진 그였다. 그리고 그의 아버지인 구창진회장의 별명은 당연히 악마였다. 맨주먹으로 일원당을 만들어낸 아버지였다. 아버진 사채로 큰돈을 모아 건설로 뛰어든 분이었다.

사채업자 시절 아버지는 정말로 잔인한 고리대금 업자였고 세력을 확대하기 위해서 무슨 일이든 닥치는 대로 한 사람이었다. 그걸 기초로 혁민이 확실하게 일원건설을 성공시키긴 했지만 말이다.

영화에서 보면 조폭들은 멍청했고 잔인했다. 그래서 조폭들은 사투리를 쓰고 형님을 찾으며 싸움질만 한다고 사람들은 생각할 것이다.

하지만 그건 어디까지나 영화였다. 현실은 삶이고 교활하고 잔인한 자만이 조직에서 살아남고 그런 놈들을 더 잔인하게 옭아매두는 게 그의 몫이었다.

그가 본당에 도착해서 옷을 벗고 욕실에 들어가려고 할 때 구급차 소리가 들렸다. 조용한 일원당에서 처음 울리는 소리였다. 팔을 잘라도 부르지 않는 차였다. 혁민은 갑자기 웃음이 났다.

“요양사가 하루 만에 너무 열정을 불태웠어.”

그는 실오라기 하나 걸치지 않은 모습으로 욕실로 향했다. 완벽한 조각 작품 같은 몸이 움직일 때마다 근육들이 춤을 추고 있었다. 고대신화에 나오는 악마처럼 그는 구릿빛 피부에 완벽한 몸을 가졌다. 뿔과 꼬리만 없을 뿐이지 그는 악마의 아들 같은 모습이었다.

샤워꼭지에서 시원스레 물줄기가 뿜어져 나왔다. 그는 얼굴로 떨어지는 물을 한 손으로 쓸어 넘기며 미친 사람처럼 웃기 시작했다.

"참 웃긴 여자야."

오늘 처음 본 여자가 이렇게 그로 하여금 흥미를 느끼게 할 줄은 몰랐다. 이혼녀라고는 하지만 그냥 보기에는 아직 솜털도 빠지지 않은 것처럼 어리게 보이는 여자였다. 오늘로 마지막이긴 하지만 말이다.

저렇게 기절까지 했으니 며칠은 병원에 입원할 테고 일원당에는 다시는 발걸음도 하지 않을 게 분명했다. 그런데 그는 다시 한 번 이렇게 멀리서 말고 가까이서 김단이라는 여자를 보고 싶었다.

"한 집사의 조카라……."

만남은 이루어질 수 있을 것 같았다. 혁민은 오랜만에 조직의 일이 아닌 자신의 일을 생각했다. 스스로는 별 의미를 두지 않았고 앞으로 펼쳐질 일 역시 대수롭지 않게 생각했다. 그가 생전처음으로 어떤 소용돌이에 휘말리게 될지 그는 이때까지 알지 못했다.

3

눈을 떠보니 병원이었다. 그리고 그녀 앞에는 어처구니없게도 남편이란 작자가 고개를 숙인 채 의자에 앉아 있었다. 꿈인가? 순간 아주 불쾌한 꿈을 꾸고 있는 기분이 든 단이는 인상을 찡그린 채 다시 눈을 감았다.

눈을 감고 있었지만 불안했다. 이게 꿈이 아니면 어쩌나 하는 생각이 들었기 때문이었다. 남편을 보는 게 무서운 게 아니라 싫었다. 다시는 보고 싶지 않은 얼굴인데 이렇게 꿈속까지 나타나다니 진짜 짜증이 밀려들었다.

'아니겠지, 아니어야 해. 이건 꿈이야.'

속으로 이렇게 말을 하면서도 혹시나 꿈이 아닐까 봐 입 밖으로 말을 못 하고 있는 단이었다.

문이 열리는 소리와 함께 누군가 들어오는 소리가 들렸지만 단이는 다시 눈을 뜨고 싶지 않았다. 눈을 떴을 때 또 다른 기분 나쁜 존재가 있을 것만 같았기 때문이었다.

"일어나."

시어머니의 목소리였다.

"여기서 자면 어떡해?"

누워 있는 단이를 보고도 그는 잠을 잔 모양이었다. 여전히 생각이 없는 사람이었다. 모르는 사람의 병실에 와서도 저러지는 못할 것 같았다.

"일어나는 대로 빨리 처리하고 가자."

어머니에겐 사랑스러운 아들인지라 시어머니의 목소리가 상당히 부드러웠다. 마치 유치원 아이에게 타이르듯이 말을 하는 엄마의 목소리였다.

"도장 찍어주려고 하지 않을 텐데?"

"그럼 그 많은 돈을 다 주자는 거야?"

돈 얘기가 나오자 시어머니에게서 부드러운 엄마의 목소리는 사라지고 신경질적인 목소리가 나왔다.

"엄마, 안 주면 되지!"

짝!

"아파."

"잘못은 네가 했잖아."

위자료 때문에 온 모양이었다. 2년의 결혼생활에 대한 재산 분할과 바람을 피워 가정을 파탄나게 한 책임을 물어 10억 원가량의 위자료를 신청한 상황이었다. 지금 전남편은 그게 아까운 것이었다.

"엄마, 은희가 그러는데 임신 못 한 책임을 물으면 된다던데?"

"그건 너도 잘했어야 묻지."

"내가 뭘 잘못했는데?"

전남편은 정말 정신을 차리려면 멀었다. 저 머리로 어떻게 의대를 나오고 의사가 됐는지 단이는 알 수가 없었다.

"그나저나 얘는 왜 이렇게 안 깨어나는 거야?"

시어머니가 그녀의 얼굴을 손으로 아프게 때렸다.

짝짝짝!

"얘 일어나."

얼마나 아프게 치는지 단이는 벌떡 일어나려다가 말았다.

"그런다고 일어나겠어?"

"그럼 어떡해, 멀리 내려왔는데 하필 이렇게 병원에 있을 게 뭐람."

"엄마, 외삼촌인지 뭔지 하는 작자를 구슬려 보는 건 어떨까?"

"……."

아들의 말에 혹했는지 시어머니는 답을 하지 않았다. 가끔 모자의 의견이 일치할 때가 있었다. 때마침 외삼촌이 병실로 들어왔다.

"어머, 안녕하세요?"

시어머니의 간드러진 소리가 들렸다.

"안녕하십니까?"

"우리 단이가 어쩌다가 이렇게 됐나요? 난 잘 있는 줄로만 알고 있었는데……."

"오늘 첫 출근을 해서 무리를 했나 봅니다."

"몸에 이상이 있는 건 아니죠?"

걱정을 하는 건지 확인을 하는 건지 알 수가 없었다.

"네, 괜찮을 것 같습니다."

외삼촌은 시어머니와 말을 하는데 불편한 것 같았다.

"그런데 어떻게 알고 오셨습니까?"

"호호호, 텔레파시가 통했는지 우리 단이가 아팠네요. 얼마나 안쓰러운지…… 우리는 아픈지도 모르고 오늘 큰마음먹고 시간을 내서 먼 길을 왔거든요."

"무슨 큰마음을 말하시는지……."

"아이들 이혼 문제를 좀 해결해 보려고요. 여러 가지로 문제가 있어서요."

"이혼 소송 중인데 무슨 문제라도 있습니까?"

"호호호, 문제는요. 우리가 부탁 좀 하려고 온 거죠."

"말씀하십시오."

"외삼촌, 우리 잠깐 밖에서 얘기 좀 하면 안 될까요?"

시어머니가 외삼촌에게 애교 섞인 목소리로 교태를 부리고 있었다. 이건 무슨 시추에이션인지 침대 위에서 듣고 있자니 역겨웠다.

"말씀하세요."

"여기는 좀 곤란하고요."

"자리를 비울 수 없으니 말씀하세요."

시어머니는 한참을 뜸을 들이더니 말을 하기 시작했다.

"우리가 인연은 끝이 났지만 한때 가족이지 않았습니까? 그리고 우리 애 아버지가 얼마나 끔찍하게 단이를 예뻐했는지 아시죠?"

"……."

"그러다가 갑자기 이렇게 남이 되고 보니 저도 마음이 안 좋네요."

"하실 말씀만 하시죠."

외삼촌도 시어머니의 말이 듣기 싫었는지 말을 잘랐다.

"이렇게 늦은 밤에 우리 아들이 퇴근을 하고 이곳에 온 이유는 외삼촌을 만나기 위해섭니다."

"저를요?"

"그럼요, 단이가 요즘 물정을 몰라도 너무 몰라서요. 이혼 소송을 하는데 10억이라니 말도 안 되는 일이죠."

"……."

"그래서 말인데 단이가 10억을 받아도 삼촌한테 1억이라도 떼어주는 것도 아니고 저희도 그런 돈은 없습니다. 말이 강남 성형외과지 다 빚입니다."

입에 침도 바르지 않고 거짓말을 하고 있었다. 그녀가 알기로는 남편은 몇백억 부자였다.

"그래서 3억 정도로 해주시면 저희가 1억 정도 따로 인사하겠습니다."

단이는 침대에서 벌떡 일어날 뻔했다. 시어머니와 전남편의 행동에 속에서 천불이 났기 때문이었다. 도대체 자신과 외삼촌을 얼마나 무시했으면 저런 행동을 할 수 있을까라는 생각이 들었다. 단이는 일어나지 않기 위해서 주먹을 세게 쥐었다.

"잘못 찾아오신 것 같습니다. 나가시죠."

"뭐, 뭐요? 1억을 준다니까요."

"단이가 받아야 할 정당한 돈을 청구했고 전 단이의 돈이 필요한 사람이 아닙니다."

"그러지 마시고, 1억이 부족하신 거예요?"

"나가세요."

외삼촌의 목소리가 노기를 띠고 있었다.

"그럼 2억 어때요? 우리도 많이……."

"나가!"

"뭐?"

"경찰 부르기 전에 나가!"

외삼촌이 소리를 지르는 건 처음 들었다. 화를 내시는 분이 아니었다.

"1분 내로 안 나가면 그땐 경찰이 오기 전에 내 손에 죽어!"

"뭐? 뭐 이런 인간이 다 있어?"

외삼촌의 서슬이 퍼런 목소리에 놀란 시어머니와 전남편이 꽁지 빠지게 병실을 나갔다.

"외삼촌……."

"어, 단이 일어났구나."

"네, 죄송해요."

"네가 죄송할 게 뭐 있어. 저 인간들이 잘못된 거지. 이혼하길 잘했다. 그리고 꼭 위자료 다 받아내."

"네."

"몸은 괜찮은 거야?"

"네, 다리를 건너는데 힘이 들었는지 잠깐 앉았다가 가려고 했는데 너무 어지러워서요. 그다음은 기억이 안 나네요."

진짜로 쓰러질 때의 기억은 없었다. 너무 어지러워서 자리에 앉고 싶은 마음뿐이었고 자리에 앉은 다음부터는 기억나지 않았다.

"구 사장님이 안고 오셨어."

처음엔 외삼촌의 말을 이해하지 못한 단이었다.

"누구요?"

"구 사장."

"그러니까 손목을 자르라고 시킨 그 사람이요?"

단이가 살아오면서 가장 충격적인 장면의 주인공이 구 사장이었다. 물론 더 충격적이었던 건 은희와 전남편의 모습이었지만 말이다.

"단이야."

외삼촌이 단이를 나무랐다.

"안에서 있었던 얘기는 그 어떤 상황에서도 말하면 안 되는 거야."

"네."

단이는 이렇게 말을 하고는 링거바늘을 뺐다.

"뭐 하는 거야?"

"이제 집으로 가도 돼요."

"네가 의사야?"

"반쯤요. 어서 가요. 병원은 불편해요."

"그래도 아침까지는 있어."

단이는 침대에서 일어났다. 조금 어지러웠지만 참을 만했다.

"병원에서 오래 일을 해서 그런지 병원 냄새가 싫어요. 그리고 아까처럼 만나고 싶지 않은 사람들을 본 것도 싫고요."

"고집은……."

"제가 엄마 닮아서 한고집 하죠."

"……."

오랜만에 꺼낸 엄마 얘기에 외삼촌은 말을 잇지 못했다. 하나뿐인 동생을 허망하게 보낸 게 여전히 가슴 아프신 모양이었다.

병원을 나와 집으로 가자 새벽 시간이었다. 잠깐 눈을 붙이고 일어난 단이는 짐을 정리했다. 이곳에 올 때 가져온 짐이 그렇게 많지 않았기 때문에 생각보다 시간이 걸리진 않았다.

"벌써 다 챙긴 거야?"

"네, 삼촌은요?"

"나도 당분간 입을 옷가지들만 챙겼어."

"집은 비워둬요?"

"가끔 들러야지."

삼촌을 자신의 차에 태운 단이는 일원당으로 향했다.

"정말 괜찮아?"

"네, 전 괜찮아요."

단이는 외삼촌에게 애써 미소를 지어 보였다. 오늘은 너무 무리하지 말아야겠다는 생각을 했지만 막상 돌볼 환자를 보면 또 무리를 할 게 분명했다. 그건 어쩔 수 없는 그녀의 성격이었다.

아침식사를 하는 동안 구 회장은 아무런 말이 없었다. 눈동자를 돌려 주변을 둘러봤지만 요즘 들어 젊은 시절의 자신을 더 닮아가는 마음에 안 드는 아들 녀석과 도훈만이 그의 곁에 있었다.

언제나 이렇게 아침을 맞이했지만 오늘따라 허전한 느낌이 드는 구 회장이었다. 어제 그는 솔직히 요양사에게 놀랐다. 자신을 설득하면서까지 치료를 도운 요양사는 없었다. 늙은 몸이지만 그는 큰 키에 골격 또한 컸다.

그래서 남자들도 그를 버거워했다. 비록 지금 살이 많이 빠졌다고는 하나 기본 골격이 있었기 때문에 어제 그를 안마하는 게 쉽지만은 않았을 것이다.

투덜거리며 그가 들어오면 온몸을 마사지해 주던 그의 아내가 생각이 나서 솔직히 그는 어제 마사지를 받지 않기 위해 욕도 하고 소리도 질렀지만 요양사는 끄떡도 하지 않고 끝까지 그의 온몸을 마사지했다.

그러고 나니 오늘 아침 그는 다른 날보다 다리가 한결 부드러워짐을 느꼈다. 어제 그렇게 무리를 하고 학을 뗐으니 오늘 출근을 안 할 수도 있었다. 그렇다면 할 수 없는 일이지만 그는 은근히 밥을 먹으면서 출구 쪽을 곁눈질했다.

"어제 쓰러졌습니다."

"……."

아들의 말에 구 회장은 놀라지 않은 척을 하느라 무지 애를 쓰고 있었다. 사람이 죽어도 눈 하나 깜빡하지 않는 그였다. 하지만 묘하게 어제 요양사는 궁금했다.

"병원에 갔고, 오지 않을 겁니다."

"안 온대?"

말을 하고도 어색해서 헛기침을 한 번 한 구 회장이었다.

"안 올 것 같습니다."

"오면 오는 거고 안 오면 안 오는 거지 안 올 것 같은 게 뭐야!"

아들의 말에 화가 솟구쳤다.

"안 오면 마는 거지."

그때였다. 누군가 식당 안으로 불쑥 들어왔다.

"안녕하십니까?"

모두의 시선이 쏠린 곳에 요양사가 있었다. 어제보다 핼쑥해진 얼굴로 들어온 요양사를 보니 진짜 병원에 가긴 한 모양이었다. 가뜩이나 말라 보이는데 오늘은 더 살이 빠져 보였다.

구 회장은 안 보는 척하며 요양사를 힐끗 보고는 다시 밥을 먹기 시작했다. 도훈의 옆에 요양사가 서서는 구 회장을 지켜보고 있었다. 다시 봐도 예쁘게 생기긴 했다. 거기다 어제 보니 강단도 있는 여자였다.

구 회장의 눈에 아들 녀석의 반응이 보였다. 구 회장이 요양사가 와서 안심이 되는 것처럼 아들 녀석도 그런 것 같았다. 언제부터 여자에게 신경을 썼다고 아들 녀석의 행동에 속으로 혀를 차면서도 자신도 같은 행동을 한 것을 모르는 구 회장이었다.

신기한 건 진짜 아들이 여자에게 눈길을 돌리는 걸 처음 보았다. 관심이 있는 게 분명했다. 이건 구 회장의 직감이었다.

"구혁민, 얼빠져서 그러지 말고 밥 먹었으면 출근해."

"……."

언제나처럼 차가운 얼음같이 구는 아들 녀석이 자리에서 일어났다. 그리고 식사를 마친 그에게 요양사가 다가와 휠체어를 끌려고 하자 도훈이 휠체어를 잡았다.

"밥 먹고 와."

식당을 빠져나오던 구 회장은 단이에게 밥을 먹고 오라고 말했다.

"네?"

휠체어를 끌던 도훈이 놀라서 되물었다.

"너 말고."

도훈이 웃으며 입모양으로 요양사에게 먹고 오라고 말하고 있었다. 그 모습을 밖으로 나가던 아들이 놀란 얼굴로 보더니 이내 아무 말 없이 밖으로 나갔다.

"뭐 해?"

도훈이 그의 휠체어를 식당 밖으로 밀고 나갔다.

"어제 응급실에 있다가 새벽에 집에 갔답니다. 오늘부터는 본당의 예전 김 여사님이 쓰시던 방에 묵는답니다."

구 회장의 방과 가까운 위치의 방이었다. 그리고 그 방은 아들의 방과 나란히 있었다. 구 회장은 알 수 없는 미소를 지었다.

"얼굴이 까칠한 게 아프긴 했나 봅니다."

"시끄러."

"죄송합니다."

도훈은 쓸데없이 남의 일을 얘기하는 사람이 아니었다. 그가 수

다스럽게 구 회장에게 말을 한 건 20년 만이었다. 구 회장의 아내가 죽기 전에 도훈은 재미있는 이야기도 곧잘 해서 그를 웃게 했는데 아내가 죽은 이후에 도훈과 구 회장 사이에 웃음은 사라졌다.

"오늘 혁민이 일정은?"

구 회장은 아들 모르게 스케줄을 매일 체크했다. 그는 그 누구도 믿지 않았다. 이 세상에 믿을 사람은 아무도 없었다. 구 회장이 믿었던 유일한 사람은 도훈이 죽였다. 그때부터 구 회장에겐 마음이 사라졌다. 조직에 반하는 인물들은 무섭게 처리했고 조직의 세력을 키우는 데 온 신경을 다 쏟았다.

아들이 더 잘하기는 하지만 아들도 언제 그의 곁에서 떠나갈지 몰랐다. 그걸 대비해서 그는 조직의 모든 일들을 다 전해 듣고 있었다.

"오전에는 전주사옥으로 출근하셨다가 사장단 회의에 참석하시고 점심에 전주시장과 점심 약속이 있으십니다."

"그래?"

"전주시장은 문제가 안 되는데 국회의원이 걱정입니다. 돈을 너무 바라는 작자라서……."

소문은 익히 들어서 알고 있는 놈이었다. 돈이라면 사족을 못 쓰는 놈이었고 기업인들에게 어떻게 해서든지 돈을 뜯어내는 쓰레기 같은 놈이었다.

“일단은 구 사장님 선에서 잘 해결될 것 같습니다.”

“봉수는?”

“김봉수 쪽에서 자꾸 저희를 쑤시고 있습니다. 아무래도 회장님의 건강에 이상이 있다는 소문이 돌면서 더 기승인 것 같습니다.”

“내가 어때서?”

“공식석상엔 좀처럼 모습을 드러내지 않으시니…….”

“지랄들 말라고 전해.”

“그게 전한다고 해서 될 일은 아닙니다.”

사실 구 회장이 사람들 앞에 모습을 드러내지 않은 지 몇 년 됐다. 전주에 내려오면서부터니까 거의 5년이 다 되었다. 솔직히 지금은 휠체어에 앉아 있는 모습을 보이는 게 싫은 구 회장이었다.

“태만이 불러들여.”

“네.”

태만은 구 사장의 똘마니였다. 발이 넓어서 봉수파의 동향을 누구보다 잘 아는 녀석이었다.

“봉수 녀석이 다신 껍죽대지 못하게 막아야지.”

구 회장의 머리가 빠르게 회전하고 있었다.

뜻밖의 구 회장의 말에 단이는 아침상을 회장의 식탁에서 받게 되었다. 구 회장과 도훈, 그리고 구 사장이 나간 식당에는 외삼촌과 멍한 표정의 단이뿐이었다. 어떻게 해야 할지를 몰라 머뭇거리고 있는 단이에게 외삼촌이 말했다.

"앉아서 먹어. 음식은 바로 올 거야."

"외삼촌."

"한 집사님."

외삼촌이 호칭을 정정해 주었다.

"한 집사님, 그냥 국하고 밥만 주시면 될 것 같아요. 반찬이 다 그대로인데요."

외삼촌이 고개를 끄덕이고는 밥과 국만 준비하도록 지시를 했다. 그들에게는 작을지 몰라도 10인용은 되어 보이는 식탁은 단이에게는 운동장 크기만 해 보였다.

"여기서 먹는 건 단이 네가 처음이다."

외삼촌이 단이의 컵에 물을 따라주며 그렇게 말했다.

"영광으로 생각하기엔 너무 불편한데요."

"그래도 아침밥도 안 먹고 온 걸 아셨는지 친절을 베푸셨으니 기쁘게 먹어."

"무슨 공산주의자도 아니고 위대하신 수령님께서 주신 밥상 같네요.”

“하하하, 그래?”

“네.”

그때 밥과 국이 그녀의 앞에 놓여졌다.

“먹어.”

“한 집사님도 드세요.”

“난 조금 있다가 먹으마. 여기 갈비가 아주 맛있어.”

삼촌이 갈비를 단이의 앞으로 밀어주었다.

“무슨 씨름선수도 아니고 아침부터 갈비는 무슨…….”

“여기는 다 남자들이라서 아침 메뉴에도 고기가 올라와. 그리고 오늘 갈비는 소화가 아주 잘되는 떡갈비야. 다져서 나와서 씨름선수가 아니어도 먹어.”

“…….”

외삼촌의 말을 들으며 갈비를 젓가락으로 집어 먹으려던 단이는 그대로 정지화면이 되었다. 출구로 검은 그림자가 음산한 기운을 뿜으며 왔기 때문이었다.

“왜 다시 들어오냐고.”

단이는 작은 소리로 구시렁댔다. 오늘은 아침에 평소와는 다르게 수다스러웠던 자신을 생각하니 사무치게 후회되었다. 조용히 그 자세로 자리에서 일어났다.

"앉아서 먹어."

"……."

"이걸 놓고 가서 다시 왔을 뿐이야."

구 사장이 아까 앉았던 의자 옆에 휴대폰을 놓고 간 모양이었다. 자신의 휴대전화를 손으로 흔들며 그가 다시 식당을 나갔다.

"어젠 감사했습니다."

정신을 차린 단이가 구 사장의 뒤통수에 대고 정중하게 인사를 했다.

"정신 줄을 놓은 줄 알았는데 아니어서 다행이야."

그가 이렇게 얄미운 소리를 하고는 나가자 단이는 다시 자리에 앉았다.

"제가 미쳤어요. 괜한 짓을 한 것 같아요. 한 집사님."

"……."

외삼촌도 아무 말이 없이 멍하게 구 사장이 사라진 자리를 보고 있었다. 삼촌도 그녀의 행동에 놀라신 것 같았지만 그게 아니었다.

"처음이야."

"뭐가요?"

"구 사장님이 다른 사람에게 밥을 먹고 가라고 말하신 거 말이야."

"그게 어때서요?"

"원래 저런 사람이 아니거든. 어제 쓰러진 널 안고 오신 것도 그렇고."

사람이 무서워 보여서 그렇지 아주 나쁜 사람은 아닌 것 같았다. 식사를 마친 후에 단이는 구 회장의 방으로 향했다. 오늘부터는 아주 바빠질 것 같았다.

고칠 게 한두 가지가 아니었다. 응급실 같은 방부터 고쳐야 할 것 같았다. 단이 생각에는 그가 몸이 아픈 것보다는 마음의 상처가 더 커 보였다. 대기업의 회장이 마음에 상처가 있겠느냐는 선입견은 버려야 할 것 같았다.

오늘도 어느 문보다 더 단단하게 닫힌 문 앞에 단이가 섰다.

"후~"

심호흡을 하고는 단이가 노크를 했다.

똑똑똑.

"회장님, 단입니다."

오늘은 최대한 친한 척을 하며 안으로 들어간 단이었다. 여전히 대답은 없었지만 말이다. 문을 열고 들어가자 도훈이 그녀를 웃으며 맞아주었고 구 회장은 휠체어에 앉아서 멍하게 창밖을 바라보고 있었다.

"회장님, 날씨가 너무 좋아요."

"……."

"우리 같이 산책 가요."

구 회장의 곁으로 가서 친한 척을 하는 단이의 모습에 도훈은 턱이 빠진 사람처럼 입을 벌리고 있었다. 단이는 도훈의 그런 모습을 모른 척하고는 구 회장의 휠체어를 밀고는 밖으로 향했다. 오늘은 확실하게 어제와는 달랐다.

그녀가 그렇게 휠체어를 몰고 가는데도 구 회장은 아무런 말을 하지 않았다. 좋은 조짐이었다.

"어제 제가 갔던 길 말고 더 좋은 곳은 없나요?"

도훈을 돌아보며 묻자 뒤따라오던 도훈이 그녀의 옆으로 다가와서 연못 쪽의 길로 안내했다. 그녀가 건너다니던 다리가 아닌 둘레 길이었다.

"좋은데요. 어쩜 이 집은 버릴 경치가 없는 것 같아요. 아침은 아침대로 저녁은 저녁대로 말이에요. 그렇죠?"

"……."

여전히 말은 없었지만 그래도 안심은 되었다. 이렇게 천천히 서로에게 적응을 하면 되는 것이다. 그때였다.

"서울에서는 상상도 할 수 없는 경치야."

"네? 네."

구 회장의 입에서 이런 말이 나왔다는 게 놀라워 단이는 말까지 더듬거렸다.

"회장님, 저에게 대답해 주신 거예요?"

"시끄러."

"회장님이 말씀을 이렇게 해주시니까 너무 좋아요."

진심이었다.

"조용히 해. 시끄러우니까 잉어들도 저 난리들이잖아."

진짜 잉어들이 사람 소리가 나는 쪽으로 몰려들었다. 구 회장이 투덜거리듯이 말했지만 단이는 지금 뛸 듯이 기뻤다. 좋은 징조였다.

그로부터 일주일 동안 단이는 하루하루 바쁜 시간을 보내고 있었다. 구 회장의 방을 전체적으로 바꾸는 일을 했기 때문이다.

외삼촌이 총괄집사인 관계로 일은 일사천리로 진행이 되었다. 우선 필요도 없는 의료기기들은 다른 방으로 치우고 물리치료실을 만들었다. 그리고 구 회장의 방은 쉬는 공간으로 다시 리모델링했다.

잠자고 좋은 음악을 듣고 책도 읽을 수 있는 공간으로 바꾸었다. 방 안은 온통 따뜻한 계열의 색으로 인테리어를 했다. 그리고 그녀가 가장 신경을 쓴 부분은 대가족이 있는 집의 안방 같은 느낌을 인테리어 업자에게 주문을 했다.

돈이 좋기는 했다. 돈을 많이 받은 인테리어 업자는 그녀의 말을 완벽하게 이해했고 구 회장의 방은 일주일 사이에 아주 큰 변화를 맞이했다. 이제 사람이 사는 방이 되었다.

"회장님, 진짜 멋지죠?"

단이가 도훈과 함께 리모델링된 방으로 들어온 구 회장에게 신이 나서 말했다.

"이제는 병실 같지 않아요."

"그렇군."

"전 이 정도로만 해도 회장님이 더 편하게 쉬실 수 있을 것 같아서 좋아요."

도훈도 방이 마음에 드는지 구 회장에게 연신 좋다는 말을 하고 있었다.

"역시 방의 인테리어는 여자들이 해야 하나 봅니다, 회장님."

"시끄러."

여전히 구 회장은 퉁명스러웠지만 도훈이나 단이에게 먼저 말을 걸기도 했다. 이렇게 구 회장과의 관계도 놀라울 정도의 변화가 생겼다. 단이는 이 모든 게 다 기적 같은 일이란 생각이 들었다.

숨이 막힐 정도로 하얀 사무실이었다. 책상도 의자도 소파도 모두 하얀 색이었다. 바닥에 깔린 카펫마저도 모두가 하얀 색상이었다. 태만은 사무실에 들어올 때마다 구 사장의 하얀색의 집착 때문에 숨이 막힐 것 같았다.

어릴 때부터 커다란 덩치에 땀이 많았던 태만은 그리 깔끔한 인물은 아니었다. 유도를 오래했던 탓에 운동을 그만둔 지금은 몸이 갑자기 불어서 그런지 땀샘이 폭발을 한 듯이 더 땀이 많았다.

그리고 특히 너무 깨끗한 사장실에 오면 그의 땀샘은 축복을 받은 듯 활짝 열려 버렸다. 손수건을 짜도 될 만큼의 땀을 흘리고 있는 태만은 열심히 서류를 검토하고 있는 구 사장을 보며 눈치껏 땀을 닦고 있었다.

"김태만, 씻고는 다니는 거야?"

"죄, 죄송합니다."

"땀 좀 어떻게 해."

그를 쏘아보는 구 사장 때문에 태만은 더 긴장했고 땀은 수도꼭지를 틀어놓은 것같이 흐르고 있었다.

하긴 자신의 모습이 이 방 안의 모든 것과 대비를 이루었다. 마치 검은색 옷을 입은 자신이 잡티 같은 느낌이 들기 때문이었다. 물론 구 회장도 옷은 검은색을 즐겨 입었다.

"사장님."

사무실 안으로 일원건설에서 가장 뛰어난 미모를 자랑하고 있는 조 비서가 들어왔다. 태만에게는 이 시간이 가장 행복한 시간이었다. 조 비서는 태만에겐 연예인 같은 존재였다.

"김 부장님께서 보낸 겁니다."

어쩜 목소리도 이리 좋은지 아주 미칠 것 같았다. 조 비서가 그를 스쳐 구 사장에게로 가자 그녀의 향수 향기가 태만의 코를 자극했다. 자신도 모르게 조 비서를 따르며 그가 킁킁거렸다. 진짜 완벽한 향이었다.

"윽!"

순간 태만은 자신의 발에 불이 붙은 줄 알았다. 두 눈에서 불이 번쩍이고 있었다. 그의 그런 모습이 마음에 들지 않았는지 조 비서가 그를 지나며 그의 발등을 밟았기 때문이었다. 미안하다는 말도 없이 아파서 발을 꼬고 있는 그의 곁을 유유히 지나가는 그녀였다. 역시 여자는 이 정도의 성깔은 있어야 매력이 있는 것이었다.

"태만아."

구 사장이 눈물을 찔끔거리고 있는 그를 불렀다.

"네, 사장님."

태만은 정신을 차리고 구 사장의 앞으로 갔다.

"요즘은 어떻지?"

"항상 예쁘고 섹시하고 사람을 미치게 만들고 있습니다."

"……."

구 사장의 표정이 아주 어두워졌다.

"아, 그러니까 뭘 물어보신 건지……."

구 사장의 질문을 이해하지 못한 태만이 허둥대며 눈치를 살폈다.

팍!

태만의 옆으로 뭔가가 빠르게 지나갔다.

"죄송합니다."

"정신 똑바로 안 차리지?"

"죄송합니다."

"김단이 어떠냐고?"

"아, 요양사님이요?"

팍!

뭔가가 또 그의 얼굴 옆으로 지나갔다. 태만은 자신이 생각해도 빛의 속도로 피했다.

"요즘 한창 구 회장님의 방 인테리어를 마치고 물리치료실 마무리 작업을 하고 계십니다."

"그건 알고."

뭔가 또 날아올까 봐 몸을 움츠렸지만 이번엔 아무것도 날아오지 않았다.

"김단이 뭘 하냐고 물었어."

오늘따라 김단 타령을 하는 구 사장이 이해가 가지 않는 태만이었다.

"아침에 출근하시고 구 회장님 돌보시다가 저녁에 퇴근하면 방으로 들어가서 아침까지 나오지 않습니다. 그 안에서 무슨 일이 일어나는지 CCTV 설치할까요?"

퍽!

구 사장이 던진 핸드폰이 그의 어깨를 강타했다. 아까 구두굽으로 밟힌 건 아픈 것도 아니었다.

"아, 죄송합니다."

맞은 어깨를 손으로 비비며 그가 말했다. 자기가 생각해도 뭔가가 날아올 말을 한 게 분명했다.

"잘 살펴봐."

"네, 그런데 진짜 집에만 계셔서 뭔가를 살필 게 없습니다."

"……."

사실이었다. 요양사는 어디에도 가지 않고 오로지 회장만을 돌보고 있었다.

"아참, 진짜 신기한 일이 있었습니다."

구 사장이 태만을 쳐다보았다. 이번에도 헛소리를 하면 죽여 버리겠다는 표정으로 말이다.

"진짜 신기한 게 말입니다. 집안에서 일하는 놈이 그러는데 회장님께서 웃으셨답니다."

"뭐?"

놀라긴 놀란 모양이었다. 하긴 이 소릴 들었을 때 그도 놀랐으니 말이다.

"진짜 신기하지 않습니까? 요양사님과 도훈 형님과 같이 웃으셨답니다."

"언제?"

"어제도 그랬고 오늘도 그러셨답니다. 집안일을 하는 놈이 솔담길을 쓸고 있는데 그 웃음소리가 제법 커서 그놈도 놀랐다고 했습니다. 그리고 저도 점심식사하고 나오다가 봤습니다."

구 사장도 못 믿겠다는 눈치였다.

"사실이야?"

"네, 저도 하도 기가 막혀서 눈을 비비며 몇 번이나 확인했습니다."

"그걸 왜 지금 말해?"

"죄송합니다."

그의 대답은 기승전 '죄송합니다'였다. 자신이 생각해도 희한

한 일이었다.

“무슨 일이 있었는지 알아봐.”

“네.”

생전 웃은 적이 없는 구 회장이 웃는 모습은 태만도 처음 보았다. 그게 좋아 보이는 게 아니라 소름이 끼치도록 무서웠다. 악마가 웃었기 때문이었다.

구 회장도 구 회장이었지만 남의 일이라면 신경도 쓰지 않는 구 사장이 왜 그렇게 요양사에게 신경을 쓰는지 태만은 이해할 수가 없었다. 하긴 그동안의 요양사들은 지금의 요양사처럼 대단한 미인들은 아니었다.

“예쁘고 봐야 해.”

“뭐라고?”

자신도 모르게 헛소리를 한 모양이었다.

“조 비서가 예쁘다고 했습니다.”

“미친놈.”

“예쁘지 않습니까?”

“아니.”

그는 조 비서의 하늘이 내려주신 미모를 못 알아보는 구 사장이 이해가 가지 않았다.

“뭐 하고 있어?”

"지금 갑니다."

또 무언가 날아오기 전에 태만은 빠르게 구 사장의 사무실을 빠져나왔다.

4

가을의 중턱에 다다르자 날씨가 제법 쌀쌀했다. 서울과는 다르게 이곳은 겨울이 빨리 왔다. 혁민은 이곳의 깨끗한 서늘함이 좋았다. 매연 속에서 어떻게 30년을 살았나 싶을 정도였다. 오늘은 저녁 약속이 있어서 10시가 넘어서야 일원당에 도착했다.

혁민의 비서인 우민이 오늘은 기사를 대신해서 운전대를 잡았다. 비밀장소였기 때문에 운전사 대신 그가 함께 동행한 것이었다.

"오늘 만남은 만족하셨습니까?"

"글쎄……."

오늘 그가 만난 정치인은 우리나라 제일정당의 대표였다. 정당 대표의 두툼한 뱃살만큼이나 두툼한 돈 뭉치를 들고 간 그가 마음에 들었는지 정당 대표는 혁민에게 공천 얘기를 꺼냈다. 정치인의 빈말이 아닌 진심 어린 말이었지만 그는 일언지하에 거절을 했다.

그는 남들 앞에 설 수 있는 일을 하지 않고 있었다. 만일 정계에 뛰어든다면 지금 상황에선 자살 행위였다. 정치인들 사이에 조폭은 어울리지 않았다. 말 그대로 언제 공격의 대상이 될지 몰랐다. 아버지도 그가 조용히 사업을 하길 바라셨다.

"그쪽 비서가 사장님의 생년월일을 물었습니다."

"가르쳐 줬나?"

"뭐 문제 될 게 없을 것 같아서……."

"후~"

"죄송합니다. 생각이 짧았습니다."

"아냐."

정당 대표가 자꾸 자신의 막내딸을 그에게 소개시켜 주고 싶어 했다. 거절하기는 했는데 뒤에서 또 묻다니 기분이 좋지 않았다. 정치인들에겐 인간 구혁민보다는 우리나라에서 현금을 가장 많이 보유하고 있는 구창진 회장의 아들이라는 게 훨씬 매력적일 것이다.

그런 사람과 사돈이 된다는 건 정치자금 걱정 없이 정계 활동을 할 수 있다는 뜻이니 그들에겐 매력적이지 않을 수 없었다.

"오늘은 이만하자."

이야기를 하면서 오다 보니 벌써 주차장이었다.

"수고했어. 오늘은 별당에서 자고 가."

"네."

집안에 일하는 사람들이 사용하는 공간에서 가끔씩 묵고 가는 우민이었다.

"장가는 안 가?"

"네?"

뜬금없는 그의 말에 우민이 당황한 것 같았다.

"쉬어."

"네."

우민은 고아였고 외로움이 많은 것 같았다. 그래서 가끔 우민이 가정을 가지면 어떨까라는 생각이 들곤 했다. 아마 그럼 지금처럼 그를 보좌하지는 못하겠지만 우민을 위해선 좋은 일일 것 같았다.

다른 사람들에겐 이런 마음이 생기지 않았고 감정도 없었지만 그의 최측근인 우민의 경우엔 달랐다. 어릴 때부터 그의 옆에 있었기 때문이라기보다는 고아인 우민의 외로움이 그에게도 느껴질 때가 있기 때문이었다.

그는 천천히 본당으로 향했다. 시원한 바람이 그의 얼굴에 닿자 기분이 좋았다. 그는 버릇처럼 양복의 어깨를 털고는 걷기 시작했다. 결벽증은 그에겐 어머니가 돌아가시면서 주고 가신 선물 같은 것이었다. 원하지도 바라지도 않은 것이었지만 말이다.

그때부터 그는 더러움을 참지 못하는 성격이 되어 있었다. 어쩌면 그래서 여자를 멀리했을 수도 있었다. 서로의 타액이 오가다니, 그래서 그는 섹스는 해도 절대로 여자와 키스하지 않았다. 그건 있을 수 없는 일이었다.

오늘따라 쓸데없는 잡생각이 많은 것 같았다. 아마도 그건 요즘 그를 심란하게 만드는 여자 때문인 것 같았다. 그리고 그 여자가 지금 그의 눈앞에 거짓말처럼 있었다. 연못 사이에서 그가 오는 줄도 모르고 뭔가를 열심히 연못에 던져 주고 있었다.

아마 물고기 밥을 주는 모양이었다. 팔뚝만 한 잉어들이 물속에서 과자를 받아먹기 위해 파닥거리는 소리가 멀리 떨어진 그에게도 들렸다. 고요한 정적을 깨는 건 잉어들의 파닥거림만이 아니었다.

뭐가 그리도 좋은지 단이는 콧노래를 부르고 있었다. 하지만 노래는 그리 잘 부르는 것 같지 않았다.

단이가 쓰러진 이후로 2주가 지났지만 마주칠 기회가 그리 많지 않았다. 하지만 그가 아버지를 뵈러 갈 때마다 그가 보든 보지 않든 간에 단이는 아버지에게 최선을 다하는 모습을 보이고 있었다.

마치 진심에서 우러나오는 것처럼 말이다. 세상에 진심으로 자신의 일에 최선을 다하는 사람은 사장 빼고는 없다고 생각하는 그였다. 하지만 요즘 단이가 그의 편견을 많이 없애고 있었다.

그가 한 걸음 한 걸음 천천히 움직이자 인기척을 느꼈는지 단이가 그가 오는 쪽으로 고개를 돌리고는 얼른 구십도로 인사를 했다.

단이가 그에게 인사를 하기 전 그는 단이가 재빠르게 눈물을 닦아내는 것을 보았다. 그러니까 기분 좋게 잉어에게 먹이를 준 게 아니라 울면서 먹이를 준 것이었다. 항상 예상과는 다르게 구는 여자였다.

"먹이만 주는 줄 알았는데 하는 일이 많았군."

그녀가 그의 말에 고개를 들자 커다란 눈에서 눈물이 흘러내렸다. 그의 시선이 그녀의 눈물을 따라 흘러내리자 그녀가 얼른 손으로 눈물을 닦아냈다.

"죄송합니다."

"우는데 죄송할 것까지야."

그들의 시선이 공중에서 얽혔다. 예쁘다고는 생각했지만 이 여자는 밤에 그것도 달빛 아래 보면 안 되는 아주 위험한 여자였다. 눈물로 촉촉하게 젖은 눈이 그를 올려다보고 있었다. 작은 키의 여자는 아니었지만 그에 비해 턱없이 작았고 안으면 부서질 것같이 말랐다.

하지만 그녀가 몸 전체가 마른 건 아니라는 사실을 그는 지난번 그녀를 안았을 때의 경험으로 알고 있었다. 그는 자꾸만 그녀의 가슴을 실제로 보고 싶었다. 요즘은 워낙에 브래지어가 잘 나오니까 말이다. 그녀의 가슴이 기술력의 산물인지 아니면 자연 그대로인지 궁금했다.

"오늘 많이 늦으셨습니다."

단이의 목소리가 떨렸다. 아마도 어색한 공기의 흐름을 느낀 모양이었다.

"왜 울고 있었지?"

"……."

"대답해."

마음은 그게 아닌데 목소리가 거칠게 나갔다. 아마도 그가 주로 상대하는 사람이 거친 남자들이기 때문에 그 또한 매끄러운 말투를 갖고 있지 않았다.

"난 두 번 묻는 거 싫어하는 사람이야."

"개인적인 일입니다."

"아버지 때문은 아니군."

"회장님은 저에게 친절하십니다."

"하하하."

갑자기 웃음이 터졌다. 지나가던 개가 웃을 소리를 지금 그의 앞에 서 있는 단이가 눈 하나 껌뻑이지 않고 하고 있었다. 아버지가 친절하다니 그가 평생 살아오면서 들은 말 중에 가장 웃겼다.

"왜 웃으십니까?"

"하하하, 내가 몰랐던 유머 감각이 있군."

단이는 어리둥절한 표정으로 그를 바라보았다.

"왜 내 질문에 답은 안 하지?"

"……."

"지난번에 구해줬으니 이유를 들을 만하지 않나?"

단이가 한참을 망설이더니 드디어 말을 했다.

"제가 이혼을 준비 중인데 이게 쉽지가 않네요."

단이의 얼굴이 굳어 있었다. 지난번에 우연치 않게 그녀가 이혼녀임을 듣게 되었고 동안인 그녀가 결혼했던 여자임이 조금은 놀라웠었다. 그게 다였는데 오늘은 이상하게 그녀가 이혼 문제로 울고 있는 게 마음에 들지 않았다.

"그래서?"

"재미있는 이야기가 아니라서 여기까지만 하고 싶습니다."

"김단 씨는 아주 다부진 여자라고 생각했는데 엉성한 구석이 있어. 그래서 이혼했나?"

그는 여과 없이 그녀의 상처에 소금을 뿌리고 있었다. 그녀가 다른 남자 때문에 우는 게 싫었다.

"지나친 간섭이십니다."

"나한테 말대답하는 용기는 재판정에서 쓰도록."

그는 이렇게 말을 하고는 그녀를 지나쳐 본당으로 향했다. 본당으로 향하는 내내 뒤통수가 따가웠다. 아니, 자신의 말에 상처 받았을 단이가 신경이 쓰였다.

"제길!"

그는 이렇게 신경 쓰이는 단이 때문에 화가 났다.

본당에 들어가서 샤워를 한 혁민은 반바지에 수건만 걸치고는 주방으로 향했다. 시원한 소주 한 잔이 필요했다. 소주를 마시면 잠이 잘 왔기 때문에 오늘처럼 머리가 복잡한 날은 주방의 냉장고를 찾는 그였다.

하지만 소주는 그만 찾는 게 아닌 모양이었다. 쥐새끼 한 마리가 냉장고 문을 열고 그의 소주에 손을 대고 있었다.

"그 소주는 내 꺼야."

그의 말에 놀란 단이 소주를 놓쳤지만 그가 민첩하게 몸을 날려 밤의 정적을 깨는 일을 막았다.

"죄, 죄송합니다."

그의 눈에 미끈하게 빠진 단이의 하얀 다리가 그대로 드러나 있었다. 그의 눈이 빠르게 단이를 스캔하기 시작했다. 매력적인 암컷을 본 수컷의 본능적인 움직임이었다. 짧은 핑크색 면반바지에 흰 면티를 입고 샤워를 마쳤는지 머리에는 수건을 감고 있는 단이는 굉장히 섹시해 보였다.

"나이스 캐치."

그는 민망해하는 단이를 향해 이렇게 말을 하고는 소주를 흔들었다.

"술이 당기는 날이군."

"그럼, 전……."

그녀가 자리를 피하려고 하자 그가 단이의 팔을 잡았다.

"마시고 가."

"네?"

"같이 마셔."

그녀가 걸음을 멈추고 그를 올려다봤다. 역시나 위험한 눈길로 그를 쳐다보는 단이었다.

"위험해."

"네?"

"아니야, 난 치즈가 안준데. 단이는 새우깡인가?"

그녀의 손에 과자 한 봉이 들려 있었다.

"이거 아까 잉어한테 주던 거 아닌가?"

"맞아요. 다 같이 먹고살아야죠."

그가 치즈와 소주 그리고 소주잔을 주방의 식탁 위에 놓았다.

"왜 여기 주방에서 식사를 안 하시고 식당에서 따로 드세요?"

단이가 그를 보며 물었다.

"여긴 어머니의 물건들이 많아서 아버지가 싫어하셔."

본당에는 주방이 있고 식당이 따로 떨어져 있었다. 주방에는 냉장고와 간단한 조리도구들이 있어서 좀 더 가정집 같았고 식당은 진짜 식탁과 장식품들만 있어서 영업집 같았다.

"어머니의 물건들요?"

"이곳에 있는 모든 그릇들과 주방 기구들은 어머님이 쓰시던 거야. 냉장고 같은 전자제품들은 빼고 말이야. 아버진 이곳의 물건들을 버리지 못하게 하시면서 보시지도 못하시지."

"구 회장님은 아주 로맨틱한 분이신 것 같아요."

"하하하, 오늘 날 여러모로 웃기는군. 하지만 어머니에게 잘하신 건 맞아."

"그게 로맨틱한 거죠."

"그런가?"

"그럼요."

그가 소주잔에 술을 따라 그녀 앞으로 밀었다.

"마셔."

그리고 자신도 잔에 술을 따라 마셨다. 그의 입가에 쓴웃음이 지어졌다. 자신이 누군가의 잔에 술을 부어주는 건 사업상의 일이 아니면 절대로 있을 수 없는 일이었다. 하지만 그걸 아는지 모르는지 단이는 그가 따라준 술을 잘도 마셨다.

"술을 좀 하는군."

"뭐 남들만큼은 마시죠."

"남들보다 잘 마시는 것 같은데?"

"속상할 땐 술도 안 취해요. 취하려고 마시는 건데……."

"하긴."

그와 그녀는 단숨에 한 병을 비웠다. 술병이 비자 단이가 다시 한 병을 가져왔다. 그녀가 돌아오는데 그의 눈이 단이의 가슴에 꽂혔다. 하얀색 면티에 그녀의 풍만한 가슴이 그대로 비치고 있었다. 그리고 그녀의 터질 듯한 가슴처럼 그녀의 유두 또한 그의 시선을 잡을 만큼 튀어나와 있었다.

그녀가 속옷을 입지 않고 나온 모양이었다. 그가 자신도 모르게 마른침을 삼키고 있었다. 그를 유혹하기 위한 계획적인 접근인지 알 수 없었다. 그에게 여자들은 항상 그런 식으로 다가왔다. 결혼 경험이 있는 단이가 남자의 반응을 모를 리가 없었다.

순식간에 그는 차가운 시선으로 그녀를 바라보았다. 아름다운 육체를 가지고 의도적으로 접근하는 여자들은 딱 질색이었다. 그를 남자로 봐줄 수 있는 여자를 그는 원했다. 돈이 아니라.

"이거 드세요."

단이가 그런 그의 마음을 눈치챘는지 술병만 놓고는 자리에 앉지 않았다.

"내일을 위해서 전 자려고요."

"……."

그는 그녀를 붙잡지 않았다. 아쉽지 않다면 거짓말이겠지만 의도적인 접근이라면 사양이었다. 혁민은 단숨에 술잔을 비웠다. 아무래도 다시 차가운 물에 샤워를 해야 할 것 같았다.

알딸딸한 것이 기분이 좋았다. 복도를 지나 자신의 방에 들어올 때까지 단이는 술에 취한 느낌이었다. 오후에 전남편의 전화를 받고 우울했던 기분이 많이 나아졌다.

침대 위에 벌러덩하고 눕는데 순간 아차 하는 생각이 들었다. 뭔가가 아주 허전했다. 단이의 손이 자신의 가슴으로 향했다. 물컹한 것이 그대로 만져졌다.

"브래지어……."

단이는 침대에 돌아누워 베개에 얼굴을 박았다.

"아이고 주책아."

아무도 없을 줄 알고 잠잘 때 입는 면티와 면반바지 차림으로 주방에 갔는데 그가 있을 줄은 꿈에도 몰랐었다. 어째서 그에겐 들키고 싶지 않은 것만 들키는지 알 수가 없었다. 얼마나 그가 조심성이 없는 여자라고 생각을 했을지 뻔했다.

"아아악! 젠장!"

차마 욕은 못 하겠고 그녀는 애꿎은 베개에 얼굴을 묻고 다시 한 번 소리를 질렀다.

"미쳤어. 미쳤어."

오늘은 진짜 되는 일이 없었다.

아침부터 어긋나는 일의 연속이었다. 마치 전남편과 은희를 만나던 그날처럼 말이다. 하루 종일 일이 꼬이고 꼬인 일이 다시 꼬인 하루였다.

"제정신이 아니야."

머피의 법칙, 오늘이 딱 그랬다. 머피도 이런 머피가 없었다. 일의 시작은 아침에 양치 컵이 박살나면서부터 시작이 되었다.

쨍그랑!

유리컵을 양치 컵으로 쓰는 게 아니었다. 바닥에 떨어진 유리조각들을 치우며 단이는 오늘 하루가 엉망일 것 같다는 생각이 들었다.

아니나 다를까, 출근길에 핸드폰을 떨어트려 액정에 금이 가서 전화가 어디서 오는지 문자가 뭐라고 들어오는지 알 수가 없었다.

그래도 통화는 되니까 내일 점심시간에 잠깐 시내에 다녀올 생각이었다.

일은 거기서 끝이 아니었다. 산책길에 휠체어가 고장이 나서 도훈 아저씨가 회장님을 업고 들어왔고 그녀는 무거운 휠체어를 들고 집에 와야 했다. 다행히 회장님이 화를 내지 않으셔서 그나마 안심이었다.

하지만 하이라이트는 점심식사 후에 있었다. 오늘의 짜증나는 일은 오후의 일에 비하면 새발의 피였다.

윙—

핸드폰이 울리자 단이는 잠시 회장에게 양해를 구하고 핸드폰을 들고는 복도로 나왔다. 액정이 깨지지 않았다면 절대로 받지 않았을 전화였다.

"여보세요?"

혹시나 그녀의 변호사에게 전화가 왔을까 해서 받은 전화는 전 남편의 전화였다.

[잘 지내?]

그의 목소리를 들은 단이는 몸을 부르르 떨었다. 온몸에 벌레가 기어가는 느낌이었기 때문이었다.

"네, 어쩐 일이시죠?"

[어쩐 일? 아무리 이혼 소송 중이지만 우린 아직 법적으로 남이

아니야.]

"하실 말만 하세요. 저 일하는 중이에요."

[뭐, 조금 있으면 위자료도 받을 텐데 일은 무슨.]

말하는 싸가지는 여전했다.

"하실 말씀 없으시면……."

[5억만 받아.]

"네?"

[크게 인심 쓴 거야. 엄마는 한 푼도 못 주겠다고 우리나라 최고의 변호사를 쓴다는데 내가 말렸어. 어차피 그 변호사에게 그 돈 주느니 네가 그 돈 받고 떨어져.]

"떨어지다뇨?"

[어디서 네가 5억을 받아? 안 그래?]

화가 머리끝까지 났다. 지금 똥오줌을 못 가리고 그녀를 건드리고 있었다.

"제가 10억을 받는지 못 받는지 두고 보세요. 그리고 이따위 전화 다시는 하지 마세요."

[야!]

단이는 너무 화가 나서 자신의 목소리가 그렇게 컸는지 몰랐다. 복도에 있던 일하는 분들이 그녀를 이상한 눈으로 쳐다봤다. 정신을 차린 단이는 눈물을 삼키고 웃는 얼굴로 구 회장의 방으로 들어갔다.

"회장님, 마사지 받으실 시간이에요."

그렇게 단이는 오후의 시간을 거의 구 회장의 마사지에 총력을 다했다. 온몸이 땀이 범벅이 되도록 그녀는 열심히 구 회장을 마사지했다. 그래야 전남편의 잔인한 말들을 잠시나마 잊을 수 있을 것 같았기 때문이었다.

그러고 났더니 퇴근 시간 무렵에는 다리에 힘이 풀린 단이였다. 자신의 방으로 들어가기 전에 단이는 외삼촌과 많은 이야기를 나누었다. 하지만 결론은 재판의 결과를 기다리는 것뿐이었다. 그래서 답답한 마음에 평소에도 늘 챙겨 다니는 새우깡을 들고는 연못으로 가서 잉어들에게 과자를 던져 주며 하소연을 하고 있었다.

"많이 먹어. 오늘은 언니가 많은 이야기를 할 거니까."

과자를 뿌리자 팔뚝만 한 잉어들이 몰려들기 시작했다.

"돈이 다가 아닌데 왜 그렇게 돈에 목숨을 거는지 모르겠어. 그냥 잘못했다고 진심으로 빌면 돈은 안 받아도 그만인데 말이야."

솔직히 돈은 두 번째 문제였다. 첫 번째로는 전남편이 그래도 약간이라도 양심이 있기를 바랐다. 하지만 그런 그릇은 못 되는 것 같았다.

전남편이 자신 앞에 무릎 꿇고 앉아 비는 모습이 상상되지 않았다. 전혀 그럴 사람이 아니었기 때문이었다.

"그럴 일은 없을 것 같아."

어쩌다 그런 사람과 결혼이란 걸 하게 되었는지 단이는 자신의 철없음을 후회했다. 눈물이 연못으로 방울방울 떨어졌다.

"으으음."

어울리지 않게 엄마가 즐겨 부르던 트로트가 입에서 흘러나왔다. 이럴 때 엄마가 있었으면 붙잡고 하소연할 수 있었을 텐데 하면서 말이다.

그때였다. 그가 나타난 것이다. 복잡한 그녀의 마음을 더 산란하게 만들고 있는 남자가 그녀 앞에 나타났다.

태어나서 처음으로 시선이 가는 남자를 만났다. 그냥 시선만 갈 뿐이라고 그녀는 스스로 세뇌시키고 있었다. 그저 연예인을 바라보는 시청자의 심정이라 생각했다. 멋진 역을 맡은 주인공에게 드는 그런 선망 같은 것이라고.

그런데 그런 그가 지나갈 것이지 무심하지만 걱정 어린 목소리로 그녀가 왜 우는지 물었다. 이상하게 자꾸 가슴속이 간질거리고 있었다. 낯설기도 하고 두렵기도 한 느낌이었다.

그녀는 결혼을 했었고 지금은 이혼 소송을 벌이고 있는 엄연한 예비 이혼녀였다. 이런 감정을 갖기엔 너무 일렀다. 그리고 무엇보다 그는 높은 곳에 있는 사람이었다. 목이 아파오기 전에 쳐다보지도 말아야 할 존재인 것이다.

그렇게 지나는 듯싶었는데 샤워를 한 후에 잠이 오지 않아서 소주 한잔을 해야겠다고 무심히 나간 주방에서 그를 다시 만나게 될 줄은 꿈에도 생각지 못했었다.

거기에 노브라라니, 그가 제발 알아차리지 않기를 바라고 또 바랐지만 그가 장님이 아닌 이상 소주로 인해 혈액순환이 잘된 건지 아니면 그녀의 마음과는 상관없이 생리적인 현상으로 인한 건지 그 어느 때보다 힘차게 서버린 그녀의 유두를 못 봤을 리가 없었다.

"아아악!"

진짜 땅속으로 들어가고 싶은 심정이었다. 하루 종일 머피의 법칙이었는데 유종의 미를 이렇게 장식해 버렸다. 내일부터 그를 어떻게 본단 말인가?

"최악이야."

진정 그녀의 일생에 가장 최악의 날이었다.

마지막 환자가 그의 병실에서 나가자 동민은 의자에 기대 긴 기지개를 켰다.

"으으윽!"

"피곤하시죠?"

갑자기 그의 등 뒤에서 이번에 새로 들어온 간호사가 그의 어깨를 주물렀다. 앙증맞은 손이 그의 어깨를 주무르자 하루의 피곤이 다 사라지는 기분이었다.

"최 간호사는 어쩜 이렇게 안마를 잘해?"

"호호호, 정말요?"

그의 손이 자연스럽게 최 간호사의 작고 예쁜 손을 잡았다.

"우리 최 간호사도 오늘 힘들었을 텐데 나도 보답을 해야지."

그가 자신이 생각해도 느끼한 멘트를 날리며 최 간호사를 무릎 위에 앉혔다.

"어머, 몰라요."

벌컥!

그때 문이 열리더니 은희가 안으로 들어와 빛의 속도로 최 간호사의 머리채를 잡아 흔들어대기 시작했다.

"이년이 어디서 감히 꼬리를 쳐."

첩의 꼴은 첩이 더 못 보는 법이라더니 그 말이 딱 맞았다.

"아아악!"

"은희야."

그가 은희의 손에서 최 간호사의 머리를 빼내주려 했지만 은희의 손힘이 장난이 아니었다. 동민이 남자임에도 불구하고 독이 오를 대로 오른 은희는 감당이 되지 않았다.

"네가 뭔데 꼬리를 쳐?"

"아악, 아줌마는 누구세요?"

병원에 입사한 지 일주일도 안 된 최 간호사는 은희를 알지 못했다.

"아줌마?"

분위기 파악이 전혀 안 된 최 간호사가 은희에게 돌직구를 날려서 은희가 더 독이 오르고 말았다.

"네가 하도 꼬리를 친다기에 와봤더니 이게 무릎 위에 올라가 있어?"

문은 열려 있었고 간호사들이 문밖에서 안의 상황을 구경하고 있었다. 자신들이 보기에도 기가 막힌 상황이었기 때문이었다.

"그만해."

"뭘 그만해요?"

"내가 잘못했으니까 그만하라고."

"저리 안 비켜요?"

은희가 초인적인 힘으로 그를 밀쳤다. 동민은 그대로 자리에 내동댕이쳐졌다.

"은희야."

그가 말려도 소용이 없었다.

"거기서 서서들 뭐 해."

그의 말에 남자 의사들이 들어와서 겨우 은희를 떼어냈다. 은희의 손에는 최 간호사의 머리카락이 한 움큼 빠져 있었다.

"은희야, 뱃속의 아이는 어쩌려고 그래?"

"아이 걱정하는 사람이 다른 여자하고 바람이 나요?"

"아니야, 오해라고."

"오해는 무슨."

의사들이 최 간호사를 데리고 밖으로 나가고 원장실에는 은희와 둘만이 남게 되었다.

"너무 그렇게 성질을 부리면 아이에게 안 좋아."

"우리 언제 혼인신고 해요?"

"어?"

"그래야 아이도 호적에 올릴 거 아니에요?"

"그야 이혼 소송이 끝나야지. 단이하고 헤어진 지 두 달도 안 됐어."

"그래서 나보고 계속 집에만 있으라고요?"

은희는 지금 그의 집에 들어오지 않고 자신의 집에 있었다. 그가 들어오라고 했지만 이상하게 자꾸 아이 핑계를 대며 섹스도 거부했고 그를 멀리하는 느낌이 들었다.

"이제 입덧 끝났으면 들어와. 그러면 의심도 안 하고 좋잖아."

"단이는 위자료 얼마에 끝낸대요?"

"10억."

"뭐요? 그 아까운 돈을 단이에게 준다고요?"

"그럼 어떡해. 내가 바람을 피웠는데. 오늘 5억만 받으라고 했는데 펄쩍 뛰더라고."

"그래요?"

"응."

은희의 머릿속에 이제 최 간호사는 사라지고 단이가 들어앉은 모양이었다.

"내가 그 돈 3분의 1로 줄여줄게요."

"뭐?"

"3억도 많아요."

이렇게 말하더니 의미심장한 미소를 짓기 시작했다.

"왜 단이 같은 애한테 10억이나 줘요. 그런 돈 있으면 나중에 우리 아이에게나 줘요."

뭔가 방법이 있긴 한 것 같았다. 이렇게 독한 면이 은희에게 있을 줄은 몰랐다. 하지만 지금은 모든 방법을 동원할 때였다.

"그리고 원장님, 병원은 내 손안에 있으니까 바람피울 생각은 꿈에도 하지 마요."

"알았어."

동민은 자신이 은희에게 발목이 잡혔음을 제대로 느끼고 있었다.

다음 날 아침 은희는 아주 용하다는 한의원을 찾았다. 벌써 한 달째 다니고 있는 한의원이었다.

"내일부터 일주일간 잠자리를 가지면 분명히 아이가 생겨."

"진짜죠?"

"당연하지. 그동안은 몸이 너무 차서 아이가 들어서지 않은 거고 지금은 찬기를 다스렸기 때문에 아주 좋아."

"감사해요. 제가 아이가 생기면 반드시 인사드릴게요."

"인사 같은 건 필요 없어. 아이나 순풍순풍 낳으라고. 요즘은 너무 불임이 많아."

한의사는 진심으로 은희를 걱정해 주었다. 새색시가 임신이 안 돼서 고민을 하는구나라고 생각한 모양이었다. 어쩌면 당연한 걱정인데 은희는 지금 코웃음이 나오고 있었다.

그 정도면 걱정도 안 했다. 그런 건 시간이 해결해 주는 것이었고 신랑과 노력을 하면 되는 것이었다. 막말로 시험관 아기를 해도 됐지만 지금 은희는 그런 문제가 아니었다.

기필코 아이를 빠른 시간 내에 가져야 했다. 사실 은희는 임신을 하지 않았다. 두 달 전에 갑작스럽게 튀어나온 말인데 원장이 믿어버렸고 일이 커졌다. 하지만 그녀의 입장에선 잘된 일이었다. 아름다운 성형외과 병원장 부인이라는 타이틀이 생길 기회가 주어졌으니 말이다.

그 말을 꺼낸 이후 은희는 병원장과 수없이 관계를 가졌다. 매일 모텔 문이 닳도록 그와 섹스를 했다. 그래도 임신이 안 되면 어쩌나 하는 마음에 은희는 다른 남자들과도 잠자리를 했다.

가진 건 몸뚱어리뿐인 그녀였다. 살면서 기회란 게 그녀에겐 주어지지 않았고 우연히 찾아온 절호의 기회를 놓칠 순 없었다. 어떻게 해서든지 그녀는 이번 기회를 잡아야 했다.

"여보세요?"

한의원을 나오는 길에 은희는 고아원에서부터 친남매처럼 지내던 오빠에게 전화를 걸었다. 그녀라면 죽고 못 사는 남자였다. 물론 그녀가 싫다고 분명히 하긴 했지만 아직 그녀에게 미련이 남아있는 오빠였다.

"오빠, 바빠?"

[아무리 바빠도 우리 예쁜이한테 내줄 시간은 있지.]

서울에서 봉수판지 뭔지 하는 조폭에서 현역으로 활동하는 오빠였다. 차도 외제차를 끌고 다니는 걸 보면 잘나가는 조폭임엔 틀림없었다.

"그럼, 우리 영등포에서 만날까?"

용건이 있는 사람이 찾아가는 게 당연했다.

[그래, 네가 이리로 넘어올래?]

오빠는 반기는 기색이 역력했다. 은희는 택시를 타고 영등포로 넘어가 동칠을 만났다.

"우리 은희는 여전히 예쁘다."

오빠의 사무실은 의리 번쩍했다. 그가 얼마나 잘나가는 조폭인지 알 수 있었다. 그리고 그의 주변으로 병풍처럼 똘마니들이 서 있었다. 그녀에게 마음이 있는 동칠이 일부러 과시용으로 세워둔 게 분명했다.

은희는 속으로 자신을 의식하는 동칠을 보며 쾌재를 부르고 있었다. 잘만 주무른다면 은희가 원하는 대로 움직여 줄 것 같았다.

"오빠 진짜 멋지다."

"그래?"

그녀의 말에 우쭐해진 동칠이었다.

"오빠, 내가 부탁이 하나 있는데 꼭 들어줘야 해."

"부탁? 우리 은희가 부탁하는 건 뭐든 들어줄 수 있지."

"와, 진짜?"

"그럼."

은희는 사진 한 장을 그에게 내밀었다.

"이 예쁜이는 또 누구야?"

동칠이 단이의 사진을 보고는 침을 흘리고 있었다.

"저기 병풍 오빠들은 내보내면 안 될까?"

은희가 웃으며 동칠에게 애교 섞인 말로 부탁했다.

"나가."

뒤의 병풍들이 사라지자 은희가 동칠의 옆으로 바짝 다가가 그의 허벅지를 쓰다듬으며 말했다.

"오빠가 없애줄 애."

"……."

동칠이 놀란 눈으로 그녀를 보았다.

"이년만 내 눈앞에서 없애준다면 큰 걸로 2장 줄게."

"은희야, 우린……."

"2억이야."

고작 큰 거라는 게 2천 정도로 생각한 모양이었다. 하지만 은희가 동칠에게 액수를 정확하게 말하자 동칠의 표정이 달라졌다.

"오빠가 직접 하지 말고 다른 똘마니 시키면 되잖아. 응?"

"생각해 볼게. 애들도 알아봐야 하고."

"오빠가 할 걸로 믿고 있을게."

"은희야."

"돈은 일이 확실하게 처리되면 바로 입금해 줄게."

동칠이 은희를 알 수 없는 표정으로 보았다.

"누구야?"

"내 앞길을 막는 아주 못된 년이야."

"그래?"

"어릴 때도 그랬듯이 난 오빠가 날 구해줄 거라 믿어."

은희가 동칠에게 메모지 한 장을 내밀었다.

"이건 그년이 지금 사는 곳이야."

은희는 어제 동민에게 단이가 살고 있는 곳의 주소를 받았다.

"전라도야?"

"너무 먼가?"

"그건 아닌데……."

"오빠, 아직도 내가 예뻐?"

은희는 동칠의 앞에서 블라우스의 단추를 풀기 시작했다. 언제나 은희만 보면 침을 삼키던 녀석이었다. 은희는 그녀의 스타일이 아닌 동칠과는 한 번도 잠자리를 안 했지만 지금은 절호의 타이밍이었다.

"은희야."

은희의 풍만한 가슴이 동칠의 눈앞에 그대로 드러났다. 동칠이 은희의 가슴을 보더니 침을 흘리기 시작했다. 아주 좋은 반응이었다.

"예쁘지."

이렇게 은희는 사무실의 소파에서 동칠에게 몸을 주었다. 그리고 동칠에게 확답을 듣고서야 사무실에서 나왔다. 은희의 눈가에 독기가 서리기 시작했다.

5

늦은 저녁 지친 몸을 이끌고 단이는 평소처럼 자신의 방으로 향했다. 오늘 물리치료사가 오기로 했는데 다음 주부터 출근한다고 해서 오늘도 마사지는 단이 몫이었기 때문이었다.

"내가 물리치료를 받아야겠어."

오늘따라 어깨가 쑤시고 아파왔다.

"찜질이라도 해볼까?"

단이는 어깨를 주무르며 집에서 가져온 얼음주머니를 챙겨 주방으로 향했다.

"단이야."

외삼촌이었다.

"어디 가는 거야?"

"얼음 좀 챙기려고요."

"왜?"

단이가 얼음주머니를 들어 보였다.

"어디 아파?"

"어깨가 좀 아파서요."

"그래?"

"오늘 물리치료사 샘이 오신다고 했는데 안 오셔서 제가 대신 했거든요."

"나 따라와."

"네?"

단이는 어깨를 돌리며 삼촌을 따라가기 시작했다. 연못 쪽으로 가는 걸 보니 삼촌의 사무실 쪽으로 가는 것 같았다.

"같이 가요."

외삼촌은 바지런한 성격 탓에 뭐든 빨랐다. 그건 걸음도 마찬가지였다.

"어디 가시는 거예요?"

"가보면 알아."

"어딜 가면 안다는 겁니까?"

갑작스런 구 사장의 등장에 단이와 삼촌 둘 다 놀라서 걸음을 멈추었다.

연못 길의 끝에 다다랐을 무렵에 퇴근해서 돌아온 구 사장과 마주친 것이었다.

"어깨가 아프다기에 다음 주에 온다던 물리치료사가 오늘 저녁에 갑자기 도착해서 마사지 좀 받게 하려고 합니다."

"아버지의 물리치료사요?"

"네."

구 사장의 표정이 아주 좋지 않았다. 눈치를 대놓고 주는 수준이었다.

"괜찮습니다, 한 집사님. 전 또 뭐라고요."

단이는 뒤를 돌아 빠르게 걷기 시작했다. 이런 일로 외삼촌을 곤란하게 하고 싶지 않았다.

"얼음팩 한다니까 삼촌도 참."

단이는 주방을 향해 빠르게 걸었다. 며칠 사이에 구 사장에게 안 좋은 인상만 심어주는 것 같았다. 엊그제 노브라 사건도 그렇고 말이다. 그때의 일을 생각하니 얼굴이 붉어지는 단이었다.

"창피해."

단이는 냉동실의 문을 열고는 얼음판을 꺼내 얼음주머니에 담기 시작했다.

"얼음주머니면 충분한데……."

그녀는 얼음으로 통통해진 주머니를 들고는 자신의 방으로 향했다. 그러다가 복도에 서 있는 구 사장과 마주쳤다.

단이는 고개를 숙여 인사를 한 다음에 그와 그녀의 방 사이에 서 있는 그의 옆을 지나가려 했다. 하지만 그는 꿈쩍도 하지 않고 복도 중간에 서 있었다.

"비켜주셔야……."

그의 옆을 다시 지나려는데 갑자기 그가 그녀의 팔을 잡고는 그녀의 방 안으로 밀고 들어갔다.

"사, 사장님."

놀란 단이가 구 사장의 팔을 뿌리치려고 애를 썼다.

"왜 이러십니까?"

쿵!

그녀의 등 뒤로 방문이 닫혔고 그가 문을 잠가 버렸다.

"사장님!"

무례한 그의 행동에 단이의 목소리가 날카로워졌다.

"팔이 아프다고?"

그녀의 방을 둘러보며 그가 물었다.

"네, 조금……."

아픈 쪽의 팔을 잡혔기 때문에 단이는 자신도 모르게 오른쪽 어깨를 손으로 잡고 있었다.

"얼음팩인가?"

"네, 그런데 지금……."

그가 그녀의 손에 들린 얼음팩을 빼앗았다.

"사장님, 지금 뭐 하시는 겁니까?"

"마시지."

"네?"

단이는 자신의 귀를 의심했다.

"뭘 하신다고요?"

놀란 단이가 무표정의 구 사장을 보며 되물었다. 하지만 그는 대답 대신에 단이를 안아 들고는 침대에 뉘었다.

"사장님, 이건 좀……."

그가 단이를 굴려서 엎드리게 했다.

"아악!"

그가 단이의 아픈 어깨를 손으로 잡자 단이의 입에서 비명이 터져 나왔다.

"아파요."

"알았어. 하지만 이래야 풀려."

그는 마치 스포츠 마사지사라도 되는 것처럼 진짜 안마를 그녀에게 해주고 있었다.

"왜 이렇게 뭉쳐 있지?"

"그야 회장님 마사지하느라……."

"아버지 때문이군."

그의 손길이 그녀의 목으로 이동하고 있었다.

"이러실 거까지는 없습니다."

"가만히 있어. 안 그러면 나도 힘 조절 안 해."

완전 억지였다. 물론 그의 손길이 시원하지 않은 건 아니었지만 이렇게 부담스런 사람에게 안마를 받느니 안 받는 게 나았다.

"이제 많이 좋아졌습니다."

"아니."

그가 그녀의 윗옷을 머리 위로 순식간에 벗겨 버렸다.

"오늘은 입었군."

검은색 브래지어만 입은 그녀의 뒷모습을 보고는 그가 말했다.

"구 사장님, 이건……."

"안마지. 다른 뜻은 없어. 아버지에게 잘해주는 것에 대한 나의 보답이라고 생각해."

"정말 괜찮습니다."

그녀는 가슴을 침대 매트에 있는 대로 붙이고는 이렇게 말했다.

"그날 속옷을 입지 않은 이유는 나를 유혹하기 위함인가?"

"뭐, 뭐라고요? 전 누굴 유혹할 상황이 아닙니다."

"거짓말은 잘 못 하는군."

"거짓말이 아닙니다."

그가 갑자기 그녀를 돌려 뉘었다. 그러자 레이스 위로 유두가 꼿꼿이 서 있었다.

"이건 진실을 말하는 것 같군."

"구 사장님."

"목소리가 너무 크다고 생각하지 않나? 아버지의 방이 가까운데 말이야."

그의 말이 맞았다. 구 회장의 방이 가까이 있었다. 요즘 들어 그나마 조금 친해졌는데 이런 일로 안 좋게 보이고 싶지 않았다.

그리고 지금 무슨 큰일이 일어난 것도 아니고 말이다. 좋게 달래서 보내면 그뿐이었다. 더 이상 외삼촌의 입장을 난처하게 만들고 싶지 않았다.

"왜 이러시는지 모르겠습니다."

"다른 놈이 널 만지는 게 싫어."

"네?"

구 사장의 눈이 이글거리고 있었다. 마치 독이 오를 대로 오른 독사의 표정 같아서 너무 무서웠다.

"네 몸에 손을 대는 게 싫다고."

"사장님은 제 몸에 대한 권리가 없으십니다. 전 이곳에 일하러 온 사람이지 사장님의 소유물이 아닙니다."

"그렇지."

단이가 손을 뻗어 옷을 잡으려 하자 구 사장이 옷을 던져 버렸다.

"이건 너무 무례한 행동이십니다."

단이는 너무 화가 나서 자리에서 일어났다. 팔의 욱신거림은 마사지 덕인지 어느 정도 좋아진 것 같았다.

"나가주세요. 그럼 없었던……."

그가 단이를 안았다.

"어떻게 하면 내가 권리를 가질 수 있을까?"

"네?"

그의 눈을 똑바로 쳐다보며 단이는 말했다.

"구 사장님은 저에 대한 권리를 가지실 수 없습니다. 아니, 앞으로 그 어떤 남자도 그런 권리를 부여받지 못할 겁니다. 실수는 한 번으로 족합니다."

"말도 잘하고."

그가 한 손으로 그녀의 허리를 단단히 감싸고 나머지 손으로는 그녀의 입술라인을 부드럽게 더듬어 나갔다.

"이렇게 섹시한데 뭐가 문제였을까?"

"구 사장님."

"날 가지고 싶지 않나?"

"아니오."

"다른 여자들은 날 가지고 싶어 안달이던데?"

"농담이 지나치십니다."

그의 손가락이 입술에서 목을 지나 그녀의 봉긋한 가슴 위에 머물렀다.

"말랐는데 여긴 환상적이란 말이야."

그의 목소리가 위험하게 갈라져 있었다. 단이가 그의 손을 쳐냈다.

"남자를 흥분하게 할 줄 아는군."

"전 그런 거 모릅니다."

"아니, 당신은 지나치게 섹시하지."

단이가 구 사장을 째려보았다. 하지만 구 사장과 눈이 마주치고 나서 단이는 구 사장을 쳐다본 걸 후회했다. 그의 눈안엔 남자의 욕망이 그대로 담겨 있었고 그 안에 그녀가 온전히 들어가 있었다.

그리고 무엇보다 자신을 뚫어지게 바라보는 그가 혹시나 자신의 마음을 읽어버릴까 두려웠다.

"지나친 건 위험해."

"그러니 놓아주시죠."

단이가 허리에 감겨 있는 그의 손을 빼려 노력했다. 침대에 거구의 남자와 앉아 있으려니 묘한 느낌이 들었다. 이런 묘한 느낌은 처음이었다. 아랫배가 찌릿했고 아주 야한 영화를 본 것처럼 온몸에 작은 소름이 돋았다.

"난 여자와 침대에 앉아 있는 건 처음이야."

"……."

"침대는 누우라고 있는 거지."

그가 갑자기 단이를 침대에 눕히더니 그의 입술로 단이의 입술을 막아버렸다. 그의 입안에서 짙은 담배 맛이 났다. 담배를 피우지 않는 남편의 키스와는 달랐다. 뭔가 더 자극적이었다. 그의 혀가 갑자기 그녀의 입술을 가르고 들어오자 단이는 순간적으로 자제력이 무너져 버렸다.

그를 밀어내야 했지만 그녀의 팔은 어느새 그의 목에 감겨 있었다. 마른 전남편과는 확실하게 달랐다. 그는 거대했다.

그의 키스가 점점 더 거칠어지고 있었다. 그녀의 목이 뒤로 꺾일 정도로 그의 힘은 놀라울 정도로 셌다.

"으으음."

왜 이렇게 되었을까? 하지만 그동안 다른 세상 사람이라고 마음에서부터 높은 담을 쌓고 있었던 그녀가 한순간에 무너져 내려 버렸다. 그의 손이 그녀의 가슴을 잡았고 그의 입술은 집요하게 그녀의 입술을 먹어 치우고 있었다.

그는 키스에 목이 마른 사람처럼 집요하게 그녀의 입술을 공략했다. 입술을 빨아들이고 혀로 입안 구석구석을 훑는 걸로는 모자랐는지 그녀의 목젖까지 그의 혀를 집어넣기도 했다.

얼마나 오랜 시간 동안 키스를 했는지 입술이 아릴 정도였다. 하지만 그는 그칠 줄을 모르고 이번에는 그녀의 혀를 빨기 시작했다. 서로의 타액이 오가며 그녀는 더욱더 그라는 남자가 궁금해지기 시작했다.

2년의 결혼생활 동안 전남편과의 키스는 키스가 아닌 뽀뽀에 불과하다는 걸 오늘에서야 알게 되었다.

"이건 아닌데……."

그녀의 입에서 이런 말이 나오긴 했지만 그녀의 손가락은 그의 머리카락을 움켜쥐었다. 마침내 그의 입술이 그녀의 입술에서 떨어져 목을 타고 내려오기 시작했다. 그가 흥분했다는 건 그의 거친 호흡이 그대로 말해주고 있었다.

마치 사냥을 한 먹이를 먹어 치우는 짐승처럼 그는 으르렁거리며 그녀의 몸을 먹어 치우고 있었다. 그의 손에 의해 그녀의 브래지어가 벗겨졌다. 그리고 체격에 비해 풍만한 가슴이 그대로 드러났다.

"허억헉."

그는 그녀의 가슴을 보고는 더욱더 거친 호흡을 내뱉었다. 그리고 가슴을 거칠게 손으로 감쌌다.

"아아악, 아파요. 부드럽게 해줘요."

"헉헉, 힘들 것 같아."

그는 그녀의 가슴을 두 손으로 모아 혀로 핥아대기 시작했다. 아프긴 했지만 그만큼 자극적이었다. 단이는 자신이 이렇게 거친 섹스를 좋아하는지 몰랐다. 전남편은 거의 애무 없이 잠자리를 끝냈다.

첫 남자인 남편이 그러니 섹스는 다 그런 줄 알았던 단이었다. 게다가 2년의 결혼생활 동안 그런 섹스마저도 손에 꼽을 정도였었다.

지금 생각해 보면 남편은 섹스도 마마보이처럼 여자가 이끌어주기를 바라는 타입이었고 아무것도 모르는 그녀와의 섹스가 재미가 없었던 것이었다.

하지만 지금 그녀는 어설픈 전남편과는 180도 다른 섹스머신 같은 남자와 황홀한 섹스를 하고 있었다.

모든 게 신기하고 좋았다. 이 상황의 끝이 어떻게 되든지 지금은 구 사장과 더 깊은 섹스를 나누고 싶었다. 키스와 애무만으로도 이렇게 황홀한데 그가 자신 안으로 들어온다면 어떨지 벌써부터 기대가 되었다.

"아아앙."

그가 유두를 빨기 시작하자 그녀의 입에서 신음 소리가 흘러나왔다.

똑똑!

갑작스런 노크 소리에 단이는 아무렇지 않게 그녀의 유두를 계속해서 빨고 있는 구 사장의 머리를 밀어내고 있었다.

"단이야."

외삼촌이었다.

"네, 삼촌."

"얼음팩 만들었니?"

"네, 삼촌. 지금 샤워 중이에요. 이젠 괜찮아요."

"알았다. 너무 무리하지 말고 잘 자라."

"네."

그는 얄밉게 그녀의 유두를 계속 빨았고 단이는 다시 정신을 차릴 수가 없었다.

"그만해요."

"왜?"

그가 가슴에서 배꼽 쪽으로 입술을 내리고 있었다.

"다른 사람에게 들킬 것 같아요."

"들키지 말아야 할 이유라도 있나?"

"우린 어울리지 않아요."

그건 사실이었다.

"어울리는지 아닌지 한번 볼까?"

그가 갑자기 그녀의 입고 있던 바지를 벗겨 버렸다. 놀랐지만 이상하지는 않았다. 어쩌면 당연한 순서 같은 것이었다. 하지만 그는 전남편의 지루한 섹스와는 다른 뭔가 진짜 같은 느낌의 섹스를 하기 시작했다.

마침내 그가 그녀의 팬티마저 벗기고 나자 단이는 자신도 모르게 마른침을 삼켜 버렸다. 그의 입술이 그녀의 검은 숲을 헤매고 있었다. 이런 행위는 처음인 단이는 너무나 놀라 그의 머리를 잡았다.

"그, 그만해요."

"이제 내숭 떨기는 좀 늦었다고 생각하는데?"

그의 갈라진 목소리가 그녀의 반항을 잠재웠다.

"난……."

"즐겨."

그가 갑자기 몸을 일으켰다. 순간 단이는 그가 여기서 멈추나 싶어 두려웠다. 그녀는 여기서 멈추고 싶지 않았다. 하지만 그건 어디까지나 그녀의 착각이었다. 그녀의 앞에서 그가 옷을 벗기 시작했다.

슈트를 벗고 와이셔츠의 단추를 푸는 동안 그의 시선은 그녀에게 향해 있었다. 단이는 마른침을 삼키며 그의 멋진 몸이 드러나는 순간을 숨죽여 보고 있었다. 그가 완전히 옷을 벗자 단이의 시선은 거대한 페니스에 꽂혀 있었다.

온몸이 순식간에 공포로 얼어붙었다. 그의 페니스는 그녀가 감당할 수 있는 사이즈가 아니었다. 놀란 그녀를 아랑곳하지 않고 그가 그녀가 누워 있는 침대로 올라왔다. 마치 공포영화의 귀신의 기어오는 것처럼 단이는 온몸에 소름이 돋았다.

"사장님 전……."

하지만 단이의 그런 마음을 아는지 모르는지 그는 단이의 입술을 삼켜 버렸다. 그리고 그녀의 정신을 다시 한 번 쏙 빼놓고 있었다. 그는 진정한 섹스의 달인인 것 같았다.

그리고 단이는 전남편과 느끼지 못했던 또 한 가지를 느끼고 있었다. 그의 맨살이 그녀의 맨살에 닿는 것만으로도 짜릿함을 느꼈다. 모든 게 처음처럼 신기했고 새로웠다. 그가 갑자기 단이의 다리를 벌리더니 그녀의 여성을 한참 동안 바라보았다.

"뭐, 뭐 하세요?"

"여기까지 위험해."

"네?"

그렇게 말을 하더니 자신의 입술로 그녀의 여성을 삼켜 버렸다. 갑작스러운 그의 맹공에 단이는 정신을 차릴 수가 없었다.

"제발, 이런 건 해본 적이 없다고요."

"……."

그녀의 말에 그가 동작을 멈추었다.

"남편이 진짜 못난 놈이군. 이렇게 멋진 육체를 겨우 페니스를 넣는 곳으로만 사용하다니 말이야."

그의 원색적인 말에 단이는 어쩔 줄을 몰랐다.

"앞으론 더한 것도 할 거야. 섹스의 신세계를 보여주지. 누워만 있는 게 다는 아니거든."

그는 앞으로도 그녀와 섹스를 할 모양이었다. 그의 말에 단이는 안심하는 자신을 보고는 깜짝 놀랐다.

그의 입술은 단이가 처음 맛보는 신세계로 단이를 안내하고 있었다. 그녀의 여성 전체를 빨아들이기도 하고 혀로 그녀의 여성을 거침없이 가르고 들어와서 클리토리스를 빨기도 했다. 그럴 때마다 단이는 몸을 활처럼 휘며 쾌감에 몸을 부르르 떨었다.

"이제 더는 못 참겠어."

드디어 그녀가 걱정하던 순간이 왔다.

"자, 자신이 없어요."

"뭐가?"

"그걸 받아들일 자신이요."

그녀의 말에 그가 웃음을 터트렸다.

"한번 맛보면 헤어 나올 수 없지."

그의 자신감은 하늘을 찌르고 있었다. 하지만 그녀는 그의 자신감을 인정하지 않을 수가 없었다. 그의 페니스가 그녀의 질 입구에 닿자 단이의 몸이 굳어졌다.

"긴장 풀어. 안 그러면 진짜 힘들어."

그는 이렇게 말을 하고는 그녀의 입술에 키스했다. 그리고 자신의 페니스를 그녀의 안으로 밀어 넣었다.

"으으읍!"

그는 키스를 한 것이 아니라 그녀가 비명을 지를 걸 알고는 그녀의 입을 자신의 입으로 막은 것이었다. 단이는 자신의 몸이 둘로 갈라지는 걸 느꼈다.

"움직이지 마."

그가 그녀의 입술 위에서 그녀에게 경고를 했다.

"금방 갈 것 같으니까."

"아아악!"

"쉿!"

그녀는 고통스러웠지만 구 회장을 깨우기 싫어서 자신의 이를 앙다물었다. 하지만 고통도 잠시 그녀의 애액으로 젖은 질이 그의 거대한 페니스를 잘 받아들이고 있었다.

"타이트해서 미칠 것 같아."

그가 그녀의 귓가에 대고는 이렇게 속삭였다.

"최고야."

최고라는 말은 그녀가 그에게 해주고 싶은 말이었다. 진짜로 단이는 아주 짜릿한 경험을 하고 있었다. 단이의 고통이 사라지고 난 뒤 구 사장은 허리를 더욱 격하게 움직이기 시작했다. 그리고 빠르게 그녀를 정복해 갔다. 몸도 마음도 말이다.

퍽퍽퍽!

비명 소리는 들리지 않았지만 그녀의 방 안에서는 서로의 격렬한 움직임의 소리가 그대로 들리고 있었다.

"헉헉."

그의 호흡도 더욱 거칠어졌다. 그의 격한 허리짓은 처음으로 단이에게 섹스가 이렇게 황홀한 것인지를 말해주고 있었다. 단순히 남자에게 육체적으로 눌려 있는 느낌이 아니라 몸 전체에 퍼지는 쾌감이란 걸 처음으로 느낀 단이었다. 전남편과는 빨리 끝나길 바라는 지루한 시간이었다면 지금 구 사장과의 섹스는 영원히 이어지길 바랐다.

그가 격하게 움직일수록 그의 등 뒤에 있는 단이의 손가락이 그의 등을 파고들었다.

"아아아앙."

그녀의 여성이 움찔거리며 아랫배에 찌릿한 느낌을 주고 있었다.

"미치겠어요."

"좋아?"

"네."

"나도 더 이상은 참기 힘들어."

뭐가 참기 힘들다는 건지 모르겠지만 그의 움직임은 빠르다고 생각했던 조금 전의 움직임보다 더 빨랐다. 그는 지금 100m를 전력질주로 달리고 있는 사람 같았다.

그의 이마에 핏대가 서고 그의 얼굴이 붉게 상기되었다. 그가 격하게 움직이자 단이도 더 이상은 참을 수 없을 만큼의 오르가슴을 느끼고 있었다.

"이런 느낌은 죄악인 것 같아요."

"헉헉, 죄악이라……."

"구 사장님, 아아악!"

그의 격한 움직임이 있은 후에 그는 그녀의 몸 위로 무너져 내렸다. 확실한 건 그의 무게는 그녀가 견딜 무게가 아니었다.

"숨 막혀요."

"미안."

그가 몸을 옆으로 굴렸다.

"최고였어."

"맞아요. 진짜 최고였어요."

이렇게 말이 끝나기가 무섭게 그가 침대에서 벌떡 일어났다. 그리고 자신의 옷을 주섬주섬 입기 시작했다. 단이는 그의 행동에 적잖이 당황했다. 적어도 그녀의 침대에서 밤을 지새울 줄 알았는데 그게 아니었다.

"즐거웠어. 다음에 보자고."

"……."

그가 나가는데 잡을 수가 없었다. 단이는 완벽하게 술집 여자가 된 기분이었다. 화대만 받지 않았지 이건 사랑을 나눈 게 아니라 완벽하게 섹스만 나눈 것이었다.

"뭘 바란 거야."

단이는 온몸에 힘이 빠진 것 같았다.

"이건 아니지 않아?"

단이의 얼굴로 눈물이 흘러내렸다. 이대로 잠을 이룰 수는 없었다. 구 사장의 흔적을 지우고 싶었다. 그렇게 하지 않으면 창녀가 된 기분으로 잠을 청해야 할 것 같았기 때문이었다.

욕실로 들어간 단이는 샤워기의 물을 틀고는 정말 한참을 씻었다. 씻어내고 씻어내도 그녀의 가슴속의 상처는 씻을 수가 없었다.

동칠의 인상이 상당히 굳어지고 있었다. 은희가 주고 간 주소를 조사해서 보낸 사진에 뜻밖의 장소가 찍혀 있었기 때문이었다. 엄청난 집의 규모에 놀란 게 아니라 그 집의 주인 때문에 놀란 것이었다.

조폭이라면 누구나 아는 집이었다. 일원파의 보스인 일원건설의 오너 일가가 사는 곳이었다.

"여기서 구 회장님의 요양사로 일하고 있습니다."

그걸 조사한 놈이 놀란 그의 옆에서 이야기를 쉴 새 없이 했다.

"구 회장의 요양사들이 하루를 못 버티는데 이 요양사는 예뻐서 그런지 구 회장이 아주 아낀답니다."

"아낀다고? 혹시 세컨드로?"

"그건 아닌 것 같습니다. 구 회장이 죽은 사모를 잊지 못해서 지금까지 혼자라는 소문이 파다하지 않습니까?"

그건 모를 문제였다. 남자들이야 마음에 드는 여자가 언제든지 바뀔 수가 있었다. 구 회장도 사람이었다. 젊고 예쁜 여자가 곁에 있으면 마음이 바뀔 수도 있는 것이었다.

"그야 모르지."

"그런데 더 중요한 건 이 여자가 밖으로 나오지 않는다는 겁니다."

"뭐?"

"회장의 옆방을 쓴다고 합니다."

그렇다면 아주 복잡한 일이었다. 그 안으로 들어가기는 불가능했다. 포기해야겠다고 은희에게 말하고 싶었다.

윙—

양반이 되기 싫은 모양인지 은희의 전화였다.

[오빵!]

아주 간드러진 목소리였다. 은희는 고아원에 있을 때부터 자신이 필요한 것이 있으면 이렇게 그에게 애교를 떨었다.

"어, 은희야."

그의 목소리가 어둡자 눈치 빠른 은희가 그에게 선수를 쳤다.

[오빠 바빠?]

"왜?"

[오늘 내가 저녁 사려고. 그리고 오빠가 그립기도 하고.]

그녀의 말에 동칠의 페니스가 벌써부터 단단해지고 있었다.

[지난번에 너무 좋았는데 한 번 가지고는 아쉽지 않았어? 난 오빠가 그렇게 잘하는 줄 몰랐어.]

"으흠."

주변에 그의 부하들이 널려 있어서 그는 은희에게 답을 할 수가 없었다.

[우리 의사 쌤은 넘 비리비리하고 토끼라서 내가 미칠 지경이었

거든.]

은희가 결혼을 하려는 사람은 성형외과 원장이라고 했다. 은희는 자신이 고아 출신이라서 자신의 아이만큼은 좋은 집안에서 키우고 싶다고 했다. 은희는 그에게 솔직하게 말을 하고 과감하게 다가왔다. 아주 자극적인 여자였다.

[나 사실 지금도 미칠 것 같아.]

그가 손을 들어 방 안의 부하들을 나가게 했다.

"어떤데?"

[오빠 목소리 들을 때마다 움찔거려서 미치겠어. 지금 오빠의 손이 날 만져줬으면 좋겠어.]

"어디야?"

[여기 원장집.]

그녀가 갑자기 화상 모드로 바꿨다.

[보여줄까?]

그는 침을 꿀꺽 삼켰다.

은희가 자신의 팬티를 벗어서 그에게 보여주었다.

[젖은 거 보여?]

그가 고개를 격하게 끄덕였다. 그리고 그녀가 자신의 다리를 벌리고는 미칠 듯이 천천히 핸드폰을 내리고 있었다. 그리고 검은 숲이 우거진 여성을 보여주었다.

[죽이지.]

"응."

[먹고 싶어?]

"응."

[그럼, 우리 만날까?]

그녀의 말에 그는 수렁으로 빠져드는지도 모르고 약속을 잡았다. 지금 이 여우를 먹지 못하면 죽을 것 같았기 때문이었다. 그렇게 동칠은 은희의 마수에 걸려들고 있었다.

"어디 가십니까?"

"……."

그의 부하가 물었지만 동칠의 귀에는 들리지 않았다. 지금 그는 오로지 은희만을 생각할 뿐이었다. 이번 일을 거절할 마음도 이미 사라진 동칠이었다.

6

하얀 커튼 사이로 눈부신 햇살이 몰래 들어와 그의 아침을 깨우고 있었다.

"으으윽!"

기지개를 켜자 온몸이 스트레칭이 되면서 항상 찌부둥하던 몸이 오늘따라 개운하게 느껴지고 있었다. 모처럼 기분 좋은 아침을 맞이하는 혁민이었다. 어젯밤은 그의 인생에서 가장 황홀한 섹스를 한 날이었다.

키스를 하다니 그가 생각해도 희한한 일이었다. 서로의 입술이 닿고 타액이 오가는 정도를 넘어선 갈증을 해소하듯이 한 키스였다. 언제나 그에겐 키스는 더러움의 상징과도 같은 것이었는데 그는 어제 키스를 입술이 부르터질 정도로 오래했었다.

믿기지 않는 일이었다. 단이와의 키스는 더러움보다는 섹스만큼 자극적인 행위였다. 그리고 그를 더욱 기쁘게 만들었던 건 적극적으로 반응하던 단이의 모습이었다. 그의 몸 아래에서 움직이며 자신의 흥분 정도를 그에게 가감 없이 보여주던 모습을 생각하니 지금도 그의 페니스가 반응을 하고 있었다.

"워워 진정해."

오늘은 금요일이기 때문에 바쁜 날이었다. 저녁에도 접대 약속이 있었다. 어쩌면 단이의 얼굴을 못 볼 수도 있었다. 하지만 그의 얼굴에 미소가 지어졌다. 이번 주말은 일정이 비어 있었다. 그래서 국회의원과 골프 약속을 잡을까 했는데 이번에는 집에 머물 생각이었다.

일요일은 단이가 쉬는 날이니 몰래 밖으로 불러낼 생각이었다. 이렇게 기분 좋게 여자를 생각할 수 있는 건 그가 여자를 만난 이후 처음인 것 같았다. 모처럼 콧노래를 부르며 그는 샤워를 하기 위해 욕실로 향했다.

"하루가 빨리 갔으면 좋겠군."

그는 따뜻한 물줄기를 맞으며 자신도 모르게 이런 말을 내뱉었다. 그리고 본인이 한 말이 기가 막혀서 헛웃음을 지었다.

"구혁민, 네가 여자한테 미쳤구나."

그렇게 말을 하면서도 혁민은 계속해서 실없는 미소를 지었다. 어제 좋긴 좋았던 것 같았다. 샤워를 마치고 나오는데 조 비서가 그의 방 안에 들어와 있었다.

"구 사장님, 이거."

"이게 뭔데?"

"어제저녁에 일원당 CCTV 영상입니다."

사진으로 캡쳐를 해놓은 문서였다. 새벽 2시에 차량이 이 근처에 한참을 머물다가 떠났다.

"데이트를 즐기러 온 모양이겠지."

그는 대수롭지 않게 말했다. 가끔 카섹스를 즐기는 사람들이 길을 잘못 들어서 이곳으로 들어오는 일이 있었기 때문이었다.

"사진을 보시면 아시겠지만 카메라로 촬영 중이었습니다."

"그렇군."

혁민은 신경 쓰지 않았다. 일원당이 겉으로는 평화로워 보이지만 곳곳에서는 사람들이 생각하지 못하는 잔인한 일들이 벌어지곤 했었다. 그렇기 때문에 보안은 그 어느 곳보다 철두철미했다.

"그냥 넘기실 일이 아닙니다. 사진 속의 남자는 봉수파입니다."

"김봉수가 미쳤고만."

"미친 정도가 아니라 죽자고 덤비는 거지요. 하지만 모든 일에 방심은 금물입니다."

“조 비서, 왜 그렇게 조직을 못 믿지?”

“그게 아니라…….”

“조 비서도 맡은 일을 충실하게 하지만 이 집의 보안요원들도 마찬가지야.”

“죄송합니다.”

조 비서가 고개를 숙였다.

“죄송까지야.”

혁민이 조 비서의 양어깨를 손으로 잡았다. 바로 그때 문이 열리더니 단이가 얼굴을 조심스럽게 내밀었다가 조 비서의 어깨를 잡고 있는 그의 눈과 마주쳤다.

“무슨 일이지?”

그가 조 비서의 어깨를 놓으며 물었다.

“아니, 그러니까 방을 잘못 찾은 것…….”

“이봐요, 요양사님. 그렇다고 노크도 없이 아무 방이나 들어갑니까?”

조 비서가 단이에게 화를 냈다. 혁민은 아주 우스운 상황에 처했다. 단이를 아는 체할 수도 없고 그렇다고 단이에게 방금 전에 조 비서의 어깨를 잡았던 건 위로의 뜻이라고 말할 수도 없었다.

그때 뒤이어 우민이 들어왔다.

“구 사장님을 찾으시기에 제가 안에 계시다고 했습니다. 조 비서와는 매일 브리핑을 하시니까…….”

“그러니까 매일…….”

단이가 우민의 말을 자기도 모르게 따라 하다가 말을 멈추었다. 단이의 표정이 좋지 않았다. 조 비서와 그를 오해한 것 같았다. 단이의 눈이 커지더니 어디를 쳐다봐야 할지 모르고 갈 길을 잃고 있었다.

“요양사님, 무슨 일 때문에 오셨죠?”

조 비서가 다소 날카롭게 그녀에게 물었다.

“아닙니다. 지금은 바쁘신 것 같으니 나중에 시간이 되시면 다시 뵙겠습니다.”

단이가 아주 정중하게 인사를 하고 나가려고 했다. 눈에는 눈물이 가득해서 말이다.

“김단 씨, 이리 와요.”

“아닙니다.”

단이 문을 나가려는 찰나 그가 단이의 손을 잡고 안으로 끌어들였다.

“조 비서하고 이 실장은 나가 있어.”

“네?”

조 비서가 놀란 눈으로 구 사장을 보았고 그런 조 비서를 이 실장이 데리고 나갔다.

"무슨 일이지?"

"이거 때문에 왔어요. 손님들이 계시는 줄도 모르고……."

그녀가 손에 든 건 혁민의 소파 테이블 위에 있는 그녀의 핸드폰이었다. 어제 그가 자신의 폰인 줄 알고 들고 온 모양이었다.

"아, 그랬군. 미안."

"아닙니다. 컬러가 똑같으니 착각하실 수도 있죠."

단이가 차분하게 인사를 하고 나가려 했다.

"일요일에 바쁜가?"

"네?"

"바쁘지 않으면 나랑 같이 점심이나 하지."

"여기서요?"

"아니, 전주 시내에서 보자고. 장소는 문자로 넣을 테니까."

"……."

단이는 대답 없이 인사만 하고는 나갔다. 하지만 안 나가겠다는 말도 없었다. 그는 조 비서를 질투하던 단이의 표정이 떠오르자 크게 웃었다. 아주 귀여운 구석이 있는 여자였다.

넓은 물리치료실에서 물리치료사의 도움으로 재활 훈련을 하고 있는 구 회장이었다. 지금은 봉을 잡고 걷는 연습을 하고 있는 중이었다. 젊은 사람도 힘들어하는 재활 운동인데 구 회장은 잘 따라 하고 있었다.

온몸이 땀으로 젖고 가끔 힘들어서 운동을 중단하고 쉬기도 했지만 그래도 열심히 했다.

"무슨 좋은 일이라도 있는 거야?"

"네?"

재활 운동을 하다 말고 구 회장이 아까부터 실실거리고 있는 그녀에게 물었다.

"왜요?"

"미친 여자처럼 계속 웃고 있잖아."

여전히 구 회장은 말을 투박하게 했지만 처음에 미친년에서 지금은 미친 여자로 많이 순화가 되었다.

"쉬는 날 모처럼 바람 좀 쐬려고요."

"데이트야?"

"아, 아니오."

"뭘 그렇게 놀라."

"제가요? 언제요?"

구 회장이 미묘한 표정으로 그녀를 보았다.

"아니라니까요."

"알았으니까 오늘 운동은 여기까지만 해."

구 회장의 말에 물리치료사와 도훈이 회장을 휠체어에 태웠다.

"진짜 많이 좋아지셨어요."

"데이트 생각하느라 쳐다보지도 않았으면서……."

회장이 삐친 것같이 말했다.

"아니에요. 다 봤습니다."

"거짓말도 늘었어."

"아닙니다. 운동을 아주 잘하셨으니 제가 선물을 드릴 겁니다."

"선물?"

"네, 아주 기가 막히게 좋은 선물이죠."

단이는 회장을 모시고 회장의 방으로 갔다.

"뭔데?"

물리치료실에서 회장의 방으로 오는 동안 회장은 어린아이처럼 선물이 뭐냐고 계속해서 물었다.

"아무 곳에서나 못 사는 겁니다."

"설마 마음 뭐 이런 거야?"

그녀가 고개를 흔들었고 회장은 집요하게 물었다. 그러다 보니 어느새 회장의 방 앞이었다.

"눈 감으세요."

회장이 기대에 차서 눈을 감았다.

"짜자잔! 눈뜨세요."

방 안의 테이블에 리본으로 예쁘게 묶인 상자가 있었다.

"뭐야?"

"풀어보세요."

단이가 준비한 작은 선물이었다. 재벌인 구 회장에게 없는 게 뭘까를 고민하다가 생각해 낸 것이었다.

"이건 퍼즐 아닌가?"

"맞아요. 이 그림이 뭘지 맞춰보세요. 500피스짜리라서 쉽진 않을 겁니다."

"맞추라고?"

"네."

퍼즐 맞추기는 소근육을 많이 쓰는 거라서 한쪽이 마비 증상이 있던 구 회장에게는 좋은 운동이자 놀이감이었다.

"난 한 번도 해본 적이 없어."

"저도 그렇게 잘하진 못해요."

말은 이렇게 하면서도 구 회장은 벌써 퍼즐을 맞추기 시작했다.

"도훈이 너도 앉아."

"네, 그런데 회장님 전 머리가 나빠서……."

"알아."

도훈도 어쩔 수 없이 테이블에 앉았다.

"단이도 와."

"넵."

이렇게 그들은 자신들의 머리 나쁨을 한탄하며 퍼즐과 함께 오후 시간을 보내고 있었다.

"됐다."

그래도 몇 시간을 앉아서 한 보람으로 퍼즐이 완성되었다. 사진은 일원당의 삼나무길에 있는 구 회장의 모습이었다.

"이건 언제 찍었지?"

"모델이 너무 좋아서 찍었죠. 제 마음이 설레었거든요."

"……."

단이의 말에 구 회장의 얼굴에 미소가 걸렸다.

"이걸 이제 어떻게 해?"

"이걸 이 투명 접착제를 부어서 고정시키면 되고 여기 액자에 넣어 걸면 됩니다."

단이는 모두가 힘들여서 만든 퍼즐을 고정하는 작업을 마치고는 뿌듯함을 느꼈다.

"진짜 잘하셨어요. 그리고 사진 진짜 잘 나오지 않았어요?"

"대체 이런 건 어디서 주문하는 거야?"

"비밀입니다. 또 열심히 재활 운동 하시면 또 다른 선물이 기다리고 있습니다."

단이는 요즘 구 회장에게 줄 목도리와 모자를 뜨개질로 뜨고 있었다. 물론 벙어리장갑도 뜰 예정이었다. 겨울에도 산책에 나가려면 월동준비가 필요했기 때문이었다.

"내일은 제가 근무를 하고 일요일은 물리치료사 쌤이 저 대신 오실 겁니다."

"쉬는 건가?"

"쉰다기보다 볼일을 좀 봐야 할 것 같아서요."

"알았어."

구 회장과 이런저런 일을 하다 보니 벌써 퇴근 시간이었다. 그녀는 보통 8시에 퇴근을 하는데 회장은 9시 전에 잠을 잤다. 그리고 회장의 옆에는 항상 도훈이 있었다. 그래서 단이는 마음 편하게 퇴근을 할 수 있었다. 그래 봐야 옆방이지만 말이다.

요즘 뜨개질에 정신없이 빠져 있는 그녀는 퇴근을 하면 샤워를 한 후 잠들기 전까지 TV를 보며 구 회장의 모자를 떴다. 모자는 거의 완성이 되어가고 있었고 목도리가 다음 차례였다.

똑똑!

시계를 보니 12시가 다 된 시간이었다.

"누구세요?"

"나야."

약간의 취기가 섞인 목소리의 주인공은 다름 아닌 구 사장이었다. 단이가 문을 열기가 무섭게 구 사장이 그녀의 방 안으로 들어왔다. 술 냄새가 그녀의 코를 자극했다.

"술 드셨어요?"

"조금."

그가 그녀가 앉아 있던 의자에 앉았다.

"내 건가?"

"아뇨, 겨울에 회장님 모시고 산책 갈 때 하시라고 뜨는 거예요."

"아버지가 나보다 먼저인 건가?"

구 사장이 많이 취한 것 같았다. 이런 소리까지 하는 걸 보면 말이다.

"오늘 술을 좀 많이 드셨나 봐요."

"썩은 냄샐 참으려면 마실 수밖에 없지."

"홍어 드셨어요?"

"하하하, 홍어면 낫지. 오늘은 썩어 빠진 정치인들하고 한잔했지. 썩는 내가 참기가 힘들어서 말이야."

단이는 그의 말에서 슬픔을 느꼈다.

"들어가서 쉬세요."

그가 갑자기 단이에게 손을 뻗었다. 오라는 뜻이었다. 단이는 그의 손을 뿌리칠 수가 없었다. 단이가 그의 곁에 가자마자 그는 단이를 자신의 무릎 위에 앉혔다. 그리고 단이의 목에 자신의 입술을 눌렀다.

"사장님."

"쉬."

그는 이대로 가만히 쉬고 싶은 모양이었다. 단이는 그대로 그가 쉴 수 있게 가만히 있었다.

"15살에 어머니가 갑자기 돌아가셨어. 세상에서 가장 무서워했던 아버지와 난 단둘이 남게 되었어. 물론 우리 주변엔 엄청난 사람들이 있었고 평생 다 못 쓰고 죽을 만큼의 돈이 있었지만 난 행복하지 않았어."

"……."

"어머니의 장례식이 끝이 나고 집으로 돌아오는 내내 난 울었어. 그러자 아버지가 날 고속도로 한가운데서 차를 세우고 내리게 하셨어. 그리고 이제 우는 널 달래줄 사람은 우리 집에 없다는 말 한마디를 남기시고 차를 타고 집으로 가셨어."

"고속도로에 사장님만 남기고요?"

"응, 그런데 말이야. 고속도로를 따라 집으로 걸어오면서 말이야. 난 어머니에게 말했어. 아버지보다 더 독한 사람이 되겠다고 그래서 나중에 아버지를 이렇게 고속도로에 버려 버리겠다고 말이야."

단이는 하마터면 웃을 뻔했다. 인간 다큐가 갑자기 스릴러가 되어버렸다.

"집까지 걸어왔어요?"

"아니, 뒤에 오던 도훈 아저씨가 날 태워왔고 그 사실을 안 아버지에게 아저씨는 죽지 않을 만큼 맞았어. 물론 어머니의 죽음 때문에 그렇게 심하게 때린 것도 있고."

"회장님이 사장님을 강하게……."

"아니, 아버지는 아무도 믿지 않아. 자식인 나조차도 말이야."

"……."

들으면 들을수록 이해가 가지 않았다.

"아버지가 한 번이라도 내 이야기를 물은 적이 있나?"

"아뇨."

"아버지는 단 한 번도 날 걱정하신 적이 없어."

"서운한 거예요?"

"아니. 아무도 믿지 않는 게 아버지야. 그나마 믿었던 어머니마저 허망하게 일찍 돌아가셨으니 더더욱 그렇게 된 거지."

단이를 안고 있는 그의 손에 힘이 들어갔다.

"이해할 수 있어요. 어머님이 회장님의 전부였던 거예요. 그리고 그런 어머님이 돌아가시자 일이 회장님의 전부였던 거죠. 지금까지 말이에요."

"그럴 수도 있지."

구 사장의 목소리가 위험할 정도로 허스키해졌다. 그리고 그의 손이 그녀의 상의 안으로 들어왔다. 단이가 몸을 일으키려 했지만 그의 힘은 당할 수가 없었다.

"사장님."

"하루 종일 이 생각만 했어."

"……."

그의 손이 빠르게 그녀의 가슴을 잡았다. 방 안에 있을 땐 속옷을 입지 않는 단이었다. 편한 게 좋았다.

"날 기다렸나?"

"아뇨."

아마도 속옷을 안 입은 것 때문에 그렇게 말을 하는 것 같았다.

"난 이게 좋지만 다른 놈들이 보는 건 싫어."

그는 소유욕이 강한 사람 같았다. 하지만 그녀는 그의 소유물이 아니었다.

"사장님, 우리는……."

그녀가 말을 채 끝내기도 전에 그의 입술이 그녀의 입술을 먹어치워 버렸다. 그녀의 고개가 완전히 뒤로 젖혀지고 그가 위에서 그녀의 입술을 빨아들이고 있었다. 둘 사이의 키 차이가 만들어낸 자세였다.

"으으읍."

숨조차 쉬기 어려웠다. 그녀의 입안에서는 소주 맛이 강하게 났다. 단이는 자신이 술에 취할 것 같다는 생각이 들었다. 그가 단이를 단번에 안아 들어 침대에 올려놓고 빠르게 자신의 옷을 벗어 던졌다.

처음 볼 때도 그의 거대한 몸에 놀랐지만 지금 다시 봐도 단이는 그의 몸이 거대하다는 생각엔 변함이 없었다. 단이의 시선이 그의 넓은 가슴에서 잔잔한 배를 지나 오늘도 그녀를 두렵게 만드는 페니스로 향했다.

"진짜 크다."

자신도 모르게 이 말을 하고는 단이의 얼굴이 붉어졌다.

"그, 그러니까……."

민망해하는 그녀를 보고 구 사장은 호탕하게 웃었다.

"오늘도 그렇게 비명을 지를 건가?"

"아마도……."

"그렇다면 오늘도 입을 막아야겠군."

그가 재빠르게 침대 위로 올라와 그녀를 안았다. 단이는 마치 거대한 돌덩이가 그녀를 향해 돌진한 느낌이었다. 그의 몸은 단단하지 않은 곳이 없었다. 단이가 그의 굵은 근육질 팔을 손으로 쓰다듬었다.

"이런 느낌이 좋은 것 같아요."

"어떤 느낌이지?"

"아주 강하고 단단한 느낌이죠."

그녀가 그의 팔에 입을 맞추었다.

"위험해."

그가 이렇게 말을 하고는 그녀를 침대와 그 사이에 가두었다. 그리고 그녀의 입술을 거칠게 먹어 치웠다. 그의 거친 성격은 섹스에서 그대로 드러났다. 변태적인 건 아니지만 부드럽지도 않았다.

정말 거친 짐승처럼 그는 그녀와 섹스를 했다. 단이는 그의 지칠 줄 모르는 체력에 두 손 두 발을 다 들었다. 섹스 후에는 진짜로 손가락 하나 들 힘이 없었다. 지독하게 격정적인 섹스를 했다.

그의 입술이 그녀의 몸 구석구석에 자신이 다녀간 자국을 남기고 있었다. 일부러 그러는 것 같지는 않았지만 확실한 키스마크가 온몸에 찍히고 있었다.

"으으윽."

쫙!

그가 거친 숨소리를 내더니 단이의 티셔츠를 단번에 찢어버렸다. 놀란 단이가 가슴을 손으로 가리는 동안 그녀의 반바지 역시 찢겨져 나갔다.

"사장님."

단이의 항의에도 불구하고 그는 자신이 하고 싶은 일을 하고 있었다. 단이의 다리를 벌리고 단이의 여성을 거칠게 빨고 있는 구사장이었다. 그는 그녀를 완전히 빨아들일 것처럼 세게 빨아들였다.

그의 수염이 그녀의 가장 민감한 부분을 자극하고 있었지만 지금 단이는 아무런 생각을 할 수가 없었다. 그의 힘에 대적할 수도 없었고 그의 투박한 애무에 그녀는 정신을 놓을 것 같았다. 그녀의 여성이 그의 애무에 움찔거리며 애액을 쏟아내고 있었다. 단이 평생에 이런 적은 없었다. 그의 손길에 단이의 몸은 뜨겁게 불타오르고 있었다.

"아, 미치겠어."

그의 입술이 단이의 클리토리스를 자극하자 단이는 허리를 활처럼 휘었다.

"사장님."

단이는 자신이 무어라 말하는지도 모른 채 열정에 휘말리고 있었다.

"제발."

"제발 뭐지?"

"넣어줘요."

처음으로 남자에게 이런 말을 했다. 하지만 단이는 지금 부끄러움보다는 그의 페니스가 필요했다. 그가 몸을 일으켜 단이를 내려다보았다. 그리고 단이의 다리를 벌려 중심을 잡고는 단번에 단이의 질에 자신의 페니스를 넣었다.

"아아아악! 읍!"

단이의 비명을 그가 입으로 서둘러 막았다. 아무리 단이의 방일지라도 어른이 계신 곳과 너무나 가까웠기 때문이었다.

퍽퍽퍽!

오늘은 어제보다 더 깊이 들어온 그는 더 힘차게 허리를 움직이고 있었다. 단이는 이런 쾌감을 느끼는 자신에 대해 죄의식을 느꼈다. 이래도 되는 건가라는 생각이 들 정도였다. 좋았다.

단이는 고개를 들어 그의 페니스가 자신의 안으로 들어오는 것을 눈으로 보았다.

자신이 저렇게 큰 페니스를 받아들인다는 것 자체가 아주 놀라웠다. 그의 페니스가 어찌나 크고 긴지 그녀의 자궁 끝에 닿는 느낌이 들 정도였다. 그게 더 자극적이었다.

"아아아앙, 미치겠어요."

"나도."

단이는 극도의 쾌감을 이기지 못하고 손가락을 세워 그의 등을 할퀴었다.

"아아아앙."

그녀는 신음 소리를 죽이려고 갖은 노력을 했지만 더 이상 참을 수가 없었다. 그가 그녀를 안아 들고는 뒤로 돌게 했다. 지금 그는 영화에서나 본 후배위를 하려는 모양이었다. 전남편과는 정상 체위만 했었다.

이런 행위들은 변태적인 영화에서나 하는 행위인 줄 알았다. 그만큼 단이는 섹스에 대해 아는 것이 없었다. 그가 그녀의 뒤에서 페니스를 넣자 생소한 느낌이 단이의 몸 전체로 퍼져 나갔다. 단이는 침대 헤드를 잡고는 몸의 중심을 잡았다.

하지만 뒤에서 느껴지는 거대한 느낌은 공포감마저 들게 했다. 그의 거대한 몸이 그녀를 삼킬 것만 같았다.

퍽퍽퍽!

그의 페니스가 더 깊이 들어오는 느낌이었다. 그녀를 둘로 갈라 버릴 것 같았다.

"으으윽."

그도 흥분을 했는지 크게 신음 소리를 냈다. 아주 자극적이었다. 그의 손이 그녀의 가슴을 거칠게 잡았다. 마치 짐승이 교미를 하는 느낌이었다. 하지만 단이는 이상하게 강한 자극을 받고 있었다.

그가 손가락으로 그녀의 유두를 자극하자 미칠 것 같았다. 이렇게까지 섹스에 미친 여자인 줄은 본인도 몰랐었다.

"이렇겐 처음이에요."

"뭐?"

그가 아주 이상하다는 듯이 물었다. 그녀는 분명 결혼생활을 했고 이런 체위들은 기본 중에 기본인 것이었다.

"단이가 이상한 게 아니라 전남편이 별 볼일 없는 녀석인 것 같군."

"으으윽."

"나 같았으면 몇 날 며칠은 밖에 내보내지 않고 침대 속에서만 있을 텐데 말이야."

그가 거친 호흡을 내뱉으며 말했다. 그리고 단이의 허리를 잡고는 더 빠르게 몸짓을 하더니 그녀 안에 자신의 분신들을 쏟아냈다. 그리고 그는 단이를 안고는 바로 욕실로 향했다. 어제처럼 바로 옷을 입고 자신의 방으로 향하지 않았다.

"오늘은 왜 안 가시는 거예요?"

그가 단이의 샤워부스에 들어와 그녀를 내려다보자 단이는 거인 앞에 서 있는 기분이었다. 물줄기가 그와 단이를 적시고 있었다.

"왜?"

"그냥 궁금해서요."

"한 번 더 하려고. 한 번으론 부족해."

그가 단이를 안아 들었다. 그렇게 욕실에서 그들은 선 채로 사랑을 나누었다. 오늘 단이는 새로운 자세로 하는 섹스를 경험했다. 한마디로 신세계를 경험한 것이었다.

욕실 안에서의 사랑을 나눈 이후에 구 사장은 어김없이 자신의 방으로 향했다. 왜 그런지 알 수 없었지만 그는 그렇게 가버렸다.

"후."

자신의 침대 위에 찢겨져서 나뒹굴고 있는 티셔츠와 바지를 버린 후에 단이는 다른 티셔츠와 반바지를 꺼내 입었다. 그리고 다시 의자에 앉아 뜨개질을 뜨기 시작했다. 잠이 쉽게 오지 않을 것 같았기 때문이었다.

새벽 1시가 넘은 시간이었다.

윙—

갑작스런 핸드폰 진동 소리에 놀란 단이는 화면을 보았다. 모르는 번호였다.

"뭐지?"

단이는 전화를 받지 않았다. 잘 못 온 전화일 수도 있으니까 말이다. 그런데 그때 문자가 들어왔다. 단이는 핸드폰을 들어 문자를 확인했다.

「조심하셔야 합니다.」

"뭘 조심하라는 거야?"

요즘은 스팸도 이런 형태로 오나 보다라는 생각이 들었다. 단이는 뜨개질을 하던 걸 놓고는 침대 안으로 들어갔다.

"으으윽!"

기지개를 켜자 조금은 살 것 같았다. 그런데 그때 또 다른 문자가 들어왔다.

「집 밖으로 나가지 마십시오.」

왜 이런 문자가 오는지 알 수가 없다. 이제는 조금 기분이 나빠지기 시작했다.

"어디서 오는 문자야?"

단이가 찍힌 번호로 전화를 걸었지만 상대방은 전화를 받지 않았다.

"뭐야, 기분 나쁘게."

단이는 그냥 잘 못 온 거겠지라고 생각을 하고는 잠을 청했다. 하지만 잠이 쉽게 오지 않았다.

7

새소리가 아주 힘찬 일요일이었다. 단이는 평소보다 일찍 일어나서 시내에 나갈 차비를 했다. 외삼촌이 오전에 전주 시내에 볼 일이 있으시다고 해서 차를 얻어 타기로 했기 때문이었다.

“샤워부터 하자.”

커피를 마시려다가 시간이 어중간해서 단이는 모닝커피를 포기하고 욕실로 향했다. 구 사장과는 11시에 만나기로 했다.

차를 가지고 나오지 말라고 구 사장이 말했기 때문에 그녀는 자신의 차를 두고 가기로 했다.

구 사장과 어디로 갈지 몰라서 그녀는 편한 옷을 입기로 했다. 베이지색 면바지에 베이지색 니트 상의와 카디건을 입고 머리는 하나로 묶었다. 그래야 가을바람에 정신없이 머리가 날리는 걸 막을 것 같았기 때문이었다.

단이는 준비를 마치고 외삼촌의 차를 타고는 전주 시내를 향했다.

"이렇게 일찍 어딜 가는 거야?"

일원당에서 밖에 잘 나가지 않던 단이가 일찍부터 준비를 하고 나가니 외삼촌도 궁금했던 모양이었다.

"11시에 약속이 있는데 그전에 볼일도 좀 보려고요."

"볼일?"

"친구 좀 만나려고요."

"그래? 올 때는?"

"친구가 데려다줄 거예요. 아니면 택시 타죠 뭐."

"여기 택시들이 잘 안 들어오려고 해. 그러니까 혹시 택시를 탈 일이 있으면 삼촌한테 전화해."

"알았어요. 역시 외삼촌이 짱이에요."

외삼촌이 단이를 힐끗 보았다. 기분이 너무 업된 것같이 보인 것 같았다.

"친한 친구야?"

"네."

"단이야, 이혼 소송은 잘돼가고 있어?"

"그런 것 같아요. 변호사님도 희망적이라고 말씀하셨어요."

"다행이구나."

외삼촌이 소송에 관한 이야기를 자주 물었다. 시어머니와 전남편이 다녀간 이후에 여러모로 신경을 쓰시는 것 같았다.

"여기서 일이 끝이 나면 뭐 할 거니?"

"아직 생각 안 해봤어요. 아마 전주 시내에 있는 병원에 근무하지 않을까요?"

정확하게 생각해 보지는 않았지만 서울로 올라가고 싶은 마음은 없었다. 좋은 기억보다는 잊고 싶은 기억이 더 많았기 때문이었다. 그리고 조용한 전주가 마음에 들기도 했다. 그리고 구 사장이 이곳에 있는 것도 이유 중에 하나였다.

"어디에 있든 네 뒤에는 외삼촌이 있다는 것만 알아다오."

"그럼요."

9시에 전주 시내에 도착한 단이는 아직 상점들이 열리지 않아서 대형 커피숍에서 모닝커피 한잔을 마시며 상점들이 문을 열기만을 기다리고 있었다. 오랜만에 오가는 사람들을 보며 단이는 한가로운 시간을 즐겼다.

"김단 씨 아닌가요?"

검은 정장을 입은 남자가 그녀에게 말을 걸어왔다.

"누구신지?"

"구 사장님께서 찾으십니다."

"어디 계신데요?"

"요 앞에 차 안에 계십니다."

"그래요?"

단이는 가방을 챙겨 들고는 검은 정장을 입은 건장한 체격의 남자를 따라갔다. 약속 시간보다 1시간 반이나 빨리 그녀를 찾았다. 하긴 그는 처음 관계를 가진 이후로 매일 밤 그녀를 찾아왔다. 물론 자고 가는 건 아니었지만 말이다.

단이가 아무런 의심 없이 쫓아간 이유는 남자를 어디선가 본 것 같았기 때문이었다.

"우리 일원당에서 본 적 있죠?"

"네? 네."

"정문에 계시던 분 아니었어요?"

그랬다. 그녀가 처음 일원당에 출근하던 날 정문을 지키던 남자였다.

"이제 부서가 바뀐 거예요?"

"네? 네."

"그랬구나."

단이는 반가운 마음이 들었다.

"경호원복보다는 정장이 더 잘 어울리는 것 같아요."

단이가 웃으며 말하자 남자는 멋쩍은 표정이 되었다. 가게 앞에 검은색 승용차가 서 있었다. 구 사장이 타고 다니는 벤츠가 아니고 다른 차였다. 역시 그녀와의 데이트는 아직 사람들에겐 비밀인 것 같았다.

그녀와 함께 온 남자가 차 문을 열어주었다.

"안녕하……."

차 안에는 구 사장이 없었고 낯선 남자가 앉아 있었다.

"뭐죠?"

단이가 뒤를 돌아보는 순간 뒤에서 남자가 갑자기 단이를 차 안으로 밀어 넣었다. 그리고 안에 있던 남자가 단이의 손을 잡아 끌어당겼다. 단이가 차 안으로 들어가자 남자도 그녀 뒤를 따라 차에 탔다.

"이보세요. 이게 무슨……."

"닥쳐."

차 안에 있던 남자가 무섭게 소리를 쳤다.

"뭐, 뭐예요?"

안면이 있던 남자는 아무 말 없이 앞만 보고 앉아 있었다.

"구 사장님 차가 아니죠? 어떻게 된 일인지 말해요."

단이는 최대한 차분하게 말했다. 이럴 때일수록 냉정을 잃으면 안 될 것 같았기 때문이었다.

"……."

"시끄러우니까 닥쳐."

안쪽에 앉은 덩치 큰 남자는 생긴 것만큼이나 입도 거칠었다. 단이가 슬쩍 옆을 보자 벌어진 와이셔츠 사이로 문신이 보였다. 말로만 듣던 용문신인 것 같았다. 그러고 보니 구 사장의 몸엔 문신이 없었다.

자신이 무서운 사람이란 걸 굳이 문신을 통하지 않더라도 남들이 알기 때문일 것이다. 하지만 옆에 앉은 똘마니는 달랐다. 어떻게 해서든 본인이 무서운 조폭임을 알리고 싶었을 것이다.

"어디로 가는 거예요?"

짝!

갑자기 얼굴로 손이 날아왔다. 남자에게 맞은 건 태어나서 처음이었다. 단이의 고개가 옆으로 돌아갔다. 너무 아픈 나머지 머릿속까지 멍했다.

"닥치라고."

남자가 화를 냈다.

"이러실 것까지는 없지 않습니까?"

그녀와 안면이 있는 남자가 다른 남자를 말렸다.

"뼈락치 주제에 어디서 참견이야 참견은?"

"뭐라고?"

"왜, 주먹이라도 쓰시게?"

남자가 깐죽거리고 있었다.

"이 자식이."

그녀를 사이에 두고 두 남자가 붙게 생겼다. 단이는 이 정신없는 상황이 어떻게 된 건지 알고 싶을 뿐이었다. 남자들이 으르렁거리는 사이에 차는 시내를 벗어나고 있었다. 운전석에 운전하는 남자와 다른 남자가 앉아 있었지만 뒷좌석에서 벌어지는 일에는 관심이 없어 보였다.

"형님, 뒤에 차가 계속 쫓아오는데요?"

"뭐야? 차 세워봐."

"그냥 무시하고 가시죠."

단이와 안면이 있는 남자가 말했지만 성질 나쁜 덩치 큰 놈이 비웃으며 말했다.

"왜? 무섭냐? 네가 아직 제대로 우리를 몰라서 그래. 누가 우리한테 까불겠어. 안 그래?"

그제야 단이가 뒤를 돌아보았다. 검은색 승용차가 그들의 뒤에 딱 붙어 따라오고 있었다.

"차 세워."

"네, 형님."

차가 2차선 중앙에 섰고 당연히 뒤따르던 차도 멈췄다. 그녀의 따귀를 때린 남자와 조수석에 탄 남자가 차에서 내렸다.

"무슨 일이에요?"

단이는 그녀를 납치하긴 했지만 그래도 안면이 있는 남자에게 물었다.

"……."

"말해줘요."

"그게……."

남자가 말을 멈추고 밖의 상황을 넋을 놓고 보고 있었다. 차 밖에는 그녀도 아는 얼굴이 차에서 내렸다.

"김덕근……."

맞다. 그는 김덕근이었다. 단이도 구 회장이 그를 몇 번 불러 일을 지시하는 걸 보았기 때문에 그가 구 회장 사람인 걸 알았다. 그런데 그가 어떻게 여기에 오게 된 걸까? 옆에 앉은 남자가 사시나무 떨 듯이 떨고 있었다.

마른 체격의 덕근은 타고난 싸움꾼인 것 같았다. 찢어진 눈에 얼굴에는 칼자국까지 있어서 보는 것만으로도 무서운데 그의 몸놀림이 너무 빨라서 보고도 못 믿을 지경이었다.

그도 그럴 것이 밖의 장면을 본 사람이라면 누구나 그럴 것이었다. 덕근이라는 남자가 왜 구 회장의 일을 도맡아하는지 알 것 같았다. 덕근 혼자서 남자 둘을 거의 묵사발을 만들고 있었다. 그리고 그녀가 타고 있는 차로 덕근이 걸어왔다.

"죄송합니다."

뭐가 죄송하다는 건지 남자가 갑자기 그녀의 손을 잡고 차에서 내렸다. 그러더니 갑자기 칼을 꺼내 들고는 그녀의 목에 가져다 댔다.

"뭐, 뭐 하시는 거예요?"

"저도 어쩔 수가 없습니다. 죄송합니다."

날카로운 칼끝이 단이의 목을 향하고 있었다.

"이러지 말아요. 제가 구 사장님께 잘 말할게요."

"……."

단이가 용기를 내서 말했지만 남자의 칼끝이 그녀의 목을 더 파고들 뿐이었다. 이대로 그녀는 생을 마감해야 하는 것이다.

"김철호! 그 칼 내려놔."

남자의 이름이 철호인 모양이었다. 남자가 고개를 저으며 뒷걸음질 쳤다.

"김철호, 그 칼 놓으면 내가 목숨만은 살려주지."

그 말이 더 무섭게 느껴지는 단이었다. 남자가 더 흥분할 것 같았다.

"모, 못 해!"

단이가 듣기에도 잔뜩 겁을 먹은 남자였다.

그런 남자를 보고 덕근은 자신의 주머니에서 담배를 꺼내 물었다.

"난 말이야, 너 같은 새끼가 제일 싫어. 돈에 의리고 뭐고 다 팔아 잡수시니 말이야. 구 회장님이 너 같은 놈에게 그동안 월급을 따박따박 주신 게 아까운데 넌 어떻게 생각하냐?"

"……."

"후~ 난 말이야. 돈을 더 준다고 의리를 팔진 않아. 사나이가 가오가 있지."

담배 연기를 뿜으며 가오 타령을 하고 있는 사이에 또 한 대의 낯익은 차가 그들 앞으로 빠르게 와서 멈추었다.

끼이익!

단이는 차가 자신에게 돌진하는 줄 알았다.

"앗 뜨거! 어떤 새끼야!"

차의 급정거에 놀란 덕근이 소리를 질렀다. 그런데 차에서 내린 사람은 다름 아닌 구 사장이었다. 단이의 목에 칼을 들이댄 남자가 잔뜩 놀란 모양인지 단이의 목을 팔로 더 강하게 조르고 있었다.

마치 영화 속의 한 장면처럼 차에서 내린 구 사장이 그녀를 향해 빠르게 뛰어오고 있었다. 그리고 남자를 향해 무언가를 던졌다. 놀란 단이는 순간적으로 눈을 감았고 남자는 단이를 놓고는 그대로 쓰러졌다.

"윽!"

단이는 그 자리에 쭈그리고 앉았다. 눈을 뜰 수가 없었다. 그다음 장면을 감당할 수가 없었기 때문이었다.

퍽퍽!

"윽! 윽!"

누군가 맞는 소리가 리얼하게 들리고 있었다. 지금 맞고 있는 사람이 누군지 때리고 있는 사람이 누군지 안 봐도 눈에 선했다.

퍽퍽퍽!

"……."

맞고 있는 남자에게선 비명 소리도 들리지 않았다. 순간 단이는 남자가 죽은 것 같다는 생각이 들었다. 일원당에 첫 출근하던 날 손을 자르려던 모습이 선명하게 떠올랐다.

"그만!"

"……."

"제발 그만해요. 부탁이에요. 흑흑흑."

두려웠다. 구 사장이 살인자가 되는 게 싫었다.

"사장님, 제발요. 흑흑흑."

땅에 쪼그리고 앉아서 양손으로 머리를 감싼 단이는 여전히 눈을 감은 채로 흐느끼고 있었다. 단이의 말 때문이었을까, 더 이상의 소리는 들리지 않았다. 그리고 단이의 어깨를 누군가 감싸 안았다. 놀란 단이가 몸을 잔뜩 웅크렸다.

"괜찮아?"

구 사장의 목소리였다. 단이는 그제야 눈을 뜨고는 자신도 모르게 구 사장의 품 안으로 뛰어들었다.

"안 괜찮아요. 얼마나 무서웠는지 알아요?"

단이가 울면서 말을 하자 갑자기 구 사장이 단이를 떼어내며 말했다.

"내가 아주 죽여 버리겠어."

"제발 그러지 마요."

단이가 그의 허리를 단단히 안았다. 하지만 단이는 구 사장의 힘을 이기지 못하고 그대로 질질 끌려가고 있었다. 더 이상 저 사람을 때리면 죽을 것만 같았다. 구 사장을 살인자로 만들 수는 없었다.

"난 괜찮아요. 그러니 그만해요."

얼떨결에 단이는 길가에 피투성이로 누워 있는 남자의 처참한 모습을 보고 말았다.

"사장님 제발……."

구 사장은 정말로 두려운 존재였다. 그가 단이의 얼굴을 손으로 들었다. 그리고 그녀의 목에서 흐르는 핏자국을 보더니 다시 남자에게로 가서 누워 있는 남자를 사정없이 걷어찼다.

"절대로 용서 안 해. 다 데리고 가."

단이가 주변을 둘러보니 열 대가 넘는 차들이 줄을 서 있었다. 모두가 구 사장의 부하인 것 같았다. 구 사장의 말 한마디에 그들은 일사불란하게 길바닥에 피를 흘리고 있는 사람들을 들어 올려 차에 태우고 바닥에 흘린 피를 주변의 흙으로 덮어버렸다.

한두 번 해본 솜씨들이 아니었다. 단이는 멍하게 그들이 주변 정리를 하는 것을 보았다. 잠시 후 그들은 단이를 납치했던 사람들을 데리고 어디론가 갔고 단이는 구 사장과 단둘이 남게 되었다.

"이리 와."

구 사장이 자신의 검은색 벤츠에 단이를 태우고는 직접 운전을 해서 어디론가로 향했다. 단이는 일원당으로 가겠거니 생각을 하고는 눈을 감았다. 구 사장도 말없이 운전만 했다. 단이는 아직도 두근거리는 심장을 진정시키느라 안간힘을 쓰고 있었다.

"아까 뭘 던진 거예요?"

"칼."

단번에 쓰러진 이유를 알 것 같았다.

"강호네요."

"농담이 나오나?"

"……."

무서움을 감추려고 한 말인데 구 사장은 마음에 들지 않는 모양이었다.

"죽었어요?"

"아니."

"죽일 거예요?"

"……."

"난 괜찮으니까 그러지 말아요. 그 사람도 분명히……."

"닥쳐!"

구 사장의 한마디에 단이는 입을 다물 수밖에 없었다. 그녀와 사는 세계가 다르다는 외삼촌의 말이 맞았다.

"그 자식은 값을 치를 거야."

보통의 세계와는 다른 세계였다. 모든 게 피로 값을 치르는 세계인 것이다. 차창 밖을 보자 일원당으로 가는 길이 아니었다.

"어디 가는 거예요?"

"병원."

"네?"

"여자 목에 칼자국 있는 거 싫어."

그는 정말 단이를 데리고 근처의 대학병원 응급실에 가서 목을 치료받게 했다. 큰 상처가 아닌데도 그는 신경이 쓰이는 모양이었다.

"남편분이 많이 사랑하시나 봐요."

간호사의 표정이 아주 묘했다. 여자는 목에 칼자국이 나 있고 남편이라고 생각하는 사람은 얼마나 주먹질을 했는지 주먹의 살갗이 짓이겨져 있었으니 의심 가는 눈으로 볼 수밖에 없었을 것이다.

"네?"

"우리 담당쌤 방금 전에 죽을 뻔했어요."

간호사가 단이에게만 들리는 목소리로 작게 말했다.

"아 예."

"저렇게 과격한 분이랑 사시기 좀 힘드시죠?"

치료받은 목에 반창고를 붙이며 간호사가 말했다.

"꿰맨 자국이 나면 안 된다고 봉합테이프로 붙이라고 얼마나 성화시던지……."

단이도 옆에서 봐서 알고 있었다. 하지만 그의 그런 행동은 상당히 부담이 되는 행동이었다.

병원에서 나와 구 사장의 차에 오른 단이는 그의 눈치를 보며 앉아 있었다.

"왜 모든 사람에게 화부터 내는 거예요. 그냥 말로 해도 알아들을 텐데."

"뭐가 또 불만이지?"

그의 한마디에 단이는 꼬리를 또 내렸다. 그가 인상을 쓰고 말을 하면 무서웠다. 하지만 이상한 건 꼭 하고 싶은 말은 어떻게 해서든지 단이는 하고 있었다. 전남편은 무섭다기보다 말을 해도 들어주지 않았기 때문에 말을 하지 않게 되었는데 그는 무서웠지만 말을 하면 들어주었기 때문에 단이는 조심스럽게 말을 꺼냈다.

"그냥 전 화를 안 내는 사장님이 더 멋있는 것 같아서……."

"……."

순간 어색한 침묵이 흘렀다.

"이제 일원당으로 가나요?"

"아니."

"그럼 어디 가는 거예요?"

"……."

여전히 그는 운전만 할 뿐 말이 없었다.

꼬르륵.

정신없이 오전을 보내고 나니 벌써 2시였다. 조용한 차 안에서 배꼽시계가 민망하게 울리고 있었다.

"배고픈가?"

"2시가 넘었으니 당연히 고프죠. 사장님은요?"

"난 별로."

얄밉게 말할 줄도 아는 구 사장이었다.

"아직 멀었어요?"

"아니, 다 왔어."

그들이 도착한 곳은 여수의 한 식당 앞이었다.

"여수에는 왜 온 거예요?"

"들어와."

그는 오래된 한옥식당으로 그녀를 데리고 들어갔다.

"혁민아."

그를 보자마자 백발의 할머니가 구부정한 허리를 잡고는 빠른 걸음으로 그에게 다가왔다.

"아이고 내 새끼!"

그런 말은 저런 집채만 한 사람에게 하는 게 아니었다. 어색했지만 할머니의 정이 그대로 단이에게도 느껴지고 있었다.

"할머니."

"할머니?"

단이는 저도 모르게 이렇게 말을 하고 멍하게 두 사람을 보고 있었다.

"네 색시야?"

"아니요."

"아닌데 여길 데리고 와?"

미소를 짓고 있는 구 사장의 모습이 생소해서 단이는 멍하게 그의 얼굴을 보고 있었다.

"인사는 안 시킬 거야?"

그제야 단이가 정신을 차리고 자신보다 한참이나 작은 할머니를 보며 인사를 했다.

"안녕하세요. 김단입니다."

"단이?"

"네."

단이는 할머니에게 미소를 지으며 인사를 했다. 구 사장과의 관계는 잘 모르겠지만 전혀 닮지 않은 두 사람이었다. 150cm도 안 돼 보이는 키에 허리까지 구부정한 할머니는 거구의 구 사장과는 많이 달랐다.

"누구신지?"

단이가 구 사장을 보며 물었다.

"외할머니."

그의 외할머니였다. 그래서인지 구 사장이 어울리지 않게 미소를 계속 짖고 있었다. 외할머니를 정말 많이 좋아하는 것 같았다. 하긴 어머니를 그토록 그리워하니 외할머니야 두말할 것도 없을 것이다.

"얼른 들어가. 여긴 바닷가라서 해 떨어지면 추워."

한옥집에는 손님들이 계속해서 들어오고 있었고 그 모습을 구 사장은 흐뭇하게 보고 있었다.

"여기 자주 와요?"

"아니, 가끔."

"좋아 보이세요."

"뭐가?"

"사람 같아 보여요."

솔직한 마음이었다. 언제나 카리스마가 철철 넘치는 그는 사람이라는 생각보다는 약간은 비현실적이었지만 신적인 느낌마저 들 때가 있었다. 그런데 오늘 그는 그냥 좋아하는 사람을 보는 사람 같아 보였다.

"뭘 그렇게 보지?"

"아니에요."

그때 상다리가 휠 만큼의 상이 들어왔다.

"내 새끼 많이 먹어. 우리 아가씨도."

"네."

단이는 할머니의 음식 솜씨에 다시 한 번 놀랐다.

"이거 다 직접 만드신 거예요? 사람 쓰신 거 아니고요?"

"그럼."

"진짜 맛있어요. 이런 음식을 매일 먹고 산다면 진짜 행복할 것 같아요."

"호호호, 입맛에 맞다니 다행이야."

단이는 음식을 먹으며 엄지를 척하고 올렸다.

"아가씨는 어쩌다가 다쳤어?"

단이의 목에 붙은 반창고를 보고 하신 말씀 같았다.

"그냥 조금 베었어요."

"조금 베었는데 옷에 그렇게 피가 많아?"

단이는 얼른 벽에 붙은 거울을 보았다. 베이지색 니트의 목 부분이 피로 짙은 갈색이 되어 있었다.

"말해주지 그랬어요."

단이는 구 사장을 보며 말했다.

"뭐 난 상관이 없어서."

그가 어깨를 으쓱여 보였다. 단이와 구 사장을 이상하게 바라보던 할머니가 구 사장에게 말했다.

"뭐든 다 예뻐 보이지?"

"……."

"구 서방도 그랬다. 네 엄마를 그런 눈빛으로 봤어."

"할머님, 저흰 그런 관계가 아닙니다."

"누가 그런 관계래? 구 서방이 그렇게 우리 딸을 봤다는 얘기지."

할머니도 카리스마가 넘치셨다.

"제 말은……."

"알아, 아니까 밥이나 먹어."

할머니가 홍어를 김치와 삼겹살에 싸서 단이의 입에 넣어주셨다.

"우리 집에 왔으면 이건 먹고 가야지."

단이는 홍어를 먹어본 적이 없었다. 몇 년 전에 회식 갔다가 그 냄새에 두 손 두 발을 다 들었기 때문이었다.

그런데 오늘은 거부할 틈도 없이 입안에 들어와 있었다. 코끝에 암모니아 냄새가 싸하게 올라왔다. 인상은 썼지만 생각보다 맛있었다.

"맛있지?"

"네."

"이것도 마셔봐."

할머니가 단이의 잔에 막걸리를 부어주셨다.

"달달하니 맛있을 거야. 홍어엔 막걸리지."

한 모금을 마시자 진짜로 막걸리가 달았다.

"할머니, 단이 술 못 마셔요."

"아니, 저 잘 마셔요. 할머니도 한잔하세요."

단이가 자신의 잔을 비우고 그 잔에 술을 부어 할머니께 드렸다.

"여기 술꾼 하나 왔고만."

할머니와 단이는 오늘 만났지만 죽이 잘 맞았다.

"결혼할 사이야?"

"……."

"왜 말이 없어."

"전 결혼 안 해요."

구 사장의 말에 결혼을 생각하진 않았지만 단이는 괜히 서운한 마음이 들었다. 이런 생각을 하는 자신을 이해할 수가 없었다.

"미친놈, 결혼을 왜 안 해? 사지가 멀쩡해 가지고."

"결혼은 생각해 본 적이 없어요."

짝!

할머니가 구 사장의 등짝을 짝 소리가 나도록 때렸다.

"아이고, 우리 할머니 손힘은 여전하시네."

"얼버무리지 말고. 둘이 결혼해. 아가씨가 괜찮고만."

괜히 단이의 얼굴이 빨개졌다. 농담으로 하신 말씀이겠지만 기분이 나쁘지는 않았다. 하지만 구 사장은 대답 없이 삼합만 먹을 뿐이었다.

"막걸리는 안 해?"

"운전해야 합니다."

"자고 가."

"내일 단이 출근해야 합니다."

"일해?"

"네, 구 회장님 요양사입니다."

"구 서방?"

"네, 구 회장님께서 암수술과 뇌졸중 때문에 거동이 조금 불편하셔서요."

"구십 먹은 노인네도 이렇게 멀쩡한데 젊디젊은 사람이 쯧쯧쯧."

할머니는 더 이상 구 사장에게 술을 권하지 않으셨다. 단이는 솔직히 구 사장이 일요일에 만나자고 했을 때 약간 밀월여행처럼 야릇한 만남이 되지 않을까 생각했는데 전혀 예상 밖의 만남이었다.

할머니가 잠시 후에 스카프 하나를 가져다주었다.

"이거 하고 가."

"아니에요."

단이는 손사래를 쳤다.

"오래돼서 그렇지 이거 비싼 거야. 우리 딸이 나한테 준 건데 난 이제 할 일이 없어."

그렇다면 더 받으면 안 되는 물건이었다.

"그래도……."

"받아."

예상외로 구 사장이 그렇게 말을 하자 단이는 더 이상 거절할 수 없어 스카프를 받았다. 베이지색 체크무늬라서 지금 단이의 옷과도 잘 맞았다.

"주인을 만났군."

"감사합니다."

"내가 얼마나 더 살지 모르지만 살아 있는 동안 자주 봐."

"네."

대답은 했지만 이곳에 언제 또 올지 그건 단이의 몫이 아니었다.

"네가 부지런히 움직여야 이 할미가 아가씨를 자주 만나지."

"네, 자주 올게요."

"어서 가. 내일 일해야 한다면서."

할머니에게 작별 인사를 하고 단이는 구 사장과 함께 할머니의 가게를 나섰다.

"이거 가지고 가."

할머니가 박스 하나를 구 사장에게 주었다.

"구 서방이 좋아하는 거야."

구 사장은 내용물을 아는지 그냥 받아 들었다.

"또 와."

할머니의 거친 손이 단이의 부드러운 손을 잡았다.

"네, 할머니. 다시 올 동안에 건강하게 지내셔야 해요."

"그래."

진짜 외할머니처럼 다정한 분이셨다. 할머니의 가게를 나오면서도 발이 떨어지지 않았다.

"아쉬워요."

"뭐가?"

"그새 정이 들었나 봐요."

"우리 외할머니가 정이 많으신 분이지."

"맞아요."

구 사장의 차를 타고 집으로 돌아가는 길에 단이는 눈물이 날 것 같았다.

"왜 우는데?"

그녀가 훌쩍거리는 걸 본 구 사장이 물었다.

"그냥요."

"그냥이 어딨어?"

단이는 눈물을 훔치며 구 사장에게 물었다.

"말투가 원래 그런 거예요? 아니면 매일 매 순간 화가 나 있는 거예요?"

"뭐?"

"그렇잖아요. 항상 화가 난 사람처럼 무섭게……."

끼익!

그가 갑자기 차를 세웠다. 불빛도 없이 외진 곳이었다.

"뭐, 뭐 하는 거예요?"

"뭘 할 것 같나?"

"그 말에 화났어요?"

단이는 마른침을 삼키며 그에게 물었다.

"아니, 화가 난 사람은 이런 걸 하지 않아."

그가 단이의 얼굴을 잡더니 키스하기 시작했다. 말은 그렇지 않았지만 그의 키스는 언제나처럼 거칠었다.

"으으읍."

그녀는 숨 쉬기가 힘이 들었다. 그의 혀가 입술을 열고 들어와서 목젖에 닿을 듯이 깊이 들어와 있기 때문이었다. 그의 화가 난 것 같은 말투는 싫었지만 그의 거친 키스는 너무나 좋았다.

그의 손이 다급하게 그녀의 니트를 벗겨 버렸다. 놀란 단이가 자신의 가슴을 손으로 가렸다.

"미쳤어요. 사람들이 본다고요."

"못 봐."

그는 이렇게 말을 하고는 그녀의 가슴을 감싸고 있는 브래지어도 벗겨냈다. 그녀의 풍만한 가슴이 달빛에 그대로 드러났다.

"사장님, 이건……."

"아무도 없어."

그는 이렇게 말을 하고는 단이의 바지와 속옷마저 벗겨 버렸다. 그의 거친 손이 그녀의 부드러운 피부를 쓸어내리자 단이의 온몸에 소름이 돋았다. 이렇게 매일 다른 세계를 경험하다가는 제명에 못살 것 같았다.

너무나 대조적인 그들의 몸이었다. 단이의 눈처럼 하얀 피부와 그의 구릿빛 피부는 색에서부터 차이를 이루었고 마시멜로처럼 부드러운 느낌의 그녀와 단단하기가 차돌 같은 그의 근육은 너무나 달랐다.

단이는 그래서 더욱 그에게 끌리는 것 같았다. 그의 손길이 그녀의 가슴에서 점점 더 아래로 내려와 그녀의 검은 숲에 이르렀다. 커다란 손이 그녀의 다리를 벌리고 들어와 단번에 흥분으로 이미 촉촉하게 젖은 그녀의 질 안으로 들어왔다.

그의 손가락은 다른 사람의 손가락보다 두꺼웠다.

“으으윽.”

“이렇게 젖어 있다니…….”

그녀의 질 안에서 애액이 샘물처럼 흘러내리고 있었다. 그의 손가락이 그녀의 질벽을 긁어대기 시작하자 단이는 더 흥분을 해 자신의 엉덩이를 좌석에서 들어 올렸다.

“야해졌어.”

그는 잠긴 목소리로 그녀의 행동을 콕 찍어 말했다.

“싫어요.”

“뭐가?”

“그렇게 말하는 거요.”

“단의 질에서 물이 흘러넘치고 있어.”

“사장님.”

“난 이렇게 솔직한 단이의 몸이 좋아.”

“못 참겠어요.”

그녀의 말에 그가 자신의 바지를 아래로 내렸다. 그리고 그녀를 안아서 자신의 위에 앉혔다. 그리고는 자신의 페니스를 그녀의 질 안으로 밀어 넣었다.

“아아악!”

단이는 비명에 가까운 신음 소리를 냈다. 하지만 이번엔 그가 입술로 그녀의 입을 막지 않았다.

"아파?"

"좋아요."

그녀의 말에 힘을 받은 그가 허리를 격하게 움직이기 시작했다. 단이는 그의 목을 꼭 끌어안고는 떨어지지 않게 버텼다. 미칠 것 같은 쾌감이 단이에게 찾아들었다.

"아아아앙."

단이의 신음 소리에 그도 많이 흥분한 것 같았다. 차가 흔들릴 정도로 둘은 격정적인 섹스를 했다. 그의 말처럼 그들이 섹스를 끝낼 동안 아무 일도 일어나지 않았다. 섹스가 끝이 나고 단이는 거의 KO가 되었고 집에 도착할 무렵까지 깊은 잠에 빠져 있었다.

몸이 따뜻해서 눈을 떠보니 구 사장의 재킷이 그녀에게 덮어져 있었다. 말은 험하게 했지만 속으론 다정한 남자였다. 끝없이 이 남자에게 빠져드는 게 두려운 단이었다.

그는 운전에 집중을 하느라 그녀가 살짝 눈을 떴다가 감은 사실을 모르고 있었다. 그의 체취가 그녀의 코를 자꾸 자극하고 있었다. 그가 옆에 있으니 다시 한 번 섹스가 하고 싶었다.

단이는 자신이 너무 섹스중독자가 되어가는 느낌이었다. 하지만 지금은 몸이 천근만근이었다. 하고 싶어도 손가락 하나 까딱할 수가 없을 것 같았다.

하지만 구 사장은 지치지 않는 체력을 가진 게 확실했다. 그렇게 열정을 불태우고도 집까지 운전을 했으니 말이다. 단이는 오늘 여러 가지로 힘든 하루였지만 구 사장 때문에 하루의 끝은 잘 마감한 것 같았다.

"다 왔어."

그가 도착한 지 한참이 지나서야 단이를 깨웠다. 이런 작은 감동에 단이는 속수무책으로 그에게 허물어져 가고 있었다.

"운전하느라 고생하셨어요."

"……."

그가 말이 없자 단이가 고개를 돌려 그를 보았다. 그의 눈빛이 위험하게 짙어지고 있었다.

"그러니까……."

"더 이상 말을 하면 할 것 같아."

"뭐, 뭘요?"

"섹스."

"옷 감사했습니다."

단이는 그에게 던지듯 재킷을 주고는 집으로 달려갔다.

"헉헉, 진짜 중독잔가 봐."

이렇게 말을 하면서도 그녀를 원한다는 사실이 기뻤다. 단이는 방에 들어오자마자 침대에 쓰러져 깊이 잠들었다. 내일 무슨 일이 그녀를 기다리고 있는지도 모른 채 말이다.

8

탁!

밥숟가락이 식탁 위에서 거의 내동댕이쳐지고 있었다. 화가 난 구 회장이 아침식사를 하다 말고 벌인 일이었다. 1분 전까지만 해도 아주 평화로운 가운데 식사를 했는데 도훈이 가져온 소식 때문에 갑자기 식사시간이 공포의 시간으로 바뀌었다.

"뭐라고? 다시 말해."

"그러니까……."

"빨리 말해!"

"구 사장님과 단이 씨가 차 안에서 섹스를 하고……."

"뭘 해? 섹스?"

"……."

도훈이 벌벌 떨면서 말을 하지 못하고 있었다.

"그러니까 저기 밥 먹는 녀석하고 단이가 그 짓을 차에서 하고 그걸 기자 놈이 찍었다고?"

"네, 기사 내용은 그런데 다행히 사진은 흐리게 나왔습니다."

"그럼 사진을 그거 하고 있는 장면으로 그대로 내보내겠어?"

"죄, 죄송합니다."

"네가 왜 죄송해? 그 짓을 한 건 저놈인데? 어디 봐."

"회장님……."

"말을 했으면 보여줘야지."

구 회장이 도훈의 손에 들린 태블릿PC를 빼앗았다. 그리고는 내용을 보다 말고는 벽으로 던져 버렸다. 구 회장이 불같이 화를 내는데도 구 사장은 밥만 먹고 있었다.

"사실이야?"

"네."

아주 간결하게 대답을 한 구 사장이었다.

"단이는 이혼 소송 중이야."

"위자료 소송 중이죠."

"뭐야, 지금 나랑 말장난하는 거야?"

"아닙니다."

구 사장은 차분하게 대답을 했고 그 모습에 구 회장은 완전히 뚜껑이 열린 것 같았다.

"야! 이 새끼야!"

"……."

"목구멍으로 밥이 넘어가, 일원건설 망신을 시켜놓고?"

"이런 걸로 망신당하지 않습니다."

"구혁민!"

"그냥 섹스에 지나지 않습니다. 남들이 다 하는 거요."

"뭐, 뭐?"

"남자 여자가 컴컴한 곳에서 뭘 할 것 같습니까?"

아들의 말에 구 회장은 뒷목을 잡았다.

"그래서 어떻게 할 거야?"

"뭘 원하십니까?"

"책임을 져야지."

"……."

책임이라는 말에 혁민은 들었던 수저를 놓았다.

"결혼이라도 하란 말씀이십니까?"

"그래."

"왜 그래야 합니까?"

"그래야 일원건설 사장이 이혼녀, 아니, 아직 유부녀와 놀아났다는 이야기를 듣지 않을 테니까."

혁민이 자리를 박차고 일어서서 나오려는데 문가에 단이 서 있었다. 단이는 눈물이 글썽이는 눈을 하고는 그의 말을 다 듣고 있었던 게 분명했다.

"부르셨습니까?"

단이의 목소리가 떨리기 시작했다.

"여기 앉아."

"아니, 앉을 필요 없어. 책임지겠으니 단이 괴롭히지 마십시오."

그가 단이의 가는 손목을 잡고는 밖으로 끌고 나갔다. 그 모습을 구 회장이 쳐다보고 있었다. 구 사장과 단이 그의 시야에서 사라지자 구 회장이 다시 숟가락을 들었다.

"아침부터 소리를 질렀더니 배가 고프군."

"태블릿PC까지 던지셔서 그런지 구 사장님에게 약발이 든 것 같습니다."

"그런 것 같군."

구 회장이 밥을 크게 떠서 입안에 넣었다.

"덕근이는?"

"놈들을 조지고 있는데 아직 뚜렷하게 말이 나오고 있지 않은 모양입니다."

"김봉수 똘마니들이라고?"

"네."

"김봉수 불러들여."

"네, 그런데 어떻게 김단 씨가 위험할 걸 아셨습니까?"

구 회장의 얼굴에 미소가 어렸다.

"한 집사가 부탁을 했어."

"네?"

"위자료 10억 때문에 단이가 위험할 수도 있으니 집에 있을 때 말고 밖에 나가면 소송이 끝날 때까지만 사람을 붙여주면 안 되겠냐고 말이야."

그래서 덕근이를 단이의 뒤에 붙여두었다. 물론 이렇게 빠르게 놈들이 접근할 줄은 몰랐지만 말이다.

"어쨌든 한 집사 덕에 단이가 살았어."

"진짜로 결혼을 시키실 생각입니까?"

"혁민이를 잡을 사람은 단이뿐이야."

"왜요?"

"네가 알아서 뭐 하게?"

"죄송합니다."

구 회장은 다시 밥을 먹기 시작했다. 말은 거칠게 했지만 구 회장은 지금 기분이 아주 좋은 상태였다.

아내를 잃고 하나뿐인 자식마저 결벽증이 생겨서 여자를 가까이하지 않았다. 대가 끊길 수도 있는 절체절명의 위기가 일원당에 찾아들었고 위기에서 구해줄 뜻밖의 천사가 왔다. 구 회장은 이 기회를 놓칠 수가 없었다.

"아, 아파요."

단이가 그의 손을 뿌리치려 했지만 혁민은 꿈쩍도 하지 않고 단이를 데리고 자신의 방으로 들어갔다.

"이거 놓고……."

그가 손을 잡아서 아픈 것보다 단이는 그의 하얀 방을 보고 깜짝 놀랐다. 방 안이 온통 하얀색이었다. 침대가 보호색을 띤 듯이 잘 보이지 않을 정도로 그의 모든 가구는 다 하얀색이었다.

"방이 왜 이래요?"

"내 방이 어때서?"

"결벽증 있어요?"

"그래."

별로 놀랄 일은 아니었지만 그가 이렇게 심한 결벽증 환자일 줄은 몰랐다.

"그래서 내 침대에서 잠을 자지 않은 거예요?"

"난 내 방이 편해."

기도 차지 않았다. 결국은 그녀와 잠을 자기 싫어서가 아니라 이 방이 좋아서 섹스가 끝난 후에 자신의 방으로 간 것이었다.

"그동안 내가 걱정을 했던 이유치고는 진짜 놀랍네요."

"내가 그 방에서 잠을 안 잔 게 화가 났어?"

"당연하죠."

그녀의 말에 그는 아주 미묘한 표정을 지었다.

"인터넷 기사 봤어요?"

그가 고개를 끄덕였다.

"회장님이 말씀하신 대로 할 거예요?"

"응."

"전 사장님과 결혼 안 해요. 그러니까 너무 화내지 마세요. 결혼은 혼자 하는 게 아니잖아요. 회장님께는 제가 잘 말씀드릴게요. 구 사장님은 책임을 지려 하시는……."

갑자기 목이 메어왔다. 이런 말을 하고 있는 게 너무나 자존심이 상했다.

"음, 그러니까 결혼 안 한다고요."

"아니, 우린 결혼할 거야."

그가 진짜로 책임을 지려 하고 있었다.

"아뇨, 전 지금 법적으로 마무리가 되지 않았다고요."

"마무리는 내가 해."

윙—

핸드폰이 울렸다. 전남편의 전화였다. 인터넷 기사를 안 볼 리가 없었다.

윙—

"받아."

단이가 핸드폰을 보며 망설이는 걸 느꼈는지 그가 전화를 받으라고 말했다.

"여보세요?"

[우후, 우리 단이가 대형사고를 치셨네.]

"용건만 말해요."

[단이도 똑같이 바람을 피운 거 아닌가?]

"그래서요?"

[그럼 깨끗하게 물러서야지.]

갑자기 구 사장이 그녀의 손에 들린 핸드폰을 뺏어서 스피커폰으로 돌려놓았다.

"지금 위자료 때문에 이러는 거예요?"

[위자료는 무슨, 지금 상황에선 내가 받아야 할 것 같구만.]

"당신이 은희와 바람을 피워서 우리의 결혼이 끝난 거라고요. 어떻게 내 친구와 바람이 나서 아기까지 가져놓고서 이렇게 당당할 수 있죠?"

[아니지, 당신이 먼저 피웠을 수도 있지. 입은 삐뚤어졌어도 말은 바로 하자고.]

"나한테 제대로 된 사과 한마디만 했어도……."

[김단, 똑똑히 들어. 넌 나한테 매력이 없어. 아버지가 너 정도면 괜찮은 여자라고 해서 산 거지. 그러니까 이상한 소리 지껄이지 말고 위자료 소송이나 잘 처리해. 어디 근본도 없는 년을 데려다가 사람 만들어주니까. 본인이 재벌인 줄 알아?]

"난 더 이상 할 말 없어요."

[왜 일원건설 아들이 너랑 붙어먹어 주니까 신데렐라라도 됐다고 생각하나 본데? 그놈도 네가 얼마나 매력 없는 년인지 곧 알 거야.]

단이는 전화를 끊어버렸다. 더 이상 자존심이 상해서 듣고 있을 수가 없었다.

"이런 녀석하고 살았나?"

구 사장의 눈빛이 위험스럽게 변하고 있었다. 마치 어제 그녀를 납치한 사람을 때렸을 때처럼 말이다. 단이는 순간 그가 서울로 올라갈까 봐 걱정이 되었다. 어떻게 해서든지 구 사장을 달래야 했다.

"네, 제가 너무 어리석었죠."

"그렇군."

"어쨌든, 결혼은 안 할 거니까 걱정 말아요."

그녀는 이렇게 말을 하고는 구 회장에게로 갔다. 상황이야 어떻든지 간에 일은 일이니까 말이다.

혁민은 단이 구 회장에게로 가자마자 일원당의 지하실로 향했다. 가끔 가기는 했지만 결벽증이 있는 그로서는 좀처럼 가지 않는 곳이었다. 어제 잡아들인 놈들을 덕근이 주무르고 있었다. 발을 내딛자마자 피비린내가 진동을 했다.

혁민의 인상이 구겨졌다. 그래도 그의 성격답게 이곳은 매일 물청소를 했다. 그렇지 않으면 절대로 이곳에 한 걸음도 하지 않았을 것이다.

퍽퍽퍽!

"으으윽."

샌드백을 두드리듯이 양손을 묶어놓고 덕근이 누군가를 열심히 패고 있었다. 얼굴이 어찌나 부어 있는지 네 놈 중에 어느 놈이 어느 놈인지 모를 지경이었다.

"오셨습니까?"

그가 온 걸 알고 덕근이 잠깐 동작을 멈추었다.

"김철호가 누구지?"

덕근이 철호의 얼굴을 들어 올렸다.

"누가 시킨 일이야?"

"……."

"더 이상 묻지 않는다. 이제 말을 하지 않으면 널 땅에 그대로 묻어버릴 거야. 그때 얘기해도 널 살려주진 않아. 하지만 지금 얘기하면 목숨은 살려준다."

잠시 망설이던 철호가 입을 열기 시작했다.

"문동칠……."

"문동칠이 누구야?"

"봉수파의 똘마니입니다."

"걔가 왜?"

"정확한 건 전 모릅니다. 여자를 죽이면 1억 준다고 했습니다."

그렇게 말을 한 후에 철호가 기절을 했다.

"이놈은 여기까지밖에 모릅니다. 지난번에 사고가 나서 잘린 이후에 앙심을 품은 것 같습니다."

"무슨 사고?"

"소소한 일이긴 했습니다. 기자가 잠입했는데 그걸 못 잡고 일원당 앞까지 들어오게 해서 잘렸습니다. 그래서 돈도 필요하고 복수도 할 심산이었던 것 같습니다. 여기 사람들에게 사장님과 김단씨의 관계를 들은 모양입니다."

"가지가지 하는군."

"너!"

덕근이 묵사발이 되어 있는 다른 한 놈을 불렀다.

"저, 저 말씀이십니까?"

"그래 너."

덕근이 놈의 얼굴을 들었다.

"전 동칠이 형님이 시켜서 했습니다. 동칠이 형님의 고아원에서 같이 자란 여동생이 형님에게 부탁을 한 모양입니다."

"여동생?"

일이 이상하게 전개되고 있었다.

"네, 그 여동생이 김단인가 하는 여자의 남편과 결혼을 한다고 했습니다. 남자가 병원장이라서 꼭 잡아야 한다고 했습니다. 형님께서는 안 한다고 했는데 여자가 어찌나 꼬리를 치던지 형님이 넘어가셨습니다."

구 사장은 그 역겨운 곳을 나왔다. 두 연놈들을 죽여 버릴 생각이었다.

"준비해."

그가 지하실에서 올라오자 조 비서와 이 실장이 그의 앞에 대기하고 있었다.

"무슨 일이지?"

"큰일 났습니다."

"왜?"

"회장님께서 김봉수를 잡아오라고 하셨답니다."

"김봉수를?"

"네, 이번에 김단 씨 납치사건의 배후가 김봉수라고 생각하신 모양입니다. 구 회장님께서 이렇게 직접 나서시지 않는데 걱정입니다."

혁민은 너무 오랫동안 아버지가 모습을 드러내지 않아서 말들이 많았는데 오히려 잘됐다는 생각이 들었다.

"하시고 싶은 대로 하시게 해."

"김봉수가 가만히 있을까요?"

"대들진 못하겠지. 대들었다가는 죽을 테니까. 그리고 김봉수도 좌절을 맛볼 때가 됐어. 그동안 너무 승승장구했으니까."

그의 말에 이 실장과 조 비서는 가만히 있을 수밖에 없었다.

"그리고 인터넷 때문에……."

"그 인터넷 기자 놈 모가지를 비틀어 버릴 거야. 어딜 감히……."

"그건 좀……."

"왜?"

"계속해서 연예인들이나 기업인들의 스캔들을 전문적으로 다루는 곳이라서 법적인 대응을 해도 사실을 근거로 하니 이길 방법이 없습니다."

그도 그 인터넷 사이트를 알고 있었다. 하지만 그가 이렇게 당하게 될 줄은 꿈에도 생각하지 못하고 있었다.

"그리고 단이 씨도 충격이 클 텐데요. 그냥 열애 기사가 난 것도 아니고 카섹스라니……."

"걱정하지 마. 내가 책임질 거야."

"어떻게 책임을 지신다는 건지……."

"결혼할 거야."

그의 말에 조 비서가 입술을 깨물었다.

"일단 그렇게 알고 있어. 그리고 이 실장, 덩치 좋은 놈들 다섯만 대기시켜."

"네, 무슨 일 있으십니까?"

"서울 갈 거야."

그는 준비가 되자 바로 서울로 향했다. 짐승 같은 놈들을 혼내주러 가는 길이었다. 그의 머릿속에는 단이의 전남편과 동칠의 여동생인지 뭔지 하는 것들을 혼낼 생각뿐이었다.

은희는 아침에 눈을 뜨자마자 동민의 전화를 받고 얼마나 기분이 좋은지 이루 말을 할 수가 없었다. 단이가 바람을 피우는 현장이 인터넷 기사로 떴다는 것이었다. 그래서 기쁜 마음으로 은희는 스마트폰에서 검색을 해보았다.

기사를 본 은희의 얼굴이 굳어졌다.

"뭐? 일원건설 사장이라고?"

복이 터진 년은 같은 고아라도 달랐다. 물론 단이는 고아원에서 크진 않았지만 부모가 없는 건 마찬가지였다. 그런데 병원장에 이어 국내 굴지의 기업의 사장이라니 순간 열이 올라서 미칠 것 같았다.

"뭔 복이야? 아주 남자 복이 터졌네."

은희는 사이트에서 이미지로 일원건설 사장의 얼굴을 검색했다.

"미친년, 아주 복이 터졌어. 근데 사실일까?"

아무리 생각을 해도 은희는 이해를 할 수가 없었다.

윙—

시어머니의 전화였다. 짜증나는 인간이 집에 들어온 뒤론 매일 전화를 해서 그녀를 괴롭히고 있었다.

"여보세요?"

[나다.]

"네, 어머니."

[그래, 병원은 다녀왔고?]

"네."

어제 시댁으로 오라는 말에 산부인과 정기 검진일이라고 말했다.

[가까운 병원에 다니지 그러니.]

"박 산부인과가 유명해서요."

[하긴 그렇지.]

병원을 하는 집안이라서 서로 연결이 되어 있었다. 그래서 그녀는 될 수 있는 대로 먼 병원으로 이름을 말해주었다. 그래야 시댁에서 아이에 대해 확인을 안 할 것이다. 한의사가 말을 한 이후부터 매일 밤 그녀는 동민과 잠자리를 했다.

그것도 모자라서 동칠과도 몇 번 섹스를 했다. 어떻게 해서든지 아이를 가져야 했다. 그녀는 지금 임신을 해야만 했다.

[내일은 내가 아는 병원에 같이 가자꾸나.]

"왜요?"

[왜는, 다 내 손주를 위한 일이니까 하는 거지. 잔소리 말고 내일 차 보낼 테니 차비하고 나와.]

짜증나는 일이 하나 더 생겼다. 내일은 또 무슨 거짓말을 해야 할지 벌써부터 머리가 아파왔다.

"네, 어머니."

은희는 전화를 끊고 나서 다시 검색을 하기 시작했다.

"섹시한데 잘생기기까지 했네. 진짜 짜증이다."

어쩜 단이는 이렇게 남자들을 잘 꼬시는지 부럽기만 했다. 병원장만 꼬시면 만족일 줄 알았는데 아니었다.

"속상해."

윙—

동민이 전화였다.

"여보세요?"

[뭐 해?]

은희는 동민이 전화만 하면 애도 아니고 뭐 하고 있는지부터 묻는 게 싫었다. 그리고 그것보다 더 싫은 건 어머니한테 엄마라고 하는 것이었다. 완전히 마마보이였다.

"청소요."

[우리 자기 힘들어서 어떡해?]

"난 괜찮으니까 딴 데 정신 팔지 말아요."

[나 안 그래.]

"안 그러기는, 지난번에 걸려놓고선."

[그건 오해라고.]

끝까지 거짓말이었다.

"그나저나 왜 전화했어요."

[방금 전에 단이랑 통화했어.]

"그래서요?"

[잘하면 당신이 나서지 않아도 위자료는 해결될 것 같아.]

"그렇게 쉽게 해결될 일이 아니에요. 단이는 분명히 우리 때문이라고 할 거고 사실 우리가 먼저 일을 터트렸으니까 더 불리하죠. 기다려 봐요. 제가 부탁해 놓았으니 우리는 굿이나 보고 떡이나 먹으면 돼요."

[알았어.]

"오늘 일찍 올 거예요?"

[응, 일찍 들어갈게. 기다려.]

전화를 끊고 은희는 청소기를 들었다. 그리고 대충대충 밀기 시작했다. 단이는 집안 청소며 살림을 잘했던 것 같은데 은희는 살림을 하는 게 싫었다.

"이렇게 부자면서 가정부가 없는 게 말이 돼?"

은희는 임신이 되면 바로 동민에게 말해서 가정부부터 구할 생각이었다. 하지만 지금은 꼬리를 감출 때여서 대충 청소하는 척만 하고 있었다. 다행히 밥은 입덧을 핑계로 하지 않고 있었다.

날마다 그녀가 좋아하는 초밥을 동민이 사 들고 왔다. 그런 점은 마음에 들었다. 동민은 마마보이라서 그런지 몰라도 어머니의 말을 잘 듣지만 그녀의 말 또한 잘 들었다. 그래서 다루기는 편했다.

하지만 잠자리는 정말 아니었다. 섹스에는 관심이 없는지 아는 게 별로 없었다. 겨우 정상체위만 할 줄 알았다. 하지만 다행히 그녀는 그런 스트레스를 동칠과 풀고 있었다. 동칠의 테크닉은 진짜 끝내주었다.

조금 더 잘나가는 조폭이었다면 동칠에게 시집을 갔겠지만 지위로 보나 재산으로 보나 동민이 월등했다. 그래서 참고 살 수가 있는 것이었다. 부족한 건 밖에서 채우면 되는 것이었다.

은희는 동칠에게 전화를 걸었다. 하지만 이상하게 동칠이 전화를 받지 않았다.

"자나?"

동칠 같은 조폭들은 새벽까지 일을 할 때가 많았다. 그래서 전화를 받지 않는가 보다 생각했다.

청소를 대충한 은희는 소파에 누워 홈쇼핑 채널을 보았다.

"집에 들어왔는데 카드는 줘야 하는 거 아냐?"

하나서부터 열까지 다 마음에 들지 않았다. 어영부영 시간을 보내다 보니 동민의 퇴근시간이 다가왔다. 은희는 샤워를 하고 예쁘게 화장을 했다. 아직 본모습을 드러낼 시기가 아니었다. 그리고 임신을 빨리 해야 했다.

디리릭!

동민이 칼퇴근을 한 모양이었다.

"자기 왔어?"

그녀는 최대한 간드러진 목소리로 말을 하고는 현관 쪽을 바라보았다. 동민의 모습이 보였다.

"자기야."

은희는 동민에게 뛰어가다가 말고 걸음을 멈추었다. 현관에는 그만 있는 게 아니었다.

"누, 누구세요?"

그들 가운데 아주 낯이 익은 얼굴이 보였다.

"네가 이은희야?"

사진보다 실물이 더 멋진 남자였다. 이렇게 단이가 부러운 적이 없었다. 은희에겐 비리비리한 동민과 돼지 같은 동칠뿐인데 단이는 배우보다 잘생긴 외모에 멋진 몸매, 거기다가 돈까지 많은 남자를 차지한 것이다.

덩치가 커다란 남자들이 구둣발로 집 안으로 들어왔다.

"뭐 하시는 거예요?"

은희가 앙칼지게 말했지만 남자들은 귓등으로도 듣지 않았다. 일원건설의 사장이 먼저 들어가서 소파에 자리를 잡고 앉았다.

"네가 유동민인가?"

"네, 제가 유동민입니다."

동민은 비굴할 정도로 납작 엎드려서 남자에게 말했다.

"바람을 피웠다고? 그래서 임신을 했고 이혼 소송 중이다?"

"네."

"그런데? 왜 빨리 끝내지 못하지?"

"그건 제가 10억을 줄 돈이 없어서."

"20억."

"네?"

놀란 동민의 목소리가 어느 때보다 컸다.

"30억."

"사장님, 그건 좀……."

"40억."

남자가 동민과 그녀를 뚫어지게 바라보았다.

"임신을 하셨다고?"

"네."

"몇 개월인가?"

"이제 3개월 접어듭니다."

남자가 아주 기분 나쁜 얼굴로 그녀를 바라보았다.

"문동칠이 아나?"

"네, 같은 고아원 출신이에요."

"저기 사장님, 아니, 회장님. 임산부는 건드리지 말아주십시오."

남자가 피식 웃었다.

“임산부? 누가?”

남자의 눈이 매섭게 변하며 그녀에게 꽂혀 있었다.

“이게 뭔지 아나?”

“네가 테스트하고 버린 거라고 동칠이가 그러더라고.”

며칠 전에 은희는 동칠과 관계를 가지기 전에 테스트를 했었고 그걸 욕실에 두고 온 모양이었다.

“이게 임신이면 2줄이어야 한다며?”

“은희야.”

동민이 놀란 눈으로 은희를 보았다. 상처받은 눈이었다.

“임신 맞아요. 무슨 소리예요?”

“그래서 내가 하나 더 준비했지. 가서 하고 와.”

“이봐요.”

은희는 자신이 완전히 코너에 몰렸음을 알게 되었다.

“이거 테스트하고 동칠이랑 끝내주는 섹스를 했다며? 동칠이가 그러는데 아주 변태 년이라고.”

“은희야, 사실이야?”

“동민 씨, 아니에요.”

“남의 신랑을 뺏었으면 만족해야지 양다리야? 거기다가 친구를 죽이라고 사주까지 하고. 내가 가만히 있을 것 같아?”

“아니야.”

짝!

누가 말릴 틈도 없이 동민이 은희의 뺨을 쳤다.

"야, 지금 뭐 하는 거야? 네가 감히 나를 쳐?"

은희의 눈이 뒤집어졌다.

"병신같이 비리비리한 마마보이를 잘 챙겨줬더니 때려? 미쳤어?"

"그래, 미쳤다."

"내가 나만 죽을 줄 알아?"

은희는 화끈거리는 뺨을 손으로 감싸며 말했다.

"용서 안 해."

"내가 할 말이야."

검은색 정장을 입은 남자들이 은희와 동민의 모습을 보고는 웃기 시작했다. 일원건설 사장이 손짓을 하자 병풍처럼 서 있던 덩치들이 둘을 움직이지 못하게 양쪽에서 잡았다.

"이제 갈까?"

"어딜 가는데요?"

"가보면 알아. 재미있을 거야."

그는 이렇게 말을 하고는 여자와 남자를 인적이 드문 야산으로 끌고 가서 땅을 파기 시작했다.

"뭐 하시는 거예요?"

“쥐도 새도 모르게 묻으려고.”

“살려주세요.”

은희는 진짜 손이 발이 되게 빌고 또 빌었다. 이대로 절대 죽을 수는 없었다. 그러는 동안 그들의 옆에는 2개의 구덩이가 파지고 있었다.

은희의 인생 중에서 가장 위기의 순간이었다.

“살려주세요!”

9

단이는 오늘 하루 정말 피곤하게 보냈다. 아침에 인터넷에서 카섹스 장면이 만천하에 공개가 되었고 오전 내내 구 회장에게 잔소리를 들어야 했다. 그런데 아직도 풀리지 않은 미스터리는 어떻게 덕근이 그녀가 납치된 줄 알고 오게 된 것일까? 그게 의문이었다.

"뭘 그렇게 멍하니 있어?"

퍼즐을 맞추던 구 회장이 그녀에게 한소리를 했다.

"아닙니다."

"아니긴, 목은 왜 그런 거야?"

"긁혔습니다."

구 회장이 어제 오전의 일을 모르기 때문에 단이는 칼에 찔린

자국에 대해선 말하지 않았다.

"미친놈 목에다가 무슨 짓을 한 거야?"

"아니, 그런 게 아니라."

키스마크로 오해를 하신 것 같았다.

"칼에 찔렸답니다."

"뭐?"

같은 테이블에서 퍼즐을 맞추던 도훈이 상처에 대해 얘기했다.

"여기 경비를 하다가 잘린 놈이 앙심을 품고 납치를 하는 과정에서 칼로 그은 모양입니다."

벌떡!

갑자기 휠체어에서 구 회장이 벌떡 일어섰다. 물리치료사가 일어날 수 있다고 스스로 일어나 보라고 그렇게 말을 해도 고집을 부리시더니 마치 앉은뱅이가 일어난 것처럼 자리에서 벌떡 일어나신 것이었다.

단이와 도훈은 입을 벌리고 구 회장을 보았다.

"내가 경고했지? 나가지 말라고."

단이는 갑자기 문자가 떠올랐다.

"문자를 회장님이 보내신 거예요?"

"아니, 내가."

도훈이 옆에서 말했다.

"회장님이 보내라고 하셔서……."

회장의 눈치를 보더니 말을 정정했다.

"회장님이요?"

"잔소리하지 말고 퍼즐이나 맞춰. 그리고 도훈이 넌 그 자식들 있는 곳으로 안내해."

회장은 자신이 서 있는 줄도 모르고 있는 것 같았다.

"괜찮으세요?"

"그래 내가 괜찮지 뭐."

"아니, 계속 서 계시니까."

회장이 자신이 자리에서 일어난 걸 그때서야 안 것 같았다.

"그러니까 내가 섰어."

"네, 아주 잘 서 계십니다. 하하하."

도훈이 기분 좋게 웃었다.

그때였다. 굳은 표정의 이 실장이 방으로 들어왔다.

"김봉수가 왔습니다."

"알았어."

이 실장은 구 회장이 서 있는 모습을 보고는 김봉수라는 사람이 온 것보다 더 놀란 눈치였다.

"회장님."

"부산떨지 마."

"그래도……."

"일단은 걷기는 아직 무리니까 휠체어를 타고 가지."

도훈이 회장을 휠체어에 앉히고는 어디론가로 데리고 나갔다.

"저도 같이 가요."

단이는 회장이 차도를 보이자 같이 가기로 했다.

"오지 마."

"안 됩니다."

단이는 고집을 부리며 회장의 뒤를 따랐다. 이곳에 온 건 다 회장의 건강 때문이었다. 그리고 이제 희망이 보였다.

단이가 제일 싫어하는 모습이 눈앞에 펼쳐져 있었다. 일원당의 앞마당에 단이가 처음 왔을 때처럼 검은 정장의 떡대들이 모여 있었다. 그날과 다른 점이 있다면 더 많은 인원에 각자의 손에 각목들이 들려 있다는 것이었다.

분위기도 훨씬 험악했다. 마치 전쟁을 치른 사람들 같았다. 회장이 대청마루 앞에 나타나자 모두들 고개를 숙였다.

"회장님!"

군인들의 함성처럼 남자들의 목소리가 일원당을 집어삼킬 것처럼 울렸다.

"김봉수 데려와."

그날처럼 피투성이가 된 남자가 끌려 나왔다. 그리고 바닥에 내팽개쳐져 있었다.

"구혁민, 네가 이러고도 살아남을 줄 알아?"

남자는 이를 갈며 말을 했다.

"김봉수."

회장의 목소리를 알아들었는지 김봉수라는 사람이 고개를 들었다.

"회, 회장님."

김봉수의 목소리가 심하게 떨렸다. 마치 귀신을 본 사람 같았다.

"내가 자리를 비운 동안 많이 컸다고?"

"아, 아닙니다. 회장님."

"이렇게 기어오르면 손이 되었든 다리가 되었든 잘라 버려야 대들지 않지."

단이가 처음 듣는 무서운 말투였다. 구 회장이 왜 이렇게 거대한 조직의 보스인지 알 것 같은 잔인함이 가득한 목소리였다.

"잘못했습니다."

"난 네가 어떻게 먹고사는지 관심 없어. 다만 우리 것은 건드리지 말아야지."

"맞습니다."

김봉수는 침을 튀기며 격하게 구 회장의 말에 동감을 했다.

"살려주십시오. 조용히 살겠습니다."

"난 네 조직을 없을 생각도 없고 널 다시 보고 싶은 마음도 없다. 그런데 왜 우리 혁민이의 약혼자를 납치시킨 거지?"

"전 그런 지시를 내린 적이 없습니다."

"없어?"

"네."

구 회장이 의미심장한 표정을 짓더니 다시 한 번 누군가를 불러냈다.

"데리고 나와."

"어머!"

단이는 자기도 모르게 손으로 얼굴을 가렸다. 거의 걸레가 되다시피 한 남자 둘이 김봉수 옆으로 질질 끌려왔다.

"누군지 알겠나?"

"……."

형태만 사람이었지 찢기고 부어 있어서 누군지 구분하기 힘든 모습이었다.

"사장님……."

"동칠아."

이번엔 김봉수가 놀란 것 같았다.

"죄송합니다."

"저놈이 너의 사주를 받고 우리 단이를 납치한 것 아냐?"

"아닙니다."

"아니라고? 어디서 거짓말이야?"

"구 회장님, 저희 사장님은 모르시는 일입니다. 저 혼자 그랬습니다."

"네가 왜? 이유가 없잖아?"

"……."

구 회장의 말에 동칠의 말문이 막혀 버렸다. 그녀를 납치할 이유가 동칠에게는 없었다. 단이가 조직원도 아니고 아직 구 사장과 결혼한 사람도 아니었다.

그때였다. 일원당의 검은 양복들이 갑자기 홍해 바다가 갈라지듯이 둘로 갈라지며 길을 만들었다. 그리고 그 사이로 구 사장이 들어왔다. 하지만 단이의 눈에는 구 사장이 들어오는 게 아니라 동민과 은희가 보였다.

둘의 옷에 흙이 잔뜩 묻어 있었고 신발도 신고 있지 않았다. 은희는 임신을 한 몸인데 저렇게 해도 되나 하는 생각이 들었다.

"저것들은 또 뭐야?"

도훈이 구 회장의 귀에 대고 귓속말을 했다.

"미친 것들."

구 회장이 휠체어에서 벌떡 일어나자 주변이 갑자기 정지화면이 되었다. 그의 정정한 모습에 모두가 놀란 것 같았다. 특히 김봉수의 눈에는 두려움이 가득 차 있었다.

"내가 조용히 있었더니 아주 질서가 없어졌어."

구 회장의 목소리에 냉기가 가득했다.

"김봉수 너, 네가 뒤에서 우리 걸 야금야금 먹고 있으니 네 부하들도 이 모양 아니야?"

"죄송합니다."

김봉수가 사시나무 떨 듯 떨고 있었다.

"단이야, 살려줘."

"……."

은희가 공포에 질려 떨고 있었다.

"단아, 나 좀 살려주라. 내가 위자료 다 줄게."

전남편 동민도 울며불며 단이의 이름을 부르고 있었다. 아주 꼴보기 싫은 인간들이었다.

"너 똑바로 단이한테 말해."

구 사장이 뭔가를 은희에게 말하라고 윽박질렀다.

"그, 그러니까 단이야. 나 임신 안 했어."

"뭐?"

단이는 이 어이없는 상황을 어떻게 처리해야 할지 알 수가 없었다.

"임신 안 한 건 알겠는데 둘이 여기에 이러고 온 이유가 뭐야?"

"내가 동칠이 오빠한테 부탁해서 너 좀 처리해 달라고 했어."

"돈을 2억이나 준다고 했다고는 왜 말 안 해!"

옆에 앉아 있던 전남편 동민이 고자질을 했다.

"내가 시킨 거 아니야. 혼자서 알아서 한 거야. 난 그럴 마음이 없었어."

아주 가관이었다.

"진짜야 단이야. 내가 눈이 어떻게 되었었나 봐 이렇게 못된 년한테 잠시 한눈을 팔고 말이야. 한번만 용서해 줘."

"……."

단이는 이 상황이 기가 막혔다.

"단이야."

은희가 울기 시작했다. 울면 다 용서가 되는 줄 아는 모양이었다.

"그러니까 지금 네가 날 죽이려고 했다는 거지?"

단이의 눈에도 눈물이 차올랐다.

"내 목에 칼을 겨누라고 했던 게 너란 말이지? 남편 빼앗았으면 됐지. 뭘 더 바란 거야?"

"동민 씨랑 헤어질 테니까. 다시 네가 들어와서 살아."

"이은희! 너는 진짜 구제불능이구나."

"단이야 욕을 해도 좋으니까 좀 구해주라. 어제 나 땅속에 파묻혔다고."

은희가 자신이 부당한 일을 당한 것처럼 말을 했다.

"왜, 나오지 말지 그랬어."

"단이야, 너 착한 애잖아."

"착하면 다 참아야 해? 더 이상 말하고 싶지 않아."

단이는 고개를 돌려 버렸다.

"단이야, 살려줘."

"시끄러워!"

누군가 은희에게 조용히 하라고 말했다.

"괜찮은 거야?"

구 회장이 단이에게 괜찮은지를 물었다. 모두가 놀란 얼굴로 단이를 쳐다보고 있었다. 구 회장이 공개적으로 누군가를 걱정한 적이 없기 때문이었다. 그건 아들인 구 사장도 마찬가지인 것 같았다.

"오늘 내가 너희들을 이곳으로 불러들인 건 요즘 우리 일원파가 조용히 있으니 다른 조직들이 겁 없이 까불고 있어서 경각심을 주기 위함이다. 오늘은 경고다. 다음엔 더 큰 대가가 있을 거야."

"네."

"김봉수 잘 들어. 오늘 너는 우리 단이에게 감사를 해야 할 거야. 우리 며느리가 아니었으면 평소의 나답게 넌 이 자리에서 죽었을 거다."

"감사합니다."

"우리 며느리를 죽이려고 했던 놈들은 네가 처리하고 저년도 네 선에서 알아서 해."

"네."

단이는 자신의 귀를 의심했다. 구 회장이 단이를 며느리라고 말했다. 인터넷 가십기사 때문에 화가 나서 구 사장에게 한 말이 아니라 진심인 것이다.

"너희들도 일원당의 안주인이 될 김단을 성심으로 대해야 할 거다."

"네."

함성에 가까운 대답이었다. 단이는 멍한 얼굴로 마당에 서 있는 구 사장을 바라보았다. 어디에 있든지 단연 눈에 띄는 사람이었다. 구 사장도 단이를 보고 있었다. 둘의 시선이 다른 사람들을 의식하지 않고 공중에서 부딪쳤다.

"어이 얼간이."

구 회장이 전남편 동민을 불렀다.

"이혼은 확실하게 처리해. 이것도 어영부영했다가는 진짜로 땅에 묻어버릴 테니까. 그리고 너의 인생을 조용하게 살아."

"네."

저런 사람을 믿고 살았다는 게 단이는 한심스러웠다.

"들어가자."

구 회장의 말에 도훈이 회장의 휠체어를 끌었다. 아직 걷는 건 무리였지만 오늘 구 회장은 사람들 앞에서 건재한 자신의 모습을 보였다.

"회장님, 조금만 노력하시면 다시 뛰어다니실 수 있을 것 같습니다."

"……."

"제가 얼마나 좋은지 모르겠습니다."

도훈의 목소리가 격한 감정으로 인해 떨렸다.

"밀기나 해."

구 회장은 여전히 무뚝뚝하게 말했다. 그리고 단이의 얼굴을 보았다.

"왜 얼굴에 멍이 들었어?"

"어제 차 안에서 한 대 맞았는데 어제는 화장을 하고 있어서 잘 티가 안 났나 봐요."

"어떤 자식이야?"

"괜찮습니다, 회장님. 아까 보니까 누가 누군지도 모르게 맞아서요. 더 이상 혼내주시지 않아도 될 것 같습니다."

"그래?"

"네."

구 회장은 확실히 다혈질에 거친 사람이었다. 그런 기질은 구 사장도 있었다.

"우리는 여자는 안 때려."

뜬금없이 구 회장이 그녀에게 말했다. 아마도 아까의 모습에 단이가 겁을 먹지 않았을까 하는 마음인 것 같았다. 순간 단이는 웃음이 나왔다. 하지만 억지로 참았다. 구 회장의 기분을 상하게 하고 싶지 않았기 때문이었다.

"오늘 일어나는 기적을 일으키셨으니 재활 운동에서 걷는 기적도 한번 볼까요?"

"아니, 오늘은 쉬고 싶어."

"안 되는 거 아시죠?"

"내가 네 전남편도 해결해 줬는데?"

"그건 구 사장님이 한 것 같은데요?"

"아니. 내가 한 거야."

이럴 때 보면 아이 같은 구석도 있었다.

오후엔 진짜 눈코 뜰 사이도 없이 구 회장의 재활 운동에 매달렸다. 물리치료사도 놀랄 정도로 구 회장의 회복 속도가 빨랐다.

"그냥 거짓말로 앉아 계신 거 아니었어요?"

"뭐?"

"어쩜 이렇게 잘 일어나시고 걷기도 잘하시고 조금 있으면 진짜 뛰어다니실 판이잖아요."

단이가 농담을 섞어가며 구 회장을 칭찬했다.

"들켜 버렸어."

구 회장도 기분이 좋은지 그녀의 농담을 받아주었다. 땀을 흠뻑 흘리고 난 후에 단이는 구 회장과 삼나무길로 산책을 나왔다. 해가 지는 모습이 아름다운 길이었다. 높은 삼나무 사이로 노을이 보이는데 그 광경이 장관이었다.

"김 여사님이란 분은 언제 오세요?"

"왜?"

김 여사란 말만 나오면 화를 내는 구 회장이었다.

"저도 뵙고 싶어서요. 한 집사님의 말로는 유일하게 구 회장님에게 한소리 하는 분이라고 하셔서요."

"미친."

이렇게 말을 해도 더 이상의 말은 없었다.

"기다려지세요?"

"아니라니까."

"미인이신가?"

"아주 미인이시지. 50대같이 안 보여."

도훈이 중간에 끼어들자 구 회장이 또다시 화를 냈다. 구 회장을 놀리는 재미가 아주 쏠쏠했다.

"빨리 오셨으면 좋겠어요."

"왜, 그만두고 싶어?"

"아뇨."

그녀의 말에 씨익 웃는 구 회장이었다. 맑은 공기가 부는 삼나무 아래서 구 회장과 도훈 그리고 단이의 웃음소리가 끊이지 않았다.

피범벅이 된 남자들 사이로 미끈하게 빠진 다리가 요리조리 움직이며 목적지를 향해 걸어가고 있었다. 가끔 보는 일이라서 그런지 하나는 잔혹한 장면에도 별다른 동요 없이 자신의 목적지로 향했다.

일원당은 아름다운 풍경을 가지고 있지만 이곳에서 행해지는 일들은 그리 아름답지 않았다. 지금도 지하실의 타일 바닥은 피로 물들어 있었다. 하지만 하나의 눈에는 단 한 사람만이 보일 뿐이었다.

어릴 때 처음으로 그를 보고는 하나는 깊은 사랑에 빠져 버렸다. 큰 키에 전사 같은 카리스마를 가진 구혁민 사장은 그녀의 첫 사랑이자 짝사랑의 대상이었다.

검은 정장의 그는 피가 튀고 있는 이곳에서도 깔끔함을 유지하고 있었다. 극도의 청결함이 단점이라면 단점이랄까?

그의 방 안이나 사무실은 완벽하게 화이트였다. 하루에도 청소를 두 번이나 할 정도로 그는 예민한 사람이었다. 결벽증에 강박증까지 있는 그였다. 그래서 그에겐 여자조차 없었다. 지난번에 이 실장이 그녀에게 말하길 구 사장은 여자와 키스도 안 한다고 했다.

하지만 그건 거짓말이었다. 어제 구 사장은 카섹스를 했다고 온 세상에 공표가 되어버렸다. 그런데 무슨 여자를 멀리한단 말인가? 거기다가 설상가상으로 결혼을 한단다. 이건 그동안 그녀가 맘고생을 한 거에 비하면 너무나 가혹한 일이었다.

"조 비서."

구 사장이 그녀가 지하실에 들어온 걸 보고는 그녀를 불렀다.

"사장님."

"뭔가?"

"여기 일이 끝나셨으면 잠시 전주지사에 가보셔야겠습니다."

그녀의 말에 그가 의자에서 일어났다.

"덕근이가 수고해."

"네, 사장님."

덕근의 시선이 하나를 훑고 지나갔다. 볼 때마다 느끼는 것이지만 진짜로 짜증이 나는 인간이었다. 구 사장의 측근만 아니었어도 상대하지 않았을 것이다. 하나는 구 사장과 주차장으로 향했다. 그의 스킨 향이 그녀를 유혹하고 있었다.

사실 전주지사에 무슨 일이 생긴 게 아니었다. 퇴근시간 후에 말하면 너무 늦어버릴 것 같았다. 오늘 말하지 않으면 구 사장이 결혼을 할 것 같았기 때문이었다. 구 사장은 진짜 여자에겐 관심이 없었고 그렇게 아무 여자하고 결혼을 할 거라면 그 결혼 상대는 이혼녀 요양사가 아닌 자신이어야 했다.

구 사장의 뒤로 걸으며 하나는 자신에게 있는 모든 용기를 끌어모아 보았다. 드디어 주차장에 도착했다.

"김 기사는?"

"오늘 볼일이 있으셔서 제가 대신하고 가겠습니다."

"그래?"

구 사장은 아무런 의심 없이 차에 오르려고 했다. 그때였다. 언제나 그녀의 일에 방해만 되는 이 실장이 갑자기 나타났다.

"사장님."

"이 실장."

"어디 가십니까?"

"전주지사에 일이 있다고 해서."

이 실장이 매서운 눈으로 하나를 쳐다봤다.

"그 일이라면 방금 전에 해결이 되었다고 연락이 왔습니다."

"그래?"

"네, 오늘은 힘드실 테니 일찍 들어가서 쉬십시오."

그의 일찍 퇴근하라는 말에 구 사장의 얼굴에 처음으로 미소가 걸렸다. 오늘은 일찍 끝이 나는 게 좋은 것 같았다. 아무래도 좋아하는 사람이 집에 있으니 한시라도 빨리 가고 싶은 게 당연했다.

"알았어. 자네들도 일찍 들어가서 쉬어."

구 사장은 잠시의 망설임도 없이 본당으로 들어갔다.

"사장님."

하나가 구 사장을 불러 세우자 구 사장이 가던 길을 멈추고 뒤를 돌아보았다.

"결혼 축하드립니다."

이 실장이 이렇게 말을 하며 그녀가 말을 꺼내지도 못하게 만들었다.

"고마워."

구 사장은 여전히 입가에 미소를 띠며 본당으로 향했다. 구 사장의 모습이 어느 정도 사라지자 이 실장이 하나의 손을 잡고는 자신의 승용차에 태웠다.

"지금 뭐 하는 거예요?"

"뭘 한다고 생각하지?"

"……."

"사고 치기 전에 미리 수습하고 있는 거지."

"뭐라고요? 제가 무슨 사고를 친다고 그래요?"

"사장님은 조하나 씨 짝이 아니야."

눈치 빠른 이 실장이 그녀가 하려던 일을 정확하게 간파하고 있었다.

"내가 뭘 하든 실장님이 참견하실 일은 아닙니다."

"아직 퇴근 전이고 지금까지는 내가 조하나 씨의 상사인 걸로 아는데?"

"……."

이럴 땐 정말 할 말이 없게 만드는 놀라운 재주를 가지고 있는 이 실장이었다.

"어디 가는 겁니까?"

"집."

그녀의 집 앞까지 데려다줄 모양이었다.

"제 차로 가도 됩니다."

"……."

하나가 말을 했지만 돌아오는 답은 없었다. 모든 걸 큰맘먹고 계획했는데 결국은 입도 뻥긋 못 하고 말았다. 이게 다 이 실장의 쓸데없는 참견 때문이었다. 하나는 이 실장을 째려보았다.

"얼굴에 구멍 나겠어."

"진짜 너무하시는 거 아닙니까?"

"뭐가?"

"전 오늘 사장님께 말을 해야 하는데……."

하나는 갑자기 서러운 생각이 들었다.

"왜 좋아한다고도 말을 못 하게 하십니까?"

"내가 먼저 해야 하니까."

"네?"

무슨 자다가 봉창 두드리는 소리를 하고 있었다. 뭘 좋아한다는 건지 도통 알 수가 없었다.

"하나 씨가 알아야 할 건 구 사장님이 이번에 단이 씨를 진심으로 좋아한다는 거야. 하나 씨가 아무리 얘기를 해도 소용이 없는 단계야. 자신의 결벽증까지 잊을 정도로 단이 씨를 좋아하니까."

그걸 모르고 구 사장에게 고백하려던 게 아니었다. 고백이라도 해야 억울하지 않을 것 같았다.

"그리고 내 여자가 구 사장에게 그런 모욕을 받는 게 싫어."

"뭔 여자요?"

순간 하나는 잘못 들은 줄 알았다. 이 실장은 농담을 하는 스타일이 아니었다. 너무 진지해서 요즘 애들이 하는 말로 진지충이었다. 그런데 지금 그가 자신에게 농담을 하고 있었다.

그것도 아주 소름 끼치는 농담 말이다.

"내 여자라고 했어."

"누가요?"

저렇게 정색을 하고 말하니 진담 같았다. 진담이면 더 싫었다.

"누구긴 조하나 씨지."

"이 실장님 뭐 잘못 드셨어요?"

하나는 기가 막혀서 제대로 말이 나오지 않았다. 이 남자가 지금 뭐라고 하는지 도통 이해가 되지 않았다.

"지금 제가 구 사장님에게 버림받았다고 놀리시는 거예요?"

"아니, 난 그런 걸로 농담 안 해. 그리고 짝사랑도 버림받나?"

이 실장은 지금 제정신이 아니었다.

"그리고 조하나 씨는 구 사장님 아니어도 일원당의 남자들에게 너무 인기가 많아."

"뭐라고요?"

점점 더 화가 나는 말만 하고 있었다. 일원당의 단풍나무길을 빠져나가자 엉뚱한 길로 운전을 하고 있는 이 실장이었다.

"실장님, 저희 집은 반대편입니다."

"누가 하나 씨 집에 간다고 했나?"

"그럼요?"

그가 운전해서 간 곳은 그의 집이었다.

"이 실장님, 뭐 하는 거예요?"

"우리 집에서 잠깐 얘기 좀 하지."

"싫어요."

그녀의 말에 그는 하나의 손을 잡고는 자신의 빌라로 들어갔다. 그의 집에는 처음 와 보는 하나였다. 남자 혼자 사는 집에 갈 일은 없으니까 말이다.

"이거 안 놔요? 소리 지를 거예요?"

"마음대로."

그는 완전히 배짱이었다. 그의 손에 붙들려 들어간 빌라는 남자 혼자 살기에는 상당히 큰 평수였다. 놀란 하나가 그 자리에 멍하게 서자 그가 하나의 손을 잡아끌었다. 집 안에 들어설수록 하나의 입이 다물어지지 않았다. 아주 집 안이 으리으리했다.

"뭐 해? 안 들어오고."

"좋은 데 사시네요."

"좋아 보인다니 다행이군.

그는 하나를 소파에 앉히고는 주방으로 가서 뭔가를 했다.

"뭐 하세요?"

"저녁."

"네? 저녁을 하신다고요?"

"배 안 고파?"

배가 고플 시간이었다.

"집에 가서 먹으면 돼요."

"집에 가봐야 혼밥일 텐데 여기서 먹어."

"이 실장님 오늘 너무 이상한 거 알아요?"

"오래전부터 이상했어."

이 남자가 진짜 한마디를 안 지고 말을 받아쳤다. 하나는 자리에서 벌떡 일어났다.

"앉아. 안 그러면 묶어둘 거니까."

그의 말에 하나는 자리에 앉았다. 다른 건 몰라도 일원건설의 남자들은 뱉은 말에는 책임을 졌다. 그는 한참이나 뭔가를 만들었다. 하나는 그의 뒷모습을 멍하게 바라보았다. 달리 지금은 할 일도 없었다.

재킷을 벗고 와이셔츠 차림으로 뭔가를 열심히 만들고 있는 그의 뒷모습이 구 사장만큼은 아니었지만 매력적이란 건 인정하지 않을 수가 없었다.

"뭐 만들어요?"

"……."

그에게 답이 없자 하나는 그의 옆으로 갔다. 된장찌개가 맛있게 끓고 있었고 그는 갈치도 굽고 있었다.

"매일 혼자서 이렇게 먹어요?"

"이렇게 먹으려고 노력하지."

"피곤한 스타일이네요."

"뭐, 내가 하는 거지 여자는 안 시켜."

"오올."

그가 된장찌개를 식탁에 올렸다.

"밥 풀까요?"

하나는 혼자서 가만히 있기도 그렇고 해서 밥을 푸고 수저도 가져다 놓았다.

"원래 이렇게 깔끔하게 살아요?"

"더러운 것보다는 낫지."

"상사로도 남자친구로도 힘든 스타일인 거 알아요?"

"남자친구로는 겪어보지 않았잖아."

"그럴 마음도 없어요."

"그럴까?"

사실 남자친구로는 한 번도 생각해 보지 않았다. 특별하게 결격 사유는 없었지만 너무 완벽주의자 같았다.

"앉아."

그가 그녀의 의자를 빼주었다.

"네."

어떻게 보면 괜찮은 것 같기도 하고, 하나는 지금 정신이 없었다. 왜 이런 생각을 갑자기 하게 되었는지 알 수가 없었다.

쪽!

그의 입술이 그녀의 정수리에 닿았다.

"맛있게 먹어."

"……."

너무 놀란 나머지 하나는 멍하게 있었다.

"지금 뭐 한 거예요?"

"뽀뽀."

"아니, 그러니까 왜 한 거예요?"

"예뻐서."

이 남자 알고 보니 완전 선수였다.

"빨리 먹어, 식으면 맛없어."

이 실장은 아무렇지 않게 밥을 먹었다. 그리고 갑자기 갈치 살을 발라서 그녀의 밥 위에 올려주었다.

"실장님, 선수예요?"

"그렇게 보이나?"

"네."

"아무에게나 이러진 않아."

밥을 먹으면서도 하나는 오늘 이곳에 온 게 완전히 코가 끼는 상황이라는 생각을 멈출 수가 없었다.

"이건 아니야."

"밥이나 먹어. 생각을 많이 해봤자 머리만 아프니까."

이 실장이 다시 그녀의 밥 위에 갈치를 올려주었다. 아주 전문적인 선수 느낌이 물씬 풍기고 있었다. 하나는 정신을 차려야겠다는 생각을 하면서 밥을 먹기 시작했다. 하지만 뭔가 자꾸 늪에 빠지는 기분이었다.

밥을 다 먹고 나서 하나는 미안한 마음에 설거지를 자청했다.

"설거지는 제가 할게요. 빚지는 기분은 싫으니까."

하나가 싱크대에 그릇을 담그고 물을 트는데 갑자기 이 실장이 그녀를 뒤에서 안았다.

"뭐 하는 거예요?"

"이거."

그가 하나의 허리에 앞치마를 매주었다.

"정장에 물 튀면 곤란하니까."

"이보세요?"

"응, 불렀어?"

그가 하나를 돌려 세웠다. 그리고는 싱크대를 자신의 손으로 잡아 그녀를 싱크대와 자신의 사이에 가두었다.

"진짜 점점……."

"점점?"

그의 얼굴이 너무 가까이 있었다.

"그러니까 너무 가까이 있잖아요."

"내가 남자로 보이긴 해?"

그의 체취가 훅하고 그녀의 코로 들어왔다. 이 남자가 이렇게 섹시한지 하나는 오늘 처음으로 느꼈다. 아니, 가끔 느끼긴 했지만 그녀의 마음의 일순위는 언제나 구 사장이었다.

"그럼, 남자지 여자예요?"

"하긴."

"비켜요."

"싫다면? 내가 밥하고 다 해줬는데 설거지는 약하지."

"누가 해달라고 했어요?"

해달라고 한 적이 없었다. 자기가 자진해서 해준 거지. 하나는 기가 막혔다. 그런데 점점 더 자신에게 다가오는 이 실장이 싫지 않았다.

"비켜요."

하나가 그의 단단한 가슴을 손으로 밀었지만 그는 꼼짝도 하지 않았다.

"키스 한 번이면 풀어주지."

"뭐라고요?"

"키스를 했는데도 아무것도 느껴지지 않는다면 깨끗하게 포기하지."

이 실장은 허튼소리를 하는 사람이 아니었다. 그리고 까짓것 키스 한 번이 뭐 그렇게 대단하다고 못 할 것도 없었다. 하나가 그의 목에 팔을 감았다.

"한 번뿐이에요. 그리고 난 아무것도 안 느낄 거예요."

"너무 자신하지 마."

그녀가 그의 입술을 먼저 공격했다. 키스 하나는 끝내주게 할 자신이 있었다. 뛰어난 미모로 하나는 남자들에게 항상 인기가 많았고 연애 경험도 많았다.

그녀의 혀가 그의 입술라인을 더듬기 시작했다. 입술은 생각보다 단단했다. 혀로 쓸어내리는 느낌이 아주 마음에 들었다. 하지만 지금까지 그는 입술조차도 열지 않고 그녀가 하는 대로 내버려두었다.

오기가 생기는 하나였다. 그래서 그의 아랫입술을 물고는 입술문을 열기를 기다렸지만 그는 움직일 생각을 하지 않았다. 야릇하기는 했지만 그가 반응을 보이지 않자 슬슬 화가 나기 시작했다.

"나 안 해요."

"다 끝난 건가? 이제 내 차례야."

그가 하나의 허리를 거칠게 잡아서 끌더니 그녀의 입술을 먹어

치울 듯이 빨아들이기 시작했다. 하나는 이런 거친 키스를 좋아했다.

그의 혀가 그녀의 입안으로 들어오려고 하자 하나가 복수심에 입을 열지 않았다. 하지만 그는 하나처럼 포기하지 않았다. 그녀의 턱을 손으로 당기자 그 아픔에 하나가 입술을 벌렸다.

그의 혀가 거칠게 그녀의 입안을 점령해 갔다. 그의 혀가 주는 미칠 것 같은 쾌감에 하나는 자신도 모르게 몸을 부르르 떨었다.

그의 손이 그녀의 블라우스 위의 가슴을 잡았다.

“아아앙.”

그는 스커트에서 블라우스를 빼낸 다음에 단번에 블라우스를 찢어버렸다. 주방에 사방으로 그녀의 블라우스 단추가 튀었다.

“더 예쁜 거 사줄게.”

그는 이렇게 말을 하고는 그녀의 브래지어도 벗겨냈다. 그녀의 풍만한 가슴을 그가 손으로 잡았다.

“예뻐. 빼앗기고 싶지 않아.”

“하아.”

하나는 자신도 모르게 신음을 내뱉고 있었다. 너무나 자극적인 상황이었다. 그의 단정한 모습과 그녀의 흐트러진 모습이 묘하게 대비가 되면서 에로틱함을 더했다.

그가 그녀의 가슴을 혀로 쓸어내렸다.

"키스만 한다면서요."

"오늘은 끝까지 가지 않아."

"왜요?"

"준비를 해서 우리의 첫 밤은 아주 끝내주게 보낼 거야."

"누가 섹스를 한데요?"

그의 손이 그녀의 치마 사이로 들어와 그녀의 팬티 속으로 들어갔다.

"이렇게 젖어놓고선."

"그건 본능이라고요. 으으음."

그가 그녀의 유두를 빨기 시작하자 하나는 더 이상 생각이란 걸 할 수가 없었다.

그날 그는 진짜 끝까지 그녀를 갖지 않았다. 하지만 그들은 자신들이 섹스에 가장 잘 맞는 파트너란 걸 알게 되었다. 그리고 다음번엔 세상에서 가장 진한 섹스를 하리라는 것도 말이다.

10

일원당에도 가을이 지나고 겨울이 찾아왔다. 가을의 끝자락에서 홍역처럼 많은 일들이 치러졌다. 단이는 생에 태어나서 이렇게 힘들게 보낸 해가 있었나를 생각해 보았다. 이혼과 새로운 만남이 올해에 다 이루어졌다.

11월에 접어들자 주변이 조금은 차분해졌다. 단이에게 가장 신경 쓰이는 일이 구 회장인데 지금은 경과가 많이 좋아져서 휠체어 없이 걸을 수 있었다.

내일이면 그녀도 궁금하게 생각하는 김 여사님이 오신다. 일정보다 조금 앞당겨져서 다행이었다. 단이도 당분간은 계속 김 여사님과 같이 회장님의 시중을 들 생각이었다. 3개월은 채우고 싶었다.

요즘은 구 사장이 밤마다 당연하다는 듯이 그녀의 침실을 찾았다. 하지만 단이는 그와 결혼할 마음이 없었다. 억지로 구 회장 때문에 하는 결혼은 싫었다. 사랑 없는 결혼은 한 번이면 충분하다는 생각이 들었다.

그는 그녀에게 사랑한다는 말을 한 번도 하지 않았다. 잠자리가 잘 맞는 건 잠깐일 뿐이었다. 사랑이 없는 결혼은 언젠가는 깨지게 되어 있었다.

분명히 여기를 떠날 즈음엔 그도 질릴 것이다. 연애를 하는 것과 결혼은 다른 것이었다. 서로에게 상처를 줄 바에는 연애만 하다가 헤어지는 게 나았다.

좋은 기억은 없었지만 2년간의 기억을 정리하는 데 단이는 마음이 아팠다. 그런데 이렇게 좋아하는 그와 헤어지는 건 더 큰 상처가 될 게 뻔했다. 구 사장과의 이혼은 진짜로 감당이 안 될 것 같았다.

단이는 환기를 하기 위해 잠깐 열어두었던 창문을 닫는데 누군가 뒤에서 그녀의 허리를 잡았다.

"오셨어요?"

구 사장이었다.

"추운데 왜 창문은 열고 있어?"

"환기시키려고 열었어요."

그의 입술이 그녀의 목에 닿았다. 까칠한 수염이 그녀의 목을 따갑게 했다.

"수염이 금방 자라는 것 같아요."

"싫어?"

"싫은 건 아닌데 따가워요. 아참, 내일 김 여사님 오세요."

"그래? 그럼 이제 아버지한테 그만둔다고 해."

구 사장은 그녀가 온전히 자신에게 신경 쓰기를 바라는 것 같았다.

"그래도 마무리는 해야죠. 김 여사님이랑 인수인계도 해야 해서 다음 주까지만 할까 생각 중이에요."

"그렇게 해."

그의 입술이 천천히 그녀의 목을 빨아들였다.

"으으음."

그의 입에서 신음 소리가 나왔다.

"샴푸향이 좋아요."

그는 집으로 돌아오면 자신의 방에서 샤워를 하고 그녀에게로 왔다. 어느 날부턴가 그게 코스가 되어버렸다. 마치 습관처럼 말이다. 물론 그들의 섹스는 습관적이지 않았지만 말이다.

단이는 구 사장과의 섹스에 만족했다. 그들의 섹스는 날이 갈수록 진화했고 서로 만족하고 있었다. 하지만 그런 날들은 그리 길지 않을 것이다. 구 사장에게 아름다운 여자들이 생긴다면 단이와 당연히 헤어질 것이다. 그런 게 모두 단이를 두렵게 했고 불편하게 만들었다.

"뭘 그렇게 생각해?"

"그냥요."

구 사장이 단이를 돌려 세웠다.

"단이는 옷을 입고 있으면 생각이 많아지는 것 같아."

그가 단이의 원피스를 머리 위로 벗겨냈다. 그리고 팬티마저 벗겨내 달빛에 아름다운 나신을 드러내게 만들었다.

"이렇게 벗고 있으니까 아름다워."

"하루 종일 벗고 있을 순 없어요."

"그 점이 아쉬워."

그가 단이의 입술에 입을 맞추었다. 그의 몸에 단단하지 않은 구석이 없었지만 특히나 그의 입술은 차돌 같았다. 그의 혀가 그녀의 부드러운 입술 선을 따라 움직이다가 입안으로 들어와 입안 전체를 거침없이 휘저었다.

그의 혀는 그녀를 복종시키고 있었다. 그녀는 발끝을 들어 그의 입술에 반응을 했고 팔로 그의 목을 감았다. 섹스 전에는 그의 말처럼 생각이 많았지만 막상 이렇게 키스를 하고 나면 더 많은 것을 요구하는 그녀였다.

오늘따라 이상하게 그와 자극적인 섹스를 하고 싶은 단이었다. 그와의 불투명한 미래를 생각할수록 단이는 섹스에 매달리고 있었다. 그녀가 그의 티셔츠 속으로 손을 넣고는 그의 유두를 더듬었다.

“으으음.”

그리고 그 손을 점점 내려 그의 반바지 안쪽으로 넣어 단단해진 페니스를 만졌다.

“벗어봐요.”

그가 빛의 속도로 자신의 실내복을 벗어 던졌다. 달빛에 완벽하게 나신이 된 단이와 혁민이 서로를 불타는 시선으로 바라보고 있었다. 매번 재빠르게 움직이던 게 혁민이었다면 오늘은 단이가 더 빨랐다.

키스를 하던 단이가 고개를 내려 그의 유두에 입을 맞추었다. 그녀의 기습 공격에 혁민의 몸이 긴장으로 인해 굳었지만 단이는 멈추지 않았다. 그리고 점점 더 아래로 내려왔다. 그녀의 눈에 위험스럽게 커다래진 그의 페니스가 들어왔다.

“잠깐.”

그가 그녀의 머리를 잡음과 동시에 단이가 그의 페니스를 입에 넣었다.

"으으윽."

당황한 그의 입에서 신음 소리가 터져 나왔다.

"제발……."

그가 애원을 하고 있었다. 빼라는 건지 빨아달라는 건지 알 수가 없어서 단이는 후자를 선택했다. 그녀가 뭔가를 알고 하는 건 아니었지만 단이는 선천적으로 남자들이 뭘 좋아하는지 빠르게 캐치하는 능력이 있었다. 사실 혁민과 만나면서 알게 된 사실이지만 말이다.

"이 요부."

그의 입에서 요부라는 말이 나왔다. 만족한다는 뜻이었다. 단이는 입에 다 넣을 수 없는 그의 페니스를 열심히 빨기 시작했다. 한 번도 해본 적이 없는 것이었지만 본능이 시키는 대로 하고 있었다.

"이로 물지 말고 부드럽게……."

혁민이 그녀에게 어떻게 하는지 가르쳐 주었다. 남자에게도 예민한 곳이라서 거칠게 하면 고통이 따르는 모양이었다. 단이는 그가 가르쳐 주는 대로 혀와 입술만을 사용해서 그의 페니스를 애무해 주었다.

"으으윽, 좋아."

그는 단이가 빨아주는 게 좋은지 거친 신음 소리를 계속해서 내고 있었다. 좋아하는 게 느껴지니 단이도 좋았다. 그의 귀두를 혀로 핥아대기 시작하자 더 이상은 못 견디겠는지 그가 단이를 안아 올렸다.

마치 아이를 안듯이 그가 가뿐하게 단이를 안았다.

"오늘은 왜 이렇게 저돌적이지?"

"하고 싶어요."

"뭐?"

"그냥 사장님과 짜릿한 섹스를 하고 싶어요."

"하하하."

단이의 솔직한 말에 혁민이 웃기 시작했다. 그리고 갑자기 웃음을 멈추더니 그녀를 창가에 세웠다.

"얼마나 위험한 말을 하고 있는지 모르는 것 같군."

진짜로 혁민의 눈에서 위험함이 뿜어져 나오고 있었다.

"그, 그러니까……."

말을 꺼내놓고 나니 갑자기 두려운 마음이 드는 단이었다.

"취소해요."

"뭐?"

"제가 한 말 잊으세요."

이런 말이나 행동에 익숙해질 법도 한데 단이는 아직 부끄러웠다. 그가 갑자기 단이의 얼굴을 양손으로 잡더니 거칠게 입을 맞추기 시작했다.

"읍!"

숨조차 쉴 수 없을 정도로 그의 입술과 단이의 입술이 꽉 맞아 떨어졌다. 산소가 부족해서 어지러운 건지 그의 열정에 밀려 어지러운 건지 몰라도 단이는 지금 약간의 어지러움을 느끼고 있었다.

하지만 그의 혀가 주는 현란한 테크닉으로 단이는 더 정신을 차릴 수가 없었다. 단이의 한쪽 다리를 들어 올리고는 자신의 페니스를 단번의 동작으로 그녀 안에 밀어 넣었다.

"아아아악!"

비명이 절로 터지는 고통이 이어졌지만 조금 후에 더 큰 쾌감이 온다는 걸 이제 단이는 알아버렸다.

퍽퍽퍽!

그의 거침없는 허리 짓은 침대에서 할 때보다도 더 격정적으로 움직였다.

"어때? 좋아?"

"네, 미치겠어요."

그가 단이를 안아 들고는 엉덩이를 손으로 받쳤다. 단이도 그에게 떨어지지 않으려 팔로 그의 목을 감고 다리로는 그의 허리를 감았다. 하지만 격정적인 움직임에도 그의 페니스는 그녀의 질 안을 차지하고 있었다.

"너무 조여."

"아아아앙."

그의 움직임에 단이는 미칠 것 같았다. 어쩌면 이런 극한의 쾌락을 2년의 결혼생활 동안 단 한 번도 느끼지 못했는지 알 수가 없었다.

그가 그녀를 안은 채로 움직이기 시작했다.

"단이 넌 섹스를 위해서 신이 나에게 만들어준 선물 같아."

그의 입에서 처음으로 부드러운 말이 나왔다. 단이가 오해했다면 마치 그가 사랑 고백이라도 하는 줄 알았을 것이다. 하지만 단이는 알았다. 그에게 있어서 자신은 소모품이란 것을 말이다.

"이제부터 시작이야."

이제 시작이라는 말에 단이는 정신이 번쩍 들었다. 여태까지 한 건 애피타이저에 불과했다. 그가 단이를 침대에 누이고는 다리를 활짝 벌렸다. 그리고 단이의 여성을 거칠게 빨기 시작했다. 그녀가 그에게 해준 것에 비하면 비교가 되지 않았다.

"으으읍."

단이는 자신의 입술을 깨물어야 했다.

"미치겠어요."

"아주 맛있어."

그는 쩝쩝 소리를 내며 그녀의 애액을 핥았다. 단이는 그 소리에 더 큰 자극을 받았다. 혁민은 분명히 섹스를 위해 태어난 사람 같았다.

"그, 그만해요. 미치겠어요."

"멀었어."

그가 혀로 그녀의 여성을 가르고 클리토리스를 찾아냈다. 단이는 온몸을 부르르 떨었다. 매번 그가 해주기는 했지만 아직도 그녀는 그의 이런 애무에 익숙하지가 않았다.

"아아앙"

그녀의 신음 소리가 점점 더 커지고 있었지만 그의 집요한 애무는 끝없이 계속되고 있었다.

"제발 넣어줘요."

단이가 그에게 사정을 하자 그가 단이의 다리를 벌리고는 단번의 동작으로 페니스를 단이의 촉촉하게 젖은 질 안으로 밀어 넣었다. 미칠 것 같은 쾌감이 단이의 몸 전체를 휘감았다.

"아아앙."

그가 움직일 때마다 신음 소리는 더 커져만 갔다.

"더 깊이 넣어줘요."

처음에는 몸이 둘로 갈라질 것 같았는데 지금은 그가 더 깊이 들어왔으면 하는 바람이 컸다. 아무래도 이제는 섹스 중독자가 된 기분이 들었다. 그는 그녀가 원하는 대로 뭐든지 해주었다. 아니,

그 이상을 해주고 있었다.

그의 페니스가 그녀의 자궁을 가득 채우는 느낌이 들었다. 좋았다. 그가 점점 속도를 내고 있었다. 마지막을 향해 달리고 있는 것이었다.

"으으으윽."

그가 거친 숨을 몰아쉬며 그녀의 몸 위로 쓰러졌다.

"좋았어?"

"네."

그가 단이를 꼭 안아주었다. 그의 분신들이 그녀의 몸 안에 가득했다. 피임을 하지 않은 게 신경이 쓰였다.

하지만 전남편과도 2년간이나 피임을 하지 않았는데 임신이 되지 않았다. 아무래도 그녀는 불임인 것 같았다. 병원에서 아무리 이상이 없다고 말을 해도 몇 년간이나 수없이 많은 밤하늘의 별을 땄음에도 그녀에게 아기는 찾아오지 않았다.

"오늘따라 왜 이렇게 생각이 많지?"

"아니에요."

그녀에게 더 이상은 묻지 않았지만 그도 그녀가 이상하게 느껴지는 모양이었다.

"회장님 요양사 일을 그만두면 전주 시내에 있는 한 집사님 집으로 들어갈까 해요."

"왜?"

"일도 하지 않고 여기에 있으면 제가 눈치가 보이고 불편할 것 같아요."

"그래? 그러면 전주에 집을 하나 사도록 하지."

"당분간 머물자고 집을 사는 건 싫어요."

그녀의 말에 구 사장은 대답을 하지 않았다. 아마도 당분간이란 말에 무게를 둔 모양이었다. 그는 그녀와 결혼을 할 생각인 것 같았다. 구 회장의 말을 무시할 수는 없으니까 말이다. 이 집을 나가서 구 사장에겐 따로 잘 말을 할 것이다. 하지만 지금은 아니었다.

구 사장은 오늘도 변함없이 그녀를 혼자 침대에 남겨두고 자신의 방으로 향했다. 이럴 때면 너무나 공허한 마음이 들었다. 그와 그녀와의 관계는 섹스가 전부인 것 같았다.

물론 결벽증이라고는 하지만 고칠 마음도 없는 것 같았다. 결혼을 해서도 각방을 쓰는 게 아닌가라는 생각이 들 정도였다.

"결혼은 진짜 아닌 것 같아."

단이는 머리가 터질 듯이 복잡했다. 누군가에게 의논을 할 수 있는 문제도 아니었다. 이혼한 지 몇 달이나 되었다고 다른 남자를 만나냐고 분명히 손가락질을 할 게 뻔했다.

"아악!"

단이는 베개에 얼굴을 묻고 답답한 마음을 표출했다. 아무래도 오늘 밤은 쉽게 잠들기는 어려울 것 같았다.

차가운 공기를 맞으며 일원당의 삼나무길을 달리고 있는 혁민은 요즘 아주 기분이 좋았다. 쓸데없이 웃음이 나질 않나 아무래도 정신적으로 이상이 생긴 것 같았다.

"헉헉헉, 사장님."

그의 뒤로 태만이 땀을 삐질삐질 흘리며 쫓아오고 있었다. 그리고 그 뒤로 덕근과 몸집이 비슷한 놈들 수십 명이 그의 뒤를 따랐다.

"같이 가시지 말입니다."

"내일부터 나오지 마."

매일같이 이렇게 말을 해도 소용이 없었다. 그가 조용히 하고 싶은 일 중에 하나가 운동이었지만 그의 부하들은 잠시도 그를 가만히 두지 않았다.

"결혼은 언제로 날짜를 잡으셨습니까?"

"왜?"

"제가 요즘에 다니는 점집이 있는데 TV에도 나오고 아주 용합니다."

"그래서?"

"어차피 사모님도 부모님이 안 계시고 하니 그쪽에서 좋은 날을 받아올까요?”

퍽!

혁민의 발길질에 태만이 나가떨어졌다.

“사장님, 전…….”

“닥치고 운동이나 해.”

결혼 이야기가 나오고 시간이 많이 지났지만 아버지는 그에게 더 이상의 이야기는 하지 않으셨다. 적극적으로 나서야 하는 건지 어떤지 잘 몰랐다. 그리고 지금은 단이가 그의 옆에 있었기 때문에 솔직하게 결혼의 필요성을 잘 모르고 있었다.

하지만 어제 단이가 요양사를 그만두면 이 집을 나가겠다고 해서 속으로 놀랐었다. 남들은 들어오고 싶어서 안달인 이곳을 단이는 나가려고 하고 있었다.

“태만아.”

“네, 사장님.”

“네가 여자라면 이곳에 살고 싶겠지?”

“아뇨, 싫습니다.”

“뭐?”

의외의 답이었다.

“이 넓은 공간을 청소하고 관리하려면 힘들지 않겠습니까?”

하긴 태만이 오랜만에 현명한 말을 했다.

“저기 사장님.”

태만이 뭔가 할 말이 있는 눈치였다.

“조 비서 말입니다.”

“조 비서는 왜?”

“남자친구 없겠죠?”

태만이 조 비서를 좋아한다는 건 알고 있었다. 하지만 지금은 물 건너간 일이었다.

“남자 있어.”

“네?”

“이 실장이랑 사귀는 것 같던데…….”

“이우민 실장이요? 그럴 리가 없습니다.”

“없긴 뭐가 없어. 이우민이 나한테 직접 얘기했는데. 어제부로 1일입니다라고 말했어.”

“아닐 겁니다.”

태만이 현실을 부정하고 있었다.

“그럴 리가 없습니다.”

태만의 목소리에 실망감이 가득했다.

“조 비서는 물 건너갔고 좋은 여자 소개시켜 줄까?”

“싫습니다.”

“미친놈, 소개해 줄 때 받아.”

"네, 사장님."

단순한 놈들이었다. 그리고 하나밖에 몰랐다. 그래서 가끔 여자 때문에 큰일을 당하는 놈들도 많았다.

"태만아."

"네, 사장님."

"다 인연이 있더라."

요즘 단이 때문에 그가 많이 유해진 것 같았다. 그건 그의 부하들이 더 잘 느끼고 있는 것 같았다.

그는 조깅을 마치고 샤워를 한 후에 출근 준비를 서두르고 있었다. 일찍 출근을 해서 일찍 볼일을 보고 퇴근을 서둘러야 했기 때문이었다.

단이와 보내는 저녁시간이 단이가 나가면 언제 다시 시작될지 모르기 때문이었다.

회사에 출근을 한 그는 점심 약속을 제외하고는 특별한 일정이 없었다. 그래서 점심을 먹고 단이가 당분간 머물 집을 직접 고를 생각이었다.

"이 실장."

"네, 사장님."

"전주 시내에 쓸 만한 빌라가 있는지 알아봐."

"사장님께서 쓰실 겁니까?"

“나도 쓰고 단이도 쓸 거니까 너무 크면 단이가 청소하기 힘드니까 적당한 평수로 구해.”

“네.”

요즘 그의 중심은 단이었다. 아마도 단조로운 그의 삶에 활력소 같은 존재였다. 그걸 무엇이라 표현할 길이 없었다.

“점심 약속은 토운그룹 윤서훈 회장님과의 약속이십니다.”

토운그룹은 우리나라의 굴지의 대기업이자 그의 대부 격인 윤 회장이 맨손으로 일으킨 거대 그룹이었다. 아버지가 유일하게 인정하는 기업인이기도 했다. 갑작스럽게 시간을 비우라고 해서 무슨 일인가 궁금하기도 했지만 워낙 예측이 어려운 어른이라서 조금 불안하기도 했다.

점심시간 그는 일원당으로 향했다.

“토운그룹 회장님이 전주엔 무슨 일이시지?”

“전주에 토운그룹의 대규모 연수원이 생깁니다. 오늘은 준공식이 있습니다.”

“그렇군.”

“약속 장소를 집으로 바꾼 건 회장을 뵙고 가시려는 것 같습니다.”

이곳까지 내려오셨으니 오랜 친구를 보는 건 당연한 일일 것이다. 일원당에 도착한 그는 주차장에서 윤 회장 일행과 만났다.

"회장님."

혁민은 아버지 같은 윤 회장을 보자 구십도로 인사를 했다.

"여전히 뻣뻣하구나."

"네?"

"몸에 힘 좀 그만 주라고."

혁민은 씩 웃었다. 우리나라 명문대를 나온 화이트칼라라는 걸 몰랐다면 윤 회장도 겉으로 보기엔 일원파의 보스 같았다. 남성스러움이 넘치는 사람이었다.

"웃긴, 인사해."

"네?"

"내 조카야."

예쁘게 생긴 아가씨가 그에게 다소곳하게 인사를 했다.

"예쁘지?"

"네, 예쁘네요."

"이번에 대학 졸업하고 우리 비서실로 들어왔어. 아주 참하고 예쁜 아이지. 우리 형님이 딸 하나는 야무지게 키웠어."

"……."

혁민은 윤 회장을 모시고 본당으로 향했다. 본당 앞에는 아버지와 단이가 서서 그들을 맞이했다. 아버지가 휠체어가 아닌 서 있는 게 아직 생소한 느낌이었지만 건강이 날이 갈수록 회복되고 있었다.

"윤 회장, 이게 얼마 만인가?"

"얼마 만은 내가 매일 전화로는 문안인사 드리지 않았나. 못 봐서 아쉬웠지."

"어서 들어가세."

오랜 세월 우정을 나누던 분들답게 오랜만에 만나는 자리가 어색하지 않았다.

"우리 조카야. 정민아, 인사드려."

오늘따라 윤 회장은 곁의 조카를 인사시키느라 정신이 없었다. 어른들이 회포를 풀면서 이야기를 나누는 동안 혁민과 조카는 아무 말 없이 식사를 했고 문밖에는 단이와 김 여사 그리고 도훈이 대기하고 있었다.

혁민은 밥을 먹으며 힐끔힐끔 단이를 쳐다보았다. 오늘따라 힘이 드는지 표정이 그리 좋지 않았다.

"혁민아, 우리 정민이 어떠냐?"

"네? 갑자기 무슨 말씀이신지……."

"구 회장, 내가 혁민이 대분 거 알지."

"알지."

"내가 딸이 없음을 평생 후회하는 게 자네와 사돈을 맺지 못하는 거야. 우리 집에도 시꺼먼 녀석들이 셋이나 있지 않나? 그래서 말인데, 우리 조카를 혁민이 짝으로 해주고 싶어서. 이 집안이 이래 봬도 의사 집안이야. 우리 정민이는 법대 출신이고."

"고맙네만 우린 이미 마음에 둔 아이가 있네."

"아직 결혼한 것도 아니고 이혼녀라면서?"

윤 회장이 돌직구를 날려 아버지를 당황하게 만들고 있는 사이에 갑자기 단이가 사라졌다. 듣고 있기가 민망했던 모양이었다.

"잘 생각해 봐. 둘이 보기에도 잘 어울리지 않나."

"알았어. 생각해 볼 테니 밥이나 먹자고."

혁민은 윤 회장의 갑작스러운 제안에 모두가 당황했지만 단이는 상처를 받았을 것 같다고 느꼈다. 오늘 저녁에 잘 달래주어야겠다는 생각이 들었다.

"후, 귀찮게 됐어."

뭐든 어렵게 꼬이는 건 싫었고 미묘한 감정싸움은 그에겐 어울리지 않았다. 윤 회장이 가고 회사로 복귀를 해야 했지만 혁민은 회사로 돌아가지 않았다. 그는 구 회장의 방으로 갔다. 그리고 단이의 손을 잡고 나오려 했다.

"뭐 하는 짓이야."

"잠깐 이야기를 하고 오겠습니다."

"지금은 단이 근무시간이야."

"그럼, 오늘부로 해곱니다."

"구혁민!"

혁민이 단이의 손을 잡고 끌었지만 단이가 버텼다.

"이따 저녁에 말씀하세요."

단이가 완강하게 거부하자 혁민이 단이를 안아 올렸다.

"아버지, 저희 결혼 언제 합니까?"

"날은 여자 쪽에서 잡아야지."

"그래서 아무 말씀도 없으셨습니까?"

그는 단이를 안고는 바로 단이의 방으로 향했다.

"왜 이러세요?"

"내가 왜 이러는 걸로 보이나? 멀쩡하게 밥 잘 먹고 회사로 복귀해야 하는 이 시간에 여자나 안고 뭘 하려는 걸로 보이나?"

팍!

그가 단이의 방문을 발로 차서 열었다. 그리고 다시 방문을 닫고는 문을 걸어 잠갔다.

"구 사장님."

단이가 놀란 눈으로 그를 보았다. 구 사장과 방문 사이에 낀 단이가 자신도 모르게 눈물을 흘리고 있었다.

"혁민이라 불러."

단이의 얼굴을 양손으로 감싼 혁민이 말했다.

"……."

단이가 놀란 눈으로 그를 보았다.

"난 결혼이 싫고 할 마음도 없었는데 그게 단이 너라서 생각이 바뀌었어."

"사장님, 전……."

"단이 네 의견이 중요한 게 아니라 내 의견이 중요해. 내가 결혼을 한다면 너랑 해, 그 누구도 아닌."

"전 이미 결혼을 했던 경험이 있는……."

팍!

그가 주먹으로 단이의 방문을 뚫어버렸다.

"사장님."

"알아, 안다고. 하지만 상관없어. 그건 아버지도 마찬가지고. 왜 그렇게 신경을 쓰지?"

"어떻게 신경을 안 써요?"

놀란 단이가 그 자리에 주저앉았다. 구 사장의 주먹에서 피가 뚝뚝 떨어지고 있었다. 단이는 자리에서 일어나 자신의 방에 있는 구급상자를 꺼내 들었다.

"피가 많이 나요."

단이가 알콜 솜으로 피를 닦고 약을 바른 후에 손을 붕대로 감싸기 시작했다. 단이가 붕대를 완벽하게 고정시키자 혁민은 단이를 침대 위에 눕혔다.

"지, 지금 뭐 하는 거예요?"

"지금 내가 뭘 할 거라고 생각하나?"

"구 사장님."

"구혁민이야."

"혁민 씨."

"훨씬 듣기 좋군. 상을 줘야겠어."

말은 이렇게 하면서도 그의 눈은 웃지 않았다. 뭐가 이 여자를 이렇게 상처받게 했는지 그는 알았다. 하지만 그건 다 시간이 해결할 문제였다.

"결혼하면 나중에 분명히 후회할 거예요."

"왜?"

"난 구 사장님에게 필요한 여자가 아니에요."

단이가 그를 빤히 쳐다보며 말했다.

"아니, 필요해."

그는 단이의 모든 게 필요했다. 자신이 얼마나 이 여자를 원하는지 단이는 알지 못했다. 하루 종일 옆에 붙여놓고 있고 싶었다. 또 그녀와의 섹스는 얼마나 환상적인가? 단이를 생각할 때마다 그의 단단해지는 남성 때문에 애국가를 얼마나 불렀는지 단이는 알지 못한다.

신성한 애국가를 군대에 있을 때보다 더 많이 부른 것 같았다.

그만큼 단이는 그를 움직이는 힘이 있었다.

"내가 왜 문까지 뚫었는지 알아? 내가 왜 이렇게 미친 듯이 널 안고 싶은지 알아?"

"아뇨, 지금은 그냥 우리 둘이 섹스가 잘 맞기 때문에 당신이 혹한 거예요."

"섹스가 환상적이란 건 인정하나 보지?"

"……."

그가 단이의 얼굴을 한 손으로 잡고는 자신을 보게 했다. 작은 얼굴에 들어 있는 모든 게 그를 매혹시키고 있었다. 화를 내고 싶은데 촉촉이 젖은 눈을 보니 봄눈 녹듯이 녹아내리는 그의 마음이었다. 그의 시선이 그녀의 도톰한 입술을 향해 있었다.

"그게 다는 아니에요."

"그게 다라는 걸 보여주지."

그는 단이를 이해할 수가 없었다. 재벌가에 그것도 섹스가 잘 맞는 파트너와 평생을 함께하면 되지 뭘 더 원한다는 것인지 그는 알 수가 없었다. 그의 입술이 무섭게 단이의 입술을 눌렀다.

평소와는 다르게 단이는 별 반응이 없었다. 그게 더 그를 화가 나게 만들었다.

"얼마나 견디는지 볼까?"

쫘악!

그가 단이의 요양사 복을 거칠게 찢어버렸다. 그를 미치게 만드는 우윳빛의 뽀얀 가슴이 그대로 그의 눈앞에 펼쳐졌다. 그의 커다란 손이 그녀의 가슴을 움켜잡았다. 미칠 것같이 좋았다.

그의 페니스는 벌써부터 바지 안쪽에서 밖으로 내보내라고 아우성이었다. 그의 손이 단이의 가슴에서 점점 내려와 바지를 벗겨버렸다. 완벽한 나신을 밝은 태양 아래서 보는 건 처음이었지만 이렇게 환상적일 줄은 몰랐다.

그녀의 검은 숲이 그의 손길을 기다리고 있었다. 단이는 그저 천장을 볼 뿐 아무런 반응도 없었다. 단이의 미끈하게 뻗은 다리를 벌리자 핑크색의 여성이 한눈에 보였다. 매혹적이었다.

이런 여자를 놓칠 순 없었다. 평생 섹스만 해도 만족스러울 것 같았다. 그를 이렇게나 매료시킨 여자는 없었다. 대낮에 미친놈처럼 방문에 구멍을 뚫고 누가 들어올지도 모르는 이 상황에서도 그는 단이를 안고 싶었다.

"더 벌려."

그는 단이의 여성을 한참 동안 바라보았다. 깜깜한 밤에 달빛에 보이는 것보다 지금의 노골적으로 드러난 모습이 그를 더 자극시키고 있었다. 그녀의 질에서 애액이 흘러나오고 있었다.

"몸은 정직하군."

"난 혁민 씨와의 섹스가 좋아요. 하지만 그걸로는 결혼을 하고 아이를 낳고 기르는 데 도움이 되질 않아요."

"때론 섹스가 전부일 때가 있지. 지금처럼."

그가 자신의 바지를 벗어 화가 날 대로 화가 나 있는 페니스를 자유롭게 해주었다. 그리고 바로 그녀의 질 안에 자신의 페니스를 넣었다.

"으으윽, 언제 들어가도 좋아."

"……."

단이는 신음을 참기 위해서 입술을 깨물었다.

"솔직하지 않아."

퍽퍽퍽!

그가 허리를 움직이기 시작하자 신음은 참고 있지만 단이의 몸이 활처럼 휘었다. 그리고 마침내 단이가 그의 목을 팔로 감았다.

"더 넣어줄까?"

단이가 고개를 끄덕였다.

"대답해."

"깊이 넣어줘요."

"이렇게?"

그가 허리를 움직이자 단이가 자지러지기 시작했다.

"아아아앙."

구멍이 뚫린 문 사이로 그들의 욕망의 소리가 나가겠지만 그들은 지금 신경이 쓰이질 않았다.

퍽퍽퍽!

단이의 질 안에 그의 페니스가 딱 맞게 들어가고 있었다. 미칠 것 같았다. 그의 심장은 삼나무길을 전력질주한 것처럼 거칠게 뛰고 있었다.

똑똑똑.

누군가 노크를 하고 있었다. 하지만 그는 움직임을 멈추지 않았다.

똑똑똑.

"뭐야!"

혁민은 여전히 허리를 움직이며 신경질적으로 말했다.

"지금 지사로 가보셔야겠습니다."

문밖에서 이 실장이 다급하게 말했다.

"왜?"

"급한 일입니다."

"지금 다른 게 더 급해. 기다려!"

그는 이렇게 말을 하는 자신이 믿어지지가 않았다. 그녀의 질 안에서 그의 페니스를 빼고 싶지 않았다.

"아아앙."

그녀의 입에서 그가 가장 듣기 좋아하는 신음 소리가 흘러나왔다. 오늘따라 그는 미칠 것같이 흥분하고 있었다. 밖의 사람들 따위는 안중에도 없었다. 지금은 단이와 그 둘만이 세상에 존재하는 것 같았다.

요부의 몸을 가진 단이었다. 그의 모든 감각이 미치도록 이 여자를 원하고 있었다. 그동안 섹스에 굶주려 그런 게 아니었다. 여자들을 만나볼 만큼 만나봤고 섹스도 해볼 만큼 해본 그였다.

하지만 확실하게 말할 수 있는 건 단이와의 섹스는 다르다는 것이었다.

"헉헉, 미치겠어."

단이가 본능적으로 허리를 움직이기 시작하자 혁민은 더욱더 흥분을 했다. 오늘 여기서 끝을 내지 못할 것 같았다.

"미치겠어."

"아아앙."

둘 사이의 농염한 신음 소리가 점점 더 격해지고 있었다. 마지막을 향하고 있었지만 혁민은 지금 끝을 내고 싶지 않았다. 혁민이 단이를 엎드리게 하고는 뒤에서 삽입을 했다.

"으으윽!"

또 다른 쾌감이 그의 전신을 감싸고 있었다. 그녀의 마력에 혁민은 점점 빠져들었다. 그리고 혁민은 절대로 단이에게서 빠져나올 수 없음을 깨달았다. 그의 허리 짓이 속도를 더하고 있었다.

"이제 더 이상은 힘들어."

그가 속도를 내면서 빠르게 움직였다. 이 여자는 정말 위험했다. 자신이 살아오면서 하지 않은 수많은 일들을 하게 만들었다. 왜일까? 그는 알 수가 없었다.

그의 분신들이 그녀의 안으로 쏟아져 들어갔다. 그는 섹스를 한 후에 단이와 잠을 자지 않았다. 처음에는 남의 침대에서 자는 게 싫었지만 지금은 그녀와 침대에서 잠을 이루면 이 위험한 여자에게서 헤어나지 못할 것을 알았기 때문이었다.

그는 본능적으로 알았다. 그의 인생에 처음이자 마지막이 될 여자가 김단이라는 것을 말이다. 이런 생각이 들자 기분이 좋지 않았다. 뭐든지 남자다움이 우선인 이 세계에서 그는 가장 우두머리였다.

우두머리인 그가 여자에게 흔들리는 건 옳지 않기 때문이었다. 일종의 자존심이었다.

똑똑똑!

"중요한 일인가 봐요."

노크 소리가 들리자 단이가 몸을 일으키며 말했다.

"알았어."

그는 옷을 주섬주섬 입으며 밖에다 대고 소리를 쳤다. 단이는 침대에서 빠져나와 욕실로 들어가 버렸다. 오늘은 화가 단단히 난 모양이었다. 단이를 달래주고 싶었지만 지금 뭔지 모를 급한 일이 터진 것 같았다.

그가 밖으로 나오자 이 실장이 하얗게 질린 얼굴로 서 있었다.

"무슨 일이야?"

"김봉수가……."

"김봉수?"

며칠 전에 구 회장에게 완벽하게 제압을 당한 김봉수가 뭔 일을 저지른 모양이었다.

"무슨 일인데?"

혁민이 자신의 옷에 먼지를 털어내며 물었다.

"영등포의 조태식을 박살 낸 모양입니다."

"뭐?"

영등포의 조 부장은 영등포 오락실의 대부였다. 일원파의 자금줄 중에서도 손에 꼽히는 곳이었다. 그런데 지난번의 무기밀매에 이어서 이번에도 일원파의 사업장을 겁 없이 건드린 것이었다.

"조태식이 지금 병원에서 사경을 헤매고 있다고 합니다. 처음엔 사람들이 조태식인 줄도 모를 정도로 당한 모양입니다."

이번에는 싹 쓸어버려서 본보기를 보일 것이다.

"애들 집합시켜."

"호들갑 떨지 마."

갑자기 방 안에서 구 회장이 나왔다. 아직 집 안에서는 휠체어를 타고 다니는 구 회장이었다.

"김봉수가 지금 이 상황에서 조태식을 건드린 건 진짜 조태식이 잘못을 했기 때문이야."

"네?"

"이번엔 상황을 듣고 행동해. 조직의 보스는 이런 일에 움직이지 않아."

"아버지."

"일단 개인적인 원한인지 아니면 사업상에 얽힌 문제인지부터 파악해. 그리고 이 실장, 요즘 연애를 하더니 판단 능력이 떨어졌어. 둘 다 정신 줄을 여자에게 매어놓으면 어떡해?"

"……."

구 회장의 지적에 혁민과 이 실장은 아무런 말을 하지 못했다.

"멍청한 놈들."

구 회장은 판을 읽을 줄 모르는 아들에 화가 났다.

"구혁민 들어와."

혁민은 아버지의 방으로 들어갔다.

"섹스에 미친 놈처럼 밤낮으로 이게 뭐 하는 짓이야."

"……."

"결혼을 발표했으면 점잖게 굴어. 발정난 개처럼 굴지 말고."

"죄송합니다."

"결혼은 1월 1일에 일원당에서 조촐하게 하고, 그동안은 김 여사하고 한 집사가 단이를 교육시킬 거야."

"네."

아버지는 항상 혼자서만 일을 처리하려고 하셨다. 그에게 일이 어떻게 진행되고 어떻게 해야 하는지 가르쳐 주지 않았다. 보통은 그가 알아서 터득하게 내버려 두는 편이었는데 오늘은 뭔가가 다른 느낌이었다.

아버지가 후계자로서의 그를 인정하기 시작하신 것이다. 혁민의 얼굴이 기쁨으로 붉게 상기되었다.

11

구 사장이 나가고 난 후 단이는 샤워를 마치고 새로운 요양사복을 꺼내 입었다. 그리고는 박스테이프로 구멍이 난 문을 가렸다. 그러고 나서 단이는 욱신거리는 몸을 이끌고 구 회장의 방으로 향했다.

"괜찮아?"

구 회장의 옆에 있던 김 여사가 걱정 어린 목소리로 물었다.

"네."

구 회장은 아무런 말도 하지 않고 그녀가 준비해 둔 퍼즐을 맞추고 있었다. 요즘 구 회장의 취미는 퍼즐이 되어버렸다. 그래서인지 단이는 인터넷으로 온갖 퍼즐을 주문해서 구 회장에게 주었다.

"우리 집 남자들이 여자에 빠지면 정신을 못 차리지."

"……."

"나도 그랬고 우리 혁민이도 아마 그럴 거야. 그래도 어쩌겠나. 좋아서 저러는데, 창피한 것도 모르고 말이야. 이건 어디 꺼야?"

"여기요."

김 여사가 퍼즐의 위치를 알려주었다.

"그렇고만. 1000피스는 너무 어려워."

"다음부터는 500피스로 준비하겠습니다."

"그래."

구 회장이 퍼즐에 정신이 팔려 있는 동안 김 여사가 단이의 손을 잡고 밖으로 나왔다.

"단이 씨, 아까 구 회장님이 그러시는데 날짜를 1월 1일로 하자고 하셨어."

"네?"

"단이 씨의 이혼 소송이 빨리 끝나서 날짜도 빨리 잡으신 것 같아. 축하해."

"……."

단이는 김 여사의 말이 귀에 들어오지 않았다.

"얼굴이 너무 안 좋아 보인다. 이제부터 일원당의 안주인이 될 사람인데 관리 좀 받아야겠어."

"잠을 못 자서 그래요."

"걱정이 많아서 그렇지 뭐. 교육은 나하고 한 집사님이 맡을 거야."

"무슨 교육이요?"

"큰집 살림을 하려면 당연히 집안의 흐름을 잘 알아야 하고 또 대기업의 사모님이시니 모임도 많을 텐데 매너 교육도 받을 거야."

"전 아직 마음의 준비가 안 됐습니다."

"알아, 하지만 뭐든지 닥치면 다 하게 돼 있어. 그리고 구 회장님이 사람은 참 잘 보신 것 같아. 내가 보기엔 우리 단이 씨는 충분히 일원당의 안주인이 될 만한 사람이야."

단이는 김 여사의 말이 귀에 들어오지 않았다. 그녀는 일원당의 식구가 될 마음이 없었다. 이곳이 매력적인 곳이기는 했지만 구 사장과의 관계가 아직 정리가 되지 않은 상황에서 이곳의 안주인이라니 말도 되지 않는 일이었다.

퇴근 후에 단이는 오랜만에 외삼촌의 사무실을 찾아갔다.

"춥지?"

그녀를 보자마자 외삼촌이 난로를 그녀 쪽으로 틀어주었다.

"괜찮아요."

"그래도 일교차가 커서 감기 걸려."

아버지처럼 다정한 분이셨다.

"어떻게 해야 할지 모르겠어요."

"안 그래도 회장님께서 새해 첫날이 좋을 것 같다고 말씀하시더구나."

"……."

단이의 표정이 굳어 있는 게 신경이 쓰이는지 삼촌이 단이에게 사탕 하나를 건넸다.

"기분이 안 좋을 땐 단게 최고지."

외삼촌의 말에 단이가 웃어 보였다.

"그래, 그렇게 웃어. 넌 충분히 이 집에 어울리는 사람이야."

"알아요, 하지만……."

"부족하다라고 생각하면 한도 끝도 없다. 난 결혼을 안 해봐서 모르겠지만 그래도 주변의 사람들을 보면 너무 잘하려고 해도 실패고 너무 못 해도 실패더구나. 난 네가 구 사장에게 받을 건 받고 포기할 건 포기하면서 좀 편안한 마음으로 새로운 출발을 했으면 좋겠어."

"그게 잘 안 돼요. 그 사람은 저에게 너무 과분한 사람이에요."

그녀의 말에 외삼촌이 단이의 손을 잡았다.

"내가 보기에 우리 망나니 구 사장에겐 네가 과분해. 하지만 이건 비밀이다."

외삼촌의 위로에 단이는 피식하고 웃었다.

"외삼촌은 구 사장님이 괜찮으세요?"

"어릴 때부터 봐서 그런지 난 구 사장님이 거칠게 느껴지기보다는 안쓰럽게 느껴지지. 어린 나이에 엄마는 일찍 죽고 강한 아버지 밑에서 어떻게 해서든지 살아남아야 했으니까. 구 사장님은 여기서 싸움깨나 하는 조직원들과 붙어서 다 이겼어."

그래서 그의 조각 같은 몸에 상처가 많은 모양이었다.

"주먹 하나로 평정했지. 거기다가 머리는 얼마나 좋은데. 타고난 싸움꾼에 책략가이기도 하지."

"단점이 없는 사람같이 얘기하시네요."

외삼촌은 한숨을 쉬면서 단이를 봤다.

"우리 구 사장님은 결벽증이 있어."

그건 단이도 알고 있는 사실이었다.

"어머니의 시신을 보고는 놀라서 그다음부터는 뭐든지 깨끗한 걸 원하셨지. 어릴 때는 흰색 옷과 운동화까지 모두 흰색이었어. 화가 난 회장님이 진흙탕에 던져 버리자 바로 경련을 일으키셔서 돌아가시는 줄 알았어. 그 뒤로는 회장님도 포기하셨지."

외삼촌이 다시 한 번 단이의 손을 잡았다.

"난 너도 내 딸 같지만 구 사장도 내 아들 같아. 네가 우리 구 사장님을 잘 보살펴 주었으면 좋겠구나."

헤어지기 위한 빌미를 만들기 위해 외삼촌을 찾은 단이었다. 외삼촌이 뭔가 구 사장에 대해 단점을 말하면 그걸 핑계로 삼으려고 했다. 하지만 외삼촌은 되려 그녀가 구 사장과 결혼을 하기를 바라셨다.

"후~"

땅이 꺼질 만큼 한숨을 내쉬고 있는데 누군가 단이의 어깨를 잡았다.

"어머, 깜짝이야."

도훈이었다.

"아저씨, 놀랐잖아요."

"미안해."

"아니에요. 어쩐 일이세요?"

"한 집사하고 막걸리나 한잔하려고 왔지. 일원당의 저녁은 외롭거든."

"회장님은요?"

회장님과 24시간 같이 있는 도훈이었다. 그가 잠시 자리를 비우면 그녀라도 붙어 있어야 했다.

"김 여사와 얘기 중이셔."

회장님은 김 여사님을 아끼시는 것 같았다.

"두 분이 굉장히 사이가 좋으세요."

"그럴 수밖에 없지. 돌아가신 사모님을 모시던 분이니까. 김 여사님과 사모님에 대한 추억을 이야기하시는 걸 좋아하셔."

듣고 보니 마음이 짠했다. 솔직히 처음엔 김 여사님을 마음에 두신 게 아닌가 착각을 했는데 그게 아니었다.

"굉장히 사랑하셨나 봐요?"

"말도 못 했지. 겉으로는 아닌 척하셔도 사모님과 결혼하시고 난 후에 많이 달라지셨어. 일 보는 시간을 제외하고는 사모님과 꼭 붙어 계셨으니까."

지금 생각해 보면 상상이 되지 않는 장면이었다.

"멋지네요."

"그렇지. 그런데 그날 그렇게 허망하게 돌아가셨지 뭐야. 그게 다 내 탓이고."

도훈은 여전히 죄책감에 사로잡혀 있었다.

"우리 구 사장님 잘 부탁해."

"……."

"정말 아버지보다 더 팔불출이 될 거란 걸 난 확신해."

구 사장이 팔불출이 된 모습을 상상하니 웃음이 터질 지경이었다.

"난 단이가 너무 복잡하게 생각 안 했으면 좋겠어. 내가 확실하게 말해줄 수 있는 건 지금 구 사장은 어머니가 돌아가신 이후 처음으로 행복한 시간을 보내고 있으니까 말이야."

단이는 머리가 복잡해졌다. 일단은 며칠 더 생각을 정리해 보기로 했다. 뭐든 서두르면 반드시 실수를 하게 마련이었다. 도훈과 헤어진 단이는 무거운 마음으로 자신의 숙소를 향했다.

꽃가게 앞에서 십 분째 서성이고 있는 혁민을 차 안에서 이 실장은 웃으며 조 비서는 인상을 쓰며 바라보고 있었다.

"저 모습 우리 사장님 맞아요?"

"왜, 보기 좋은데."

"뭐가 보기 좋아요. 꽃가게 하나 못 들어가는데."

"질투해?"

"아뇨."

조 비서의 입이 툭 튀어나오자 이 실장이 조 비서의 손을 꼭 잡았다. 오늘 김 기사님이 집안일로 출근을 하지 못해서 이 실장이 대신 운전대를 잡고 있었다.

"그만해요."

"왜? 내가 내 여자 손 잡는 데 무슨 문제라도 있어?"

"있어요."

조 비서가 그의 손을 뿌리치자 이 실장은 웃으며 조 비서의 볼에 입을 맞췄다.

"진짜 미쳤어요? 구 사장님이 보시면 어쩌려고 그래요?"

"괜찮아."

이 실장은 능글맞은 미소를 지었고 이를 포기한 조 비서의 시선은 다시 구 사장에게로 가 있었다.

"내가 내려서 꽃바구니 하나 주문할까 봐요."

"가만히 있어. 혼자 잘하실 거야. 그리고 저런 설레는 감정을 느껴보시는 것도 좋은 경험이 될 거야."

이 실장은 여자 때문에 맘을 졸이는 구 사장이 낯설기도 하면서 이해가 가기도 했다.

"얼마나 좋으면 저럴까?"

"이 실장님은 저런 경험 없어요?"

"있지."

"언제요?"

"하나가 사장님께 마음을 고백하려고 했던 날 그랬지. 타이밍을 놓칠까 봐 아주 조마조마했지."

"피~"

"진짜 사람 말을 못 믿는군."

"그런데 왜 못 들어가고 저러는 거예요? 남자 중의 상남자가."

구 사장이 꽃가게 앞에서 서성이고 있자 지나는 여자들이 구 사장을 힐끔거리고 쳐다봤다.

"우리 구 사장님은 완전 연예인 같지 않아요? 여자들이 아주 대놓고 보는 거 봐요."

"인정."

우민이 보기에도 멋진 남자였다.

"그런데 왜 답 안 해줘요? 왜 저러고 있는 거예요?"

"어색해서 그러지 해보지 않은 거니까. 창피하기도 하고."

"그래서 제가 대신 사준다니까요."

하나가 차에서 내리려고 하자 우민이 하나의 팔을 잡았다.

"시킬 거였으면 아까 시켰을 거야. 본인이 직접 사주고 싶은 거야."

"우리 사장님한테 저런 로맨틱한 모습이 있는 줄 몰랐는데요?"

"그러게."

우민의 입가에 미소가 지어졌다.

"난 꽃 안 사줘요?"

"싫어한다며?"

"꽃 싫어하는 여자가 어딨어요?"

하나가 귀엽게 질투를 하고 있었다.

"들어가셨어요."

"그래도 생각보다 빨리 들어가셨네."

"20분이요?"

"그럼, 난 저 상황이라면 포기했을 것 같아."

꽃집에 들어가서도 한참이 흐른 뒤에야 집채만 한 바구니를 든 사장의 모습을 볼 수 있었다.

"저걸 어디다가 실어요?"

"어떻게 해서든지 실어야지."

우민은 한숨을 한번 쉬고는 차에서 내렸다.

"예쁜데요?"

"잔소리하지 말고 빨리 실어."

"네."

이 실장이 뒷좌석에 겨우 장미 바구니를 밀어 넣었다. 다행히 차가 커서 바구니가 들어갈 수 있었다.

"사장님 정말 예뻐요."

하나의 말에 겨우 안심이 되었는지 그때서야 구 사장의 얼굴이 풀렸다.

"진짜 좋아하시겠어요."

"그럴까?"

"네."

하나는 부러움을 그대로 드러내며 말했다. 그런 하나를 이 실장은 사랑이 가득 담긴 눈으로 바라보았다.

장미꽃 100송이와 안개꽃 때문에 그의 시야가 거의 가려져 있었다. 손잡이를 잡고 들고 가려니 꽃이 망가질 것 같아서 그는 바구니 아래를 손으로 받치고는 신주단지 모시듯이 꽃바구니를 들고 본당에 들어섰다.

일하는 사람들이 그의 모습을 넋을 잃고 보았고 거실에 있던 김 여사와 구 회장도 커피를 마시다가 혁민의 모습을 보고는 적잖이 놀란 표정이 되었다. 하지만 정작 본인은 꽃에 가려서 그런 상황을 알지 못했다.

“내가 두 번 다시 꽃을 사면 사람이 아니야.”

그는 이를 악물고 이렇게 말을 하고는 대충 그녀의 방일 것 같은 문에 노크를 했다. 낮에 냈던 구멍이 있는 걸 보니 방은 확실했지만 인기척이 없었다.

똑똑똑.

두 번을 노크했는데도 화가 단단히 났는지 단이의 방 안에선 인기척이 없었다. 그가 바구니를 내려놓으려던 순간 단이가 등 뒤에서 그를 불렀다.

“구 사장님.”

그녀의 표정이 어리둥절해 있었다.

"그러니까. 문부터 열어."

"네."

그녀가 자신의 방문을 열었다.

"받아."

방에 들어가자마자 그가 바구니를 그녀에게 건넸다. 부피만 컸지 그렇게 무겁지는 않았다.

"어, 어어."

하지만 그건 그의 생각이었다. 단이는 바구니를 제대로 들지 못했다. 단이와 바구니를 한꺼번에 안았다.

"이게 뭐예요?"

"뭐긴 꽃이지."

"그건 알겠는데……."

"아까는 미안했어."

그가 살아오면서 처음으로 하는 사과였다.

"……."

"안 받아줄 거야?"

"아뇨, 아까 저도 경솔했어요."

"아니야, 다 내 잘못이야."

이렇게 말을 하고 나니 상당히 홀가분한 느낌이 들어서 좋았다. 바구니를 테이블 위에 놓고 난 후에야 단이의 얼굴을 제대로 볼 수 있었다. 단이의 예쁜 눈에서 눈물이 흐르고 있었다. 좋아서 흐르는 것이겠지만 굉장히 마음이 아팠다.

“진짜 미안했어.”

“괜찮아요.”

“아버지가 우리 결혼 날짜를 잡아주셨어.”

“들었어요.”

“진짜 잘할게.”

그에게 있어서 여자에게 할 수 있는 최고의 말이었다. 그는 누구에게 잘 보이거나 신경 써서 잘한 적이 한 번도 없었다. 그러지 않아도 사람들은 언제나 그의 발밑이었다. 하지만 지금 그는 단이에게만큼은 그러고 싶지 않았다.

뭔가 귀중한 느낌이 들게 만드는 여자였다.

“위험해.”

“뭐가요?”

“이런 느낌은 낯설어서 싫어.”

“나도 이렇게 큰 꽃바구니는 처음 받아서 낯설어요.”

“싫어?”

그의 표정이 굳었다.

“아니오, 제가 적응할 수 있게 자주 사줘요.”

단이는 완벽한 여우였다.

"알았어."

그렇지 않고서야 이렇게 단번에 그의 입에서 오케이를 끌어낼 수는 없었다.

"이거 살 때 많이 창피했어."

"왜요?"

"처음 사보는 거니까."

"자주 사면 괜찮을 거예요."

"뭐야?"

그가 단이의 말랑한 볼 살을 살며시 잡았다가 놓았다. 단이의 얼굴에 행복이 가득해 보였다.

"손은 괜찮아요?"

"이 정도는 아무것도 아니야."

"난 싫어요."

"뭐?"

"혁민 씨가 다치는 게 싫어요. 몸의 상처들이 아주 섹시하게 느껴지지만 상처는 지금 정도가 아주 좋아요. 더 이상은 제가 못 견딜 것 같아요. 이제 주먹을 쓰는 건 부하들에게 맡기면 안 돼요? 덕근 씨 진짜 잘 싸워요. 지난번에 싸우는 거 봤는데 여러 명을 완전히 묵사발로 만들더라고요."

"내가 더 잘 싸워."

"몰라서 이렇게 말하는 거 아니잖아요."

단이가 앙칼지게 말했다. 누군가 자기를 걱정해 주는 건 어머니 이후에 처음이었다.

"내 상처가 그렇게 섹시해?"

"구혁민 씨!"

단이가 그를 쏘아보았다. 자신이 생각해도 단이와 많이 편해진 것 같았다. 그의 앞에 서 있는 작고 아름다운 여자가 그에게 마법을 부리고 있었다.

"조금 숙여줄래요?"

그녀가 갑자기 그의 목에 팔을 두르더니 이렇게 깜찍하게 말했다. 그가 무릎을 숙이자 그녀가 그의 입술에 처음으로 먼저 입을 맞추었다.

"고마워요."

그의 얼굴에 미소가 확 번졌다.

"아주 영악한 여우야."

"제가 좀 그런 경향이 있죠."

"다른 데 가서 꼬리 치면 알아서 해."

"내 꼬리는 혁민 씨한테만 효험이 있는 것 같아요."

단이가 다시 그의 입술에 입을 맞추자 이번엔 혁민이 참지 못하고 단이의 입술을 거칠게 빨아들이기 시작했다.

"잘못 건드렸어."

"알아요, 일부러 그랬어요."

"그 말에 책임져야 할 거야?"

"기꺼이."

그들의 혀가 서로를 거칠게 탐하고 있었다. 어찌나 격하게 서로에게 매달렸는지 입술에서 피맛이 날 정도였다. 오늘따라 그는 단이를 그 어느 때보다도 원했다. 작은 요부가 그를 섹스에 미친 놈으로 만들고 있었다.

그들은 거칠게 키스를 하며 서로의 옷을 벗기기 시작했다. 그는 단이의 옷을 벗기다가 또 힘 조절을 하지 못하고 그녀의 옷을 찢어버리고 말았다.

"이번 주말에 쇼핑하자."

"찢은 옷 사주게요?"

"응."

"괜찮아요. 더 찢어도 돼요."

"김단, 이건 아주 위험한 발언이야."

"알아요."

그녀가 다시 그를 끌어안고는 입을 맞추었다. 이제 더 이상 참을 수가 없는 혁민은 단이를 침대에 누이고는 온몸을 그의 입술로 도장을 찍고 있었다. 그녀의 연약한 피부 위로 그의 입술이 지나가자 붉은색 반점들이 생겨나고 있었다.

"너무 약해."

그는 말은 이렇게 하면서도 그의 표시가 그녀의 몸 위에 생기는 게 너무 좋았다. 그의 손이 그녀의 가슴을 지나 촉촉하게 젖어든 질 안으로 들어갔다. 그녀의 질 벽이 그의 손가락에 닿는 느낌이 너무나 좋았다.

"미쳐 버릴 것 같아."

"아아앙."

그녀의 입에서 신음 소리가 흘러나왔다.

"그런데 이렇게 매일 제 방에 들어오는 거 구 회장님이 아실 텐데 우리 이래도 되는 거예요?"

"결혼할 사인데 어때?"

그의 손가락 하나가 더 그녀의 질 안으로 들어갔다.

"우리 결혼하면 여기서 살 거죠?"

"싫어?"

"아뇨."

단이가 허리를 활처럼 휘면서 말을 했다.

"진짜 미치겠어요. 더 깊이 넣어줘요."

그녀는 다리를 더 벌리며 그의 손가락을 깊이 받아들이고 있었다. 매일같이 여자와 섹스를 한 적은 한 번도 없었다. 타액이 오가는 것이 싫어서 섹스할 때 키스 한 번을 안 한 그였는데 그는 지금 완전히 다른 사람이 되어 있었다.

단이의 풍만한 가슴이 그의 시선을 사로잡았다. 그는 질 안에서 손가락을 움직이며 입으로는 단이의 가슴을 빨기 시작했다. 단이는 그가 주는 쾌감에 빠져 몸을 비틀었다. 단이의 그런 모습이 만족스러운 혁민이었다.

그는 그녀의 다리를 벌리고 그가 좋아하는 핑크빛 여성을 마른 침을 삼키며 바라보았다. 조그만 녀석이 그를 완전히 매료시켰다. 그는 단이의 무릎에서부터 혀로 핥으며 안쪽으로 조금씩 들어가고 있었다.

그러자 단이가 몸을 부르르 떨었다.

"이상해요."

"뭐가?"

"혁민 씨가 너무 부드럽게 하니까요."

"거친 게 좋나?"

"둘 다 좋아요."

단이는 솔직하게 반응했고 그런 모습이 혁민은 너무나 좋았다. 그의 혀가 그녀의 작고 귀여운 클리토리스를 찾아내어 자극하기 시작했다. 그녀가 흥분에 찬 신음 소리를 내뱉을 때마다 그도 호흡이 가빠지며 흥분하기 시작했다.

"헉헉, 넣어줄까?"

"네."

그의 말에 단이가 착한 대답을 했다. 그는 단이의 얼굴을 손으로 쓰다듬었다. 한 번도 하지 않았던 행동을 또 한 것이었다.

"내가 이상해지는 것 같아. 아무래도 병원에 가봐야 할 것 같아."

"네?"

"아니야."

그는 단이의 다리를 더 벌리고는 단번의 동작으로 그의 페니스를 단이의 질 안에 삽입했다.

"허헉, 으윽."

절로 신음이 터져 나오는 순간이었다. 이러다가 죽을 것만 같았다. 그녀의 질이 타이트하게 그의 페니스를 조여왔다. 그는 이 순간이 가장 황홀했다.

"으으으윽."

그의 허리의 움직임이 자신도 모르게 빨라지고 있었다. 온몸이 땀으로 뒤범벅이 되어도 그는 이 쾌락을 놓칠 수가 없었다. 전력질주를 한 것처럼 그의 얼굴과 몸에 땀이 비 오듯이 흐르고 있었다.

"아아아앙."

단이도 아래에서 격렬하게 반응을 하며 온몸이 땀에 젖어 있었다. 그녀의 그런 모습이 아주 섹시했다. 그는 단이의 가슴을 손으로 우악스럽게 잡고는 계속해서 거칠게 그녀의 질 안으로 파고들었다.

단이의 질이 수축운동을 하며 그를 받아들이고 있었다. 단이가 의도한 것은 아니었지만 요부들이나 할 수 있는 것이었다. 그녀는 천부적으로 요부의 기질을 타고났고 그녀의 질은 참으로 명기였다.

그녀의 손이 땀으로 젖어 있는 그의 가슴을 쓸어내리고 있었다. 그의 움직임이 부드럽게 변하자 그녀가 불만 어린 몸짓을 하고 있었다. 단이는 섹스만은 격정적인 걸 원하는 것 같았다. 그는 단이의 몸의 소리를 받아들여서 더욱 세차게 허리를 움직였다.

"헉헉, 이게 마음에 들어?"

"네."

"확실하게 요부가 맞는 것 같아."

"아니에요."

"아니긴……."

그는 페니스를 단이의 질에 꽂은 채로 유두를 빨기 시작했다.

"맛있어."

"몰라요."

단이는 그가 자극적인 말을 할 때마다 부끄러워했다. 물론 그런 수줍은 단이도 마음에 들었다. 참으로 다양한 모습을 가진 여자였다. 그런 점이 더없이 매력적이긴 하지만 말이다. 그의 혀가 욕망으로 단단해진 단이의 유두를 희롱하고 있었다.

"으응, 하지 마요."

"싫어?"

"아뇨, 이상해요. 이젠 혁민 씨가 누워봐요."

"어?"

"어서요."

그녀의 말에 그가 기대에 찬 눈빛을 하고는 침대 위에 누웠다. 그의 몸 위로 부드러운 육체가 올라앉았다. 그리고 단이는 그의 페니스 위에서 엉덩이를 부드럽게 움직이고 있었다.

"위에서 한 번 해보고 싶었어요."

그녀의 솔직한 고백에 그는 숨을 훅하고 들이마셨다.

"이렇게 올라와서 당신을 내려다보니까 내 아래가 축축해지는 것 같아요. 너무 밝히는 여자 같죠?"

혁민은 고개를 격하게 가로저었다.

"아니에요?"

"응."

"내가 위에서 하는 게 좋은지 싫은지 말해줄래요?"

이건 말하나 마나 아주 좋을 것 같았다.

"좋아."

"거짓말."

그녀는 이렇게 말을 하면서도 자신의 여성을 그의 페니스 위에 올려놓고는 아주 천천히 움직이기 시작했다.

"넣어봐."

"싫어요."

이제 그의 정신을 쏙 빼놓을 모양이었다. 그녀는 자신의 긴 머리카락을 뒤로 쓸어 올리더니 그다음으로는 자신의 가슴을 손으로 어루만지기 시작했다. 그녀의 동작은 아주 느리고 에로틱했다.

그가 그녀의 허리를 잡고 그의 페니스를 그녀의 질 안으로 밀어 넣었다. 더 이상 감질이 나서 견딜 수가 없었기 때문이었다. 하지만 그녀는 급할 게 없는 사람처럼 여전히 자신의 가슴을 어루만지고 있었다.

"어때요?"

"미칠 것 같아."

"이제 한번 움직여 볼까요?"

"제발."

그녀가 침대 헤드를 붙잡고는 미친 듯이 움직이기 시작했다. 이렇게 격정적으로 움직일 줄은 상상도 하지 못했었다. 작은 몸에서 어떻게 이렇게 열정적인 몸짓이 나오는지 알 수가 없었다.

"헉헉, 어때요?"

"으윽, 좋아."

그녀는 침대 헤드를 뽑아버릴 것처럼 움직이고 있었다.

"아아아악!"

그녀의 교성이 그의 귀를 자극했다. 미칠 것 같았다. 더 이상 이렇게 두었다가는 그녀도 그도 섹스에 점점 빠져들 것 같았다.

"그만."

"멈출 수가 없어요."

그녀가 허리를 아래위로 미친 듯이 움직이기 시작했다. 그의 페니스가 얼얼할 정도로 그녀의 움직임은 거칠었다. 혁민이 단이를 옆으로 굴려 서로의 위치를 바꾸었다.

"이러다간 우리 둘 다 죽겠어."

그는 땀으로 범벅이 된 그녀의 얼굴을 양손으로 감싸며 말했다.

"작은 마녀, 이제 멈출 때야."

그가 마지막을 위해 그녀의 다리를 벌렸다. 그리고 그녀의 질 안에 애액으로 번들거리는 그의 페니스를 넣었다. 그녀의 애액 때문인지 그의 페니스가 아주 부드럽게 들어갔다.

퍽퍽퍽!

살들이 부딪치는 소리가 아주 요란스러웠다. 하지만 그의 귀에는 그 어떤 소리보다도 감미로웠다.

"헉헉, 단이야."

"아아아앙."

그녀의 이름을 부르며 그는 자신의 분신을 그녀의 몸 안에 쏟아냈다. 그리고 그녀의 몸 위로 그대로 무너졌다.

"헉헉헉."

그의 거친 숨소리가 방 안을 울리고 있었다. 그의 거친 숨은 한참이 지나서야 가라앉았다. 온몸을 불태운 섹스였다. 그가 단이의 이마에 입을 맞췄다.

그의 따뜻한 키스도 단이는 좋았다. 그와 더 있고 싶었지만 그는 몸을 일으키려 했다. 그의 방으로 돌아가려는 몸짓이 시작되었다. 오늘은 그냥 돌려보내고 싶지 않았다. 그러자 단이가 그의 몸을 있는 힘껏 감쌌다.

"가지 마요."

"……."

"이렇게 혁민 씨 방으로 가는 거 싫어요. 같이 자요."

단이가 애원을 하고 있었다. 혁민은 그런 단이를 뿌리칠 수가 없었다. 그는 자신을 필사적으로 안고 있는 단이의 손을 풀었다.

"샤워하고 자자."

"정말요?"

"그래."

단이의 눈에 눈물이 고였다.

"진짜로 거절하면 어떻게 하나 걱정했어요. 나하고 섹스만 하는 사이를 바라면 어쩌나 하고 고민 많이 했다고요."

"익숙하지 않아서 그래."

"같이 자고 싶어요. 당신 팔베개를 하고 아침에 눈곱 낀 모습도 그대로 보고 싶어요."

"후회할 거야."

"……."

단이의 얼굴이 굳어졌다.

"나 이도 갈고 코도 골아."

"뭐라고요?"

"농담이야."

그가 일어나 단이를 안아 들었다.

"내가 방으로 가는 게 서운했어?"

"네, 많이요."

"여기서 계속해서 있으면 우리 둘 다 잠 못 자."

"아니에요."

"그런지 안 그런지 보자고."

그는 이렇게 말을 하고는 단이를 욕실로 데리고 들어갔다.

"여자들과 잘 하지 않는 걸 이상하게 단이와는 하는 것 같아. 키스도 그렇고 샤워도 그렇고."

"같이 자기까지 하고."

"맞아."

그가 단이의 몸에 비누칠을 해주고 있었다. 그는 단이와 결혼을 하면 욕실은 이곳의 10배는 크게 만들어야겠다고 생각했다. 정말로 둘의 몸이 겨우 들어갈 정도의 공간이었다. 물론 이게 훨씬 더 야릇하기는 하지만 말이다.

"당신은 너무 커요."

"그래서 싫은가?"

"아뇨, 그렇지만 샤워부스에 같이 들어오기는 너무 답답하죠."

"그래서 결혼하면 이곳보다 10배는 더 크게 지어야겠다고 생각했어."

"10배는 너무 심하고 조금 더 커야 할 것 같아요."

"알았어."

그들의 야릇한 샤워는 계속되었다. 그의 손은 단이의 몸에서 떨어질 줄을 몰랐고 그런 그를 위해 단이는 야릇한 몸짓을 해주었다. 둘이는 정말 섹스로는 천생연분이었다.

"얼른 씻고 나가자. 녀석이 자꾸만 불만을 표해서 말이야."

그의 눈이 자신의 발기한 페니스에 가 있었다.

"진짜 못 말려요."

"나도 그런 것 같아."

그들은 밤이 새도록 서로의 몸을 탐했다. 그의 생각이 맞았다. 그녀를 곁에 두고 그는 제대로 된 잠을 잘 수가 없었다.

12

남자들이 가득했던 일원당에 안주인이 들어오기로 하자 여인의 숨결이 느껴지는 공간들이 생겨나기 시작했다. 오랜 세월 안주인이 없었던 일원당이라서 새로운 주인을 맞이하기 위해 대대적인 변화가 일어나고 있었다.

특히나 시아버지인 구 회장의 사랑을 독차지한 며느리를 위해 구 회장은 돈을 아낌없이 퍼부었다. 우리나라 최고의 현금부자의 위엄을 보여주고 있었다.

본당의 게스트 룸은 모두 며느리를 위한 방으로 꾸며졌다. 명품 옷들이 가득한 드레스 룸과 메이크업을 할 수 있는 파우더 룸이 생겼고 명품 가방과 갖가지 보석들이 가득한 대형 금고가 생겼다.

모든 사람들이 놀랄 정도로 구 회장은 며느리에게 지극 정성이었다. 거기에 구 사장까지 합세해서 그야말로 단이는 여자들이 가지고 싶어 하는 모든 것을 가졌다.

넓은 방 안에 금빛으로 된 큰 거울이 있었다. 주변은 온통 옷들로 가득했고 신발장도 한 켠에 자리를 잡고 있었다. 세계의 명품들이 다 모인 곳이었다. 속옷부터 파티복까지 연예인의 드레스 룸을 방불케 하는 이곳에서 여자들이 바쁘게 움직이고 있었다.

스타일리스트 한 명과 메이크업 아티스트 겸 헤어 디자이너가 한 명이 있었다.

이 모든 게 이 집의 안주인을 위한 것이었다. 구 회장이 새로운 안주인을 위해 미리 준비한 것이었다. 단이는 금빛 거울 앞에 앉아서 올림머리를 하고 있었다.

"어쩜 이렇게 목선이 예쁘세요?"

3일째 그녀의 머리를 만지고 있는 헤어 드레서 윤서가 칭찬을 아끼지 않았다.

"오늘 모임에 나가실 때 입으실 의상입니다."

스타일리스트가 의상을 가져와서 그녀에게 보여주었다.

"처음으로 가시는 사교 모임이니만큼 기선 제압이 중요합니다. 그래서 오늘은 과하게 보이지 않지만 가격대로 사모님들의 콧대를 뭉개 버릴 주얼리로 포인트를 맞췄습니다."

스타일리스트 엄지는 실력도 최고였지만 말솜씨도 대단했다.

"고마워요."

"저한테 고마워하실 것까지야. 구 회장님이 아주 통이 크신 거에 감사해야죠. 완전히 끝내주는 물건뿐이에요."

오늘은 전주시의 국회의원 부인들과 점심 약속이 있었다. 결혼 전에 축하인사를 드리는 자리라고 했다. 결혼식 때 보게 될 분들이라 안면을 익혀두는 게 좋을 거라며 김 여사님이 적극적으로 추천한 모임이었다.

"이제 전주에 뿌리를 내리실 거면 이곳에서 힘깨나 있는 사람들의 모임에 참석할 필요가 있습니다. 그래야 서울에서 열리는 재벌들의 모임에 가시더라도 적응하시기가 쉬울 겁니다."

"네."

머리를 하는 내내 옆에서 김 여사님이 조곤조곤 설명을 해주었다.

"무식하게 면전에서 창피를 주지는 않지만 뒷말이 많은 곳입니다. 될 수 있는 대로 내 편이 될 만한 사모님 하나를 꼭 만드십시오. 그래야 편합니다."

"네."

"될 수 있으면 회장님이신 도지사 사모님과 친해지시는 게 좋습니다. 그분이 인품이 좋다고 소문이 자자합니다."

"알았어요."

김 여사는 그 후로도 머리가 다 될 때까지 귀에 딱지가 앉도록 반복적으로 이야기를 하고 또 했다. 그녀도 단이가 물가에 내놓은 아이처럼 불안한 것이었다.

"걱정 마세요."

"걱정 안 합니다. 사모님은 잘해내실 겁니다. 다음 주에 수행비서가 오니 그때까지만 제 잔소리를 들으십시오."

"잔소리라고 생각지 않아요."

단이가 김 여사에게 미소 지어 보였다. 처음엔 구 사장과의 결혼 자체만을 고민했는데 막상 이 집의 안주인이 되기 위한 교육에 들어가자 단이는 더 이상 생각이란 걸 할 수가 없었다. 아침부터 저녁까지 그녀가 알아야 할 것들을 교육 받고 저녁엔 구 사장에게 시달렸다.

그렇게 하다 보니 어느덧 결혼이 일주일 앞으로 다가왔다.

"어머, 정말 예쁘시다."

모두가 완벽하게 청담동 며느리 같은 단이의 모습에 감동한 눈치였다. 단이도 스스로 거울을 보고 놀랐다. 진짜 세련되고 아름다운 여자가 거울 앞에 서 있었다. 업스타일의 머리와 차분한 메이크업은 그녀의 미모를 한층 더 돋보이게 해주었고 스타일리스트가 골라준 원피스와 짧은 밍크코트는 부담스럽지 않은 고급스러움을 연출했다.

거기에 블랙 버킨백과 티파니 진주비드는 범접할 수 없는 부의 상징을 보여주었다.

"무기는 장착이 되었으니 전쟁에서 승리하세요."

엄지가 단이를 응원했다. 단이는 심호흡을 하고는 밖에 대기하고 있는 검은색 벤츠에 몸을 실었다.

전주의 한식당에 도착한 단이는 김 여사가 왜 기선 제압을 이야기했는지 알 것 같았다. 일원그룹의 며느리인 그녀가 이혼녀 출신에 카섹스 기사까지 난 여자인 걸 이곳의 고고한 사모님들이 모를 리가 없었다.

그녀의 등장에 모두가 수군거리기 시작했다. 그녀 또래의 사람들은 없었고 모두가 40대에서 50대의 아주머니들이었다.

"앉아요."

중앙에 앉아 있는 여자가 강력한 포스를 뿜어내고 있었다. 저 사람이 도지사 부인이자 이곳 모임의 회장임을 단번에 파악할 수 있었다.

"이제 다 오신 건가요?"

"네."

"그럼 식사부터 하고 차 마시면서 오늘 우리가 모인 이유인 기부행사에 대해 이야기하죠."

식사가 순서대로 들어오고 있었다. 단이는 숨이 막혔다. 사람들이 뭐라고 하는 건 아니었지만 수군대는 소리가 그녀의 귀에 들리지 않을 리가 없었다.

카섹스, 이혼녀, 10억 등 그녀를 뜻하는 단어들이 그녀의 귀에 들려왔다. 이곳이 완전히 점잖은 곳이 아님을 알게 되었다. 하지만 정신을 차려야 했다. 그녀는 일원건설의 며느리가 될 사람이었다.

"자, 식사들 다 하셨으면 상이 치워지는 대로 차 마시면서 이야기를 나눕시다."

자리가 정리가 되었고 그녀가 가만히 있는 사이에 여자들의 그녀에 대한 이야기도 정리된 듯했다. 그녀를 무시하기로 말이다.

"오늘은 다음 달 모임 때 가게 될 소망원에 대한 지원 방안을 이야기해 볼까 합니다. 아시다시피 소망원은 재정이 너무 약해서 잘못하면 폐원을 하게 될지도 모르고 그러면 전주 시내에 좋은 환경의 보육원이 사라지게 됩니다. 그래서 꾸준히 지원을 하고자 하는 게 우리의 목적입니다."

단이는 도지사 부인을 찬찬히 보았다.

"그래서 이번엔 보육원의 난방 시설을 교체해 주고 아이들의 침구도 교체할까 합니다. 일단은 난방시설을 바꾸는 데 1억가량이 드는데 각자 성의껏 부탁드립니다."

20명의 모임이었다. 그것도 난다 긴다 하는 정치인들과 사업하는 분들의 사모들이었다.

"제가 3백 내죠."

모두가 박수를 쳤다. 여기저기서 몇백씩 내는 분위기였다. 그녀는 어떻게 해야 하나 생각 중이었다. 이 정도로는 액수의 반도 채우지 못하는 것이었다.

"일원건설 예비 며느님?"

그녀의 앞에 앉아 있던 여자가 마치 조롱하듯이 그녀를 불렀다.

"네?"

"아니, 얼마나 내실 건지? 아직 며느님이 안 되셔서 결정권이 없으신가?"

그녀의 말에 모두가 킥킥거렸다.

"10억 받으셨다던데 그걸로 내셔도 되는 거 아니에요?"

아주 대놓고 무식하게 굴었다.

"꼭 강요하는 건 아닙니다. 그런데 그 가방 하나만 팔아도 보육원은 지을 것 같은데요."

텃세가 말도 못하게 센 것 같았다. 하지만 이대로 물러설 단이가 아니었다.

"생각 중이었습니다. 이 모임에 낄지 아니면 다른 모임으로 갈지 말입니다."

"……."

"솔직히 일원건설에서보육원을 새로 지어드려도 상관없고 여러분들이 말씀하시는 위자료 10억 중에 10분의 1도 안 되는 돈인데 1억 원을 낼 수도 있죠."

"……."

"하지만 작은 도시인 전주에 이름도 기억하기 힘든 모임에서 제가 이렇게 놀림거리가 되고 있는데 그렇게 하고 싶겠습니까? 손님 대접이 너무 엉성해서 말입니다."

"손님도 손님 나름이지."

"조 의원님 사모님께서 그렇게 말씀하시면 안 되죠. 어제 조 의원님은 구 사장님께 직접 오셔서 여러 부탁을 하시던데 제가 다시 말해야겠네요."

"어험."

조 의원 부인이 헛기침을 했다.

"전 오늘 사실 회장님의 카리스마 있는 모습을 기대했습니다만 좀 아쉽습니다. 저 같은 사람을 이렇게 대하는데 고아들은 얼마나 무시할까요? 실망입니다."

"알겠습니다. 제가 사과하죠."

도지사 부인은 상황 판단 능력이 빨랐다. 태어나서 누구와 말싸움 한번을 안 한 단이었다. 그런데 오늘은 스스로 생각해도 대단

한 일을 한 것이다.

드르륵.

그때 문이 열리고 구 사장이 갑자기 등장을 했다.

"안녕하십니까?"

그의 포스에 모두가 넋을 놓고 있었다.

"오늘 소망원 기부를 하신다고요? 제 아내가 원한다면 일원건설에서 소망원을 새로 지어줄 겁니다. 최첨단 시설로 말입니다. 제 아내가 원한다면 말입니다."

밖에서 다 듣고 있던 게 분명했다.

"도지사님과 기타 의원님들께도 안부 전해주십시오."

그가 의도적으로 기타 의원이라는 말을 했다. 단이는 하마터면 웃음을 빵하고 터트릴 뻔했다.

일원건설의 현금이 안 흘러들어 간 정치인은 없었다. 그런데 그런 집안의 아내를 무시한다는 건 용서가 안 되는 일이었다. 정치자금이 부족한 정치인은 살아남을 수가 없었다.

"호호호, 우리가 몰라봤네. 미안해요. 그리고 사모님도 이해해야지. 오늘 처음 왔고 그동안은 소문만 무성했으니까."

"알겠습니다. 저희가 소망원을 새로 지어주겠습니다."

짝짝짝.

박수가 터져 나왔다. 누가 정치인들의 부인들 아니랄까 봐 금방

대우가 달라졌다.

"우리 모임의 일원이 되신 걸 축하합니다."

이날 이후에 단이는 전주시에서 모이는 모든 모임에 초대가 되었다. 아무도 그녀를 얕잡아보는 사람은 없었다.

그녀는 결혼 전까지 눈코 뜰 사이가 없이 바빴다. 외삼촌은 오전에 집안의 돌아가는 상황들에 대해 그녀에게 알려주었고 집안일을 맡아서 하는 분들을 소개하며 안주인의 역할에 대한 교육을 했고 김 여사는 다년간 우리나라 최고의 재벌가의 며느리를 관리해 온 노하우를 바탕으로 그녀에게 재벌가 사람들을 대하는 법을 가르쳤다.

그리고 스타일리스트와 미용사는 그녀의 외모를 담당했다. 단이의 기본적인 미모에 체계적인 관리까지 들어가니 매일 밤마다 구 사장이 정신을 못 차리고 있었다.

그래도 단이는 틈틈이 시아버지를 찾아 말동무도 해드렸다. 요즘은 퍼즐보다는 바둑에 심취하신 것 같았다.

"오늘도 바둑이십니까?"

"아가, 언제 왔니?"

도훈과 바둑을 두고 있던 구 회장이 말했다.

"온 지 10분 넘었습니다."

도훈이 바둑을 두며 말했다.

"그래?"

"네."

도훈은 여전히 구 회장에게 욕을 먹고 있었지만 예전처럼 무턱대고 때리진 않았다. 두 분의 관계가 많이 좋아진 것 같았다.

"아버님, 제가 도와드릴까요?"

"사모님, 그러시면 저도 김 여사에게 도와달라고 부탁할 겁니다."

도훈이 으름장을 놓았다.

"연애는 밖에서 해."

김 여사와 도훈에게 핑크빛 기류가 흐르는 모양이었다. 단이는 이런 일상이 좋았다. 모두가 편안한 하루하루가 좋았다.

"요즘 힘들어?"

"아뇨."

"그런데 왜 그렇게 얼굴이 거칠어."

"아닌데, 요즘에 관리해 주는 언니들이 있어서 좋은데. 이상해 보여요?"

"거칠어 보여."

하긴 오늘 아침에도 엄지에게 똑같은 소리를 듣기는 했다. 하긴 결혼 준비다 뭐다 해서 피곤하긴 했다.

"제가 좀 피곤했나 봐요."

"몸 관리 잘해."

"네, 아버님."

단이는 이렇게 말을 하고 일어서는데 핑하고 어지러움을 느꼈다.

"단아!"

모두가 놀라 단이를 보았고 김 여사가 빠르게 달려와 그녀를 부축했다.

"너무 힘드셨나 봐요. 오늘은 좀 쉬세요."

김 여사가 그녀를 방으로 데리고 갔다. 그리고 10분이 조금 지나자 의사가 그녀의 방으로 들어왔다. 증상을 듣고 난 의사가 물었다.

"마지막으로 생리는 언제 하셨어요?"

"제가 좀 생리불순이라서요. 지난달에 한 것 같은데……."

갑자기 의사가 무슨 의도로 묻는지 알 것 같았다. 하지만 그럴 리가 없었다.

"임신인가요?"

단이는 어안이 벙벙했다.

"정확한 검사는 내일 병원에 오셔서 받으세요."

"병원에요?"

"네, 백 프로 확실하다고는 말할 수 없지만 임신성 빈혈일 것 같습니다. 약하고 주사는 오늘은 못 놔드릴 것 같습니다."

"……."

단이는 뭔가에 한 대 맞은 기분이었다. 의사가 돌아가고 단이는 침대에 누웠다. 빨리 자고 일어나야 낼 병원에 갈 수 있기 때문이었다. 눈을 감고는 있었지만 잠이 오지 않았다.

"단이야."

퇴근 후에 단이가 아프다는 말을 들은 구 사장이 평소보다 빠르게 집에 도착했다. 그는 옷도 벗지 않고 단이가 누워 있는 침대로 곧장 왔다.

"괜찮은 거야?"

"네."

"일어나지 마."

단이가 앉으려고 몸을 일으키자 그가 말했다.

"죽을병 걸린 거 아니에요."

"그래도 누워 있어."

"빈혈이에요."

"이래서 어디 집에 혼자 두고 다니겠어? 주머니에 넣고 다니던지 해야지."

"진짜 별나다고 사람들이 그래요."

구 사장은 요즘 유별난 사람으로 통했다. 시아버지마저 고개를 절레절레 흔들 정도였다.

"어쨌든 남들이 뭐라든 상관없고 난 단이 네가 아프지 말았으면 좋겠어."

"아픈 거 아니에요."

"이게 아픈 게 아니야? 우리 결혼 좀 뒤로 연기할까?"

"이걸 더 오래 받느니 빨리 식을 올리는 게 나아요."

하여튼 가끔 구 사장을 보면 너무 아이 같을 때가 있었다.

"자고 싶어요."

"알았어."

그녀는 눈을 감았다. 그녀가 눈을 감은 사이에 구 사장은 샤워를 하고서 그녀의 옆에 누웠다.

"밥은요?"

"괜찮아."

그는 이렇게 말을 하고는 그녀에게 팔베개를 해주었다. 그리고 꼭 안아 그녀가 좀 더 편안하게 잘 수 있도록 해주었다.

그는 아직 사랑한다는 말은 하지 않았지만 이제는 상관없었다. 그녀가 사랑하는 마음이 있으면 되는 것이었다. 단이는 남편의 품에서 편안하게 잠이 들었다.

다음 날 단이는 눈을 뜨자마자 병원으로 향했다. 결과가 나올 때까지 아무 소리도 하지 말아달라고 의사에게 부탁을 했었다. 그래서 어젯밤과 오늘 아침을 편하게 보낼 수가 있었다. 전주의 한 산부인과에 들어선 단이는 심호흡을 하고는 병원 안으로 들어갔다.

의사는 매일 하는 일답게 소변검사부터 시켰다. 소변검사에서 다행히 양성이 나왔다. 단이는 소리치지 않기 위해서 입술을 깨물었다. 그렇게 바라던 아이가 생긴 것이었다. 이 기분을 뭐라고 해야 할지 알 수가 없었다.

"축하드립니다."

"……."

단이의 눈에서 눈물이 흘러내리고 있었다.

"굉장히 바라셨나 봐요?"

"네."

굉장히라는 말이 부족할 때가 있었다. 은희의 임신 소식을 듣고 얼마나 부러웠는지 몰랐다. 남편을 빼앗긴 이유가 아이를 갖지 못해서라는 생각을 속으로 하고 있던 그녀였다. 초음파를 찍고 나서 4주 차라는 말을 들었다.

사진을 받아 들고 단이는 어찌할 바를 모르고 있었다. 진짜로 너무나 행복한 날이었다. 단이는 혁민에게 전화를 할까 하다가 일단은 멈추었다. 저녁에 케익이라도 사다 놓고 축하를 하고 싶었다.

단이는 병원에서 나와 근처의 백화점을 찾았다. 아기용품을 보기 위해서였다. 평소에 백화점을 즐기는 편은 아니었지만 자신의 아이에게만큼은 좋은 것만 해주고 싶었다. 이게 엄마의 마음인 것 같았다.

단이는 영유아 코너를 하나도 빠짐없이 돌아보았고 아기 옷과 신발을 충동적으로 구매했다. 아이가 남자일지 여자일지 몰라서 핑크와 블루 두 가지를 다 샀다. 낭비라고 생각할지 모르겠지만 그녀의 입장에선 낭비가 아니었다.

양손 가득 쇼핑백을 들고 마지막으로 케익을 사기 위해 단이는 전주 시내로 나갔다. 그래도 유명한 제과점에서 사고 싶은 마음에서였다. 살아오면서 이렇게 기분이 좋은 날이 있었을까. 단이의 입에서 노랫가락이 흘러나오고 있었다.

하지만 행복한 순간은 그리 오래가지 않았다.

"김단 씨!"

그녀가 뒤를 돌아보기가 무섭게 그녀의 입에 손수건이 덮여지고 소리를 질러보았지만 눈앞이 점점 흐려지며 의식이 사라져 가고 있었다. 단이는 무의식적으로 자신의 배에 먼저 손이 갔다.

제발 아이가 무사해야 할 텐데 단이는 두려움에 떨며 점점 의식을 잃어갔다.

넓은 회의실에 사람들이 꽉 차 있었다. 오랜만에 일원건설의 임원진 회의였다. 보통은 서울 본사에서 하는데 오늘은 전주에 있는 사원 연수원에서 임원직들이 1박 2일 세미나와 일정이 겹쳐서 전주사옥 회의실에 모두가 모였다.

"우리 일원건설은 건설업계의 살아 있는 신화인 창업주 구창진 회장님과……."

어제 단이와 격정적인 밤을 보내지 않아서 그런지 온몸이 찌뿌둥한데다가 사장의 지루한 연설이 계속되는 바람에 혁민은 자리에서 일어나고 싶었다. 일원건설의 사장은 그를 비롯해서 3명이었다.

혁민은 지금 사장에서 부회장으로 승진이 될 예정이었다. 구 회장이나 혁민은 회사의 직접 경영엔 참여하지 않았지만 중요한 자리엔 주주로서 참석을 했다. 오늘은 그런 자리였다.

"지루해."

그는 하품을 억지로 참으며 조용히 구시렁거리고 있었다.

웡—

핸드폰이 눈치 없이 울리고 있었다. 진동이긴 했지만 그래도 신경이 쓰여 그는 전원을 끄기 위해서 핸드폰을 꺼냈다. 막 전원을 끄려고 하는데 문자가 날아왔다. 그는 문자를 확인하자마자 자리에서 벌떡 일어나 회의실을 나왔다.

그가 벌떡 일어나 회의실을 떠나자 사람들이 웅성거리기 시작했다.

"이 실장!"

회의실 문을 열고 나가자마자 혁민은 이 실장을 불렀다.

"네."

"애들 소집해. 지금 바로 서울로 간다."

"사장님."

"어서!"

"네."

사진에는 김봉수가 단이와 함께 찍은 사진이 있었다. 단이는 정신을 잃고 있었고 그런 단이의 옆에서 김봉수가 웃고 있는 사진이었다. 그때 죽여 버렸어야 했다. 혁민이 완전하게 이성을 잃은 걸 보고는 이 실장이 혁민의 핸드폰을 확인했다.

사진을 본 이 실장의 얼굴이 하얗게 질렸다.

"사장님."

"김봉수 이 새끼를 죽여 버리겠어. 덕근이는?"

"연락이 안 됩니다."

"왜?"

"같이 잡혀간 것 같습니다."

지난번 납치 때문에 덕근이가 항상 단이의 곁을 지켰다. 물론 단이는 그 사실을 몰랐지만 말이다. 이번엔 덕근이마저도 당한 것 같았다.

"씨발!"

그는 차오르는 분노를 참을 수가 없었다.

"사장님, 지금 문자가……."

혁민이 이 실장에게서 자신의 핸드폰을 빼앗았다. 문자의 내용은 혁민 혼자만 오라는 것이었다. 다른 놈들이 오면 단이와 덕근이 둘 다 죽여 버리겠다는 내용이었다. 혁민은 주소를 확인하고는 이 실장에게 말도 하지 않고 자신의 차를 직접 운전하기 시작했다.

"죽여 버리겠어."

혁민의 머릿속에는 그 생각뿐이었다. 그들이 말한 주소는 일원당에서 그리 멀지 않은 폐교였다. 혁민은 속으로 단이가 무사하길 바라고 또 바랐다. 자신들의 일 때문에 단이가 희생되는 걸 원하지 않았다.

지난번에 김봉수가 영등포를 쳤을 때 갈아엎었어야 했다. 진짜 용서가 안 되는 놈이었다. 혁민이 운전대를 부러뜨릴 것처럼 강하게 잡았다.

혁민은 살면서 이렇게 두려운 적이 없었다. 단이가 위험했다.

혁민 자신이 맞는 것이나 다치는 건 두렵지 않았다. 하지만 단이의 경우 문제가 달랐다. 피가 거꾸로 솟구치는 느낌이었다. 김봉수의 사지를 갈기갈기 찢어놓을 생각이었다.

"죽여 버리겠어."

김봉수가 말한 폐교가 눈앞에 보였다. 산중턱에 있는 폐교 주변엔 인적이라곤 없었다. 하지만 폐교가 된 지 얼마 되지 않아서 주변은 아름다운 경치를 만들어내고 있었다. 지금의 상황과는 아주 달랐다.

폐교의 운동장에는 수십 대의 차량이 주차되어 있었다. 김봉수가 작정을 하고 조무래기들을 데려온 모양이었다.

"미친놈."

그는 이렇게 말을 하며 자신의 벤츠에서 내렸다. 그가 차에서 내리자 학교 안에서 거구의 남자들이 우르르 나왔다.

"김봉수 나오라고 해!"

그가 큰 소리로 말을 하자 김봉수가 그 모습을 드러냈다. 절뚝거리며 걸어 나오는 것이 지난번 단이가 처음으로 납치가 되었을 때 일원당에서 많이 맞고는 다리를 심하게 다친 모양이었다.

그에 앙심을 품고 영등포를 쳤고 그 분이 아직도 풀리지 않아서 단이를 다시 납치한 모양이었다.

"어이, 구 사장 왔나."

대놓고 그를 무시하는 하는 말을 하고 있었다.

"그때 그놈의 다리를 잘라 버렸어야 했는데……."

"왜 그러시나 일원파의 후계자가 이 정도 일에 흔들리면 안 되지."

"좋은 말로 할 때 단이 데리고 나와."

"아, 단이었나? 아주 푹 자고 계시지. 남편이 죽는 장면도 못 보고 말이야."

아주 묵사발을 만들어놓을 것이다. 갈아 마셔도 시원치 않을 소리만 골라서 하는 봉수였다.

"그건 나중에 보면 알겠지."

혁민은 김봉수를 향해 달리기 시작했다.

"막아."

누군가 이렇게 소리를 지르자 김봉수의 부하 수십이 그를 향해 달려들기 시작했다. 혁민의 눈에는 이제 보이는 것이 없었다. 각목을 들고 그에게 달려드는 남자들을 때려눕히고 또 때려눕혔다. 아무리 그의 싸움 실력이 출중하다고 해도 인해전술에는 재간이 없었다.

퍽!

갑자기 등에 불이 붙은 듯 고통이 밀려왔다. 각목으로 등을 맞은 것 같았다. 하지만 지금 이따위 고통은 아무것도 아니었다. 그의 주먹에 김봉수의 부하들이 하나둘씩 쓰러지기 시작했다. 하지만 그에게 덤벼드는 부하들은 끝이 없었다.

"아아악!"

이를 악물고 혁민은 눈앞의 녀석들을 쓰러트렸다. 그리고 정말 기적처럼 그는 그런 그를 웃으며 지켜보고 있는 김봉수의 앞까지 전진했다. 오직 단이를 구한다는 일념하에 혁민은 초인적인 힘을 다하고 있었다.

"혁민 씨!"

그때였다. 단이가 남자들에게 붙들려 김봉수의 옆에 서 있었다.

"단아!"

"혁민 씨, 조심해요!"

단이가 소리를 지름과 동시에 혁민의 머리에 각목이 내리쳐졌다.

"으윽!"

충격으로 인해 혁민이 휘청거렸지만 단이가 놈들에게 잡혀 있는 한 그는 이대로 무너질 수 없었다. 하지만 점점 힘이 빠지고 있었다.

"역시 싸움을 잘해."

김봉수가 그를 놀리듯이 말을 했다.

"그거 알아? 네 와이프가 임신한 거 말이야?"

혁민의 눈이 공포에 질려 있는 단이에게로 향했다.

김봉수가 무언가를 들어 올렸다. 핑크와 블루 컬러의 아기 신발이었다.

"네 새끼들 건가 봐. 하하하."

혁민의 눈이 완전하게 뒤집어졌다. 이제 그 누구도 혁민을 막을 수가 없었다. 그는 자신의 가슴에서 단검을 꺼내 들었다. 아무리 화가 나도 잘 쓰지 않는 검이었다. 이건 다 죽여 버리겠다는 그의 마음이었다.

김봉수의 얼굴이 순간 굳어졌다.

"요즘이 어떤 세상인데 단검……."

김봉수의 옆에 서 있던 남자가 혁민이 던진 단검에 가슴을 맞고는 쓰러졌다.

위기를 느낀 김봉수가 비겁하게 단이의 뒤로 자신의 몸을 피했다. 아주 간사한 놈이었다. 용서할 수 없는 놈이었다.

하지만 밀려드는 놈의 부하들 때문에 더 이상 근접하기는 불가능했다.

"어디 올 테면 와봐. 미친놈. 젊은 놈이 그동안 너무 아버지만 믿고 까불었어."

혁민의 온 신경은 지금 파랗게 질려 있는 단이에게 가 있었다.

"단이야, 조금만 참아."

"네."

"영화 찍냐?"

봉수가 깐족거렸다.

"그런데 구 사장, 진짜 미인을 얻긴 했어. 죽이긴 진짜로 아깝단 말이야."

봉수가 더러운 손으로 단이의 얼굴을 만졌다.

"널 죽여 버리겠어."

혁민은 미친 듯이 주먹을 휘두르며 김봉수를 향해 전진했다.

"이런이런, 아직 상황 파악이 안 됐나 봐."

"헉헉헉."

혁민의 숨이 턱까지 차올랐다. 더 이상 버티는 건 무리였다. 하지만 자신이 죽는다고 해도 반드시 단이는 지킬 것이다. 그때였다.

"사장님."

어디서 많이 듣던 목소리였다. 이 실장이었다. 이 실장이 이렇게 반갑기는 처음이었다. 그리고 이 실장 혼자만 온 것이 아니었다. 구 회장이 직접 부하들을 이끌고 왔다.

"김봉수!"

구 회장의 목소리에 봉수가 파랗게 질린 얼굴이 되어버렸다. 하지만 봉수도 지금 이 상황에서 싸움을 그만둘 수가 없었다.

"여기 왜 왔어?"

아주 정신 줄을 놓았는지 구 회장에게 반말을 한 봉수였다.

"김봉수, 우리 며느리만 놓아주면 살려주겠다."

"웃기지 마."

"내가 웃기다는 소리는 태어나서 처음 듣는군. 난 웃기진 않아. 잔인하긴 하지만 말이야."

"……."

"없애 버려."

구 회장의 말에 김봉수파를 감싸고도 남을 정도로 많은 아버지의 부하들이 봉수파의 사람들을 덮쳐서 빠르게 제압을 했다. 그러는 사이에 혁민은 김봉수에게 천천히 다가갔다.

"더 이상 다가오면 이년은 죽어."

"혁민 씨!"

"조금만 참아."

"지랄들 하지 말고 얼른 길을 터. 안 그러면 이년의 모가지를 따 버릴 거야."

"뜻대로는 안 될 거다."

혁민이 단이를 보며 한 걸음 물러났다. 김봉수의 팔이 단이의 목을 감쌌고 다른 손은 칼을 들어 단이의 목을 겨누고 있었다. 단이 때문에 쉽게 김봉수를 공격하지 못하고 있는 그에게 단이가 기회를 만들어줬다.

"아아악!"

단이가 김봉수의 팔을 야무지게 물었다. 순간 김봉수의 팔이 풀렸고 단이가 그 틈을 이용해서 도망을 쳤다. 혁민은 단이가 떨어지자 김봉수를 공격하기 시작했다. 아직 몸을 회복하지 못한 김봉수라 그런지 그의 한 방에 바닥으로 고꾸라졌다.

혁민의 두 눈에서 살기가 뿜어져 나오기 시작했다.

"넌 오늘 살아 돌아가기 힘들 거야."

"히히히히."

김봉수가 미친놈처럼 웃기 시작했다.

"태어난 걸 후회하게 해주겠어."

혁민은 김봉수의 멱살을 잡고는 그대로 주먹으로 얼굴을 가격하기 시작했다. 혁민의 주먹이 얼마나 센지 그의 얼굴을 치자 코뼈가 내려앉고 왼쪽 광대뼈가 함몰이 된 김봉수였다. 얼굴이 부어서 이게 김봉수인지 누군지 알 수가 없었다.

혁민은 거의 죽일 듯이 김봉수를 패기 시작했다. 그사이에 김봉수의 부하들은 일망타진되었다.

"그만."

아버지의 목소리가 뒤에서 들렸다.

"저 녀석 떼어내."

아버지의 명령에 여러 명의 부하가 달려들어 혁민을 떼어놓았다.

"저리 안 비켜?"

그가 소리를 쳤지만 부하들은 기어이 그를 김봉수에게서 떼어놓았다. 그때 단이가 그에게 달려들어 안겼다.

"괜찮아요?"

"응, 단이는?"

"나도 괜찮아요. 당신이 죽는 줄 알고 얼마나 무서웠는지 몰라요. 우리 아기 얘기도 못 해줬는데 당신이 김봉수에게 당할까 봐 무서웠어요. 흑흑흑."

"이젠 괜찮아."

"피가 나요."

단이가 자신의 속치마를 찢어 그의 손에 감기 시작했다. 지독한 직업병은 단이에게도 있었다.

"병원에 가야 해요."

"단이부터 가야지."

"알았으니 같이 가요."

그들이 이렇게 하는 사이에 구 회장이 아까 김봉수가 섰던 교단에 서 있었다. 아버지가 이렇게 멋져 보이는 건 처음이었다.

"김봉수, 내가 그렇게 기회를 줬는데 아직도 정신을 못 차렸나?

애들 몇 명 데리고 있으니 세상을 다 가진 걸로 보이지?"

"……."

김봉수는 고개를 떨구고 있었다. 혁민은 아버지가 김봉수를 어떻게 처리할지 알았다. 아주 잔혹한 방법으로 다시는 이 세계에 발을 붙이지 못하도록 할 것이었다. 혁민은 자신의 차에 단이를 태우고 그곳을 빠르게 빠져나왔다. 단이와 아기가 잔혹한 장면을 보지 못하게 하기 위해서였다.

단이는 아직도 몸을 바들바들 떨고 있어서 걱정이었다. 그는 운전을 하면서도 단이의 손을 꽉 잡았다. 오늘 그는 자신의 모든 걸 잃을 뻔했다.

혁민에게 단이는 그런 존재가 되어 있었다.

전주의 종합병원 VIP실에 단이와 구 사장이 나란히 누워 있었다. 단이는 수액을 맞았고 임신을 했기 때문에 다른 처방이 없었다. 다만 아기에게 무슨 일이 있을까 해서 종합적인 검사를 했고 구 사장도 치료를 받았다.

구 사장이 싸울 때는 못 느껴서 그렇지 많이 다친 상태였다. 병원의 의사들이 깜짝 놀랄 정도였다. 하지만 이 실장이 뒤처리를 하는 바람에 언론이나 경찰들은 알지 못했다. 그 사실이 단이는 놀라웠다. 이들의 세계는 일반적인 세계와는 확실하게 달랐다.

단이는 침대에서 일어나 구 사장의 침대맡으로 가서 조용히 앉았다. 언제나 강해 보이던 사람이었는데 단이는 오늘 구 사장의 눈에서 두려움을 보았다. 그녀를 잃을까 두려웠던 것이었다.

"미안해요."

그녀 때문에 죽을 뻔한 구 사장이었다. 눈물이 단이의 얼굴을 타고 흘러내렸다. 그리고 그의 상처투성이인 얼굴을 부드러운 손으로 쓸어내렸다.

"당신에겐 매번 이런 일이 일어나는 건가요? 그럴 때마다 난 아무것도 할 수가 없겠죠?"

"……."

구 사장은 눈을 감고 있었다. 잠들어 있는 모습이 편안해 보였다.

"있잖아요, 난 당신이 이러는 거 싫어요. 이제는 안 그랬으면 해요. 난 우리 아기와 같이 부자는 아니어도 행복하게 살았으면 좋겠어요. 돈도 싫고 명예도 싫어요. 모든 것을 가지고 불안에 떨며 사느니 가난하지만 행복하게 살고 싶어요."

"……."

"사랑해요. 당신을 처음 본 순간부터는 아니었지만 당신을 만날수록 이런 마음이 더 강해지는 것 같아요. 이제는 매일매일 말해줄게요. 사랑해요."

이렇게 말하면 되는 것을 자존심 때문에 말하지 않았다. 먼저 말하면 되는데 그가 말하지 않았기 때문에 그녀는 자신의 마음을 먼저 고백할 생각을 하지 못했다.

"이렇게 시원한 걸 진작 말할 걸 그랬어요. 당신이 사라지면 말하고 싶어도 못 하는데 말이에요."

"……."

"사랑해요. 태어나서 처음으로 느낀 감정이라 어떻게 표현할지 몰랐는데 이제는 열심히 표현할게요."

단이는 그의 찢어지고 부은 손을 살며시 잡았다가 놓았다. 언제쯤이면 부드럽지는 않지만 상처가 없는 손을 만질 수 있을까? 단이는 마음이 아파 그의 손을 슬며시 자신의 얼굴에 댔다.

"나도 사랑해."

그녀의 움직임에 그가 깬 모양이었다.

"……."

"사랑한다고."

그의 목소리가 잠겨 있었다.

"혁민 씨."

"우리 아이와 당신을 지키기 위해서라면 난 죽어도 좋아."

"그런 건 싫어요. 우리가 행복하려면 반드시 당신이 필요하다고요. 알아요?"

단이는 그의 말에 화가 났다. 이렇게 자기 자신을 막 대하는 사람은 처음 보았다. 죽어도 좋다는 말을 이렇게 함부로 쓰는 사람은 싫었다.

"사랑하는 사람을 먼저 보내는 게 얼마나 슬픈 일인지 알잖아요. 나도 부모님을 먼저 하늘로 보내고 당신도 어머님을 먼저 보내놓고 어떻게 우리 아기가 듣는데 죽겠다는 소리를 해요?"

"허, 지금 화내는 거야?"

"네, 화나요. 어쩜 그렇게 무모하죠? 또 그랬다가는 진짜 안 참아요."

"사랑한다며?"

"사랑이고 뭐고 또 한 번만 그렇게 해요."

"……."

단이의 눈에서 눈물이 쉴 새 없이 흘러나왔다.

"그땐 진짜 안 참을 거야."

탁탁탁.

단이가 그의 가슴을 주먹으로 쳤다.

"윽!"

그가 아픈지 가슴을 움켜쥐었다.

"미안해요."

단이가 당황해서 그의 가슴을 손으로 문지르자 그가 단이의 손을 잡았다.

"내가 얼마나 무서웠는데 당신이 그놈들에게 맞아 죽을까 봐 얼마나 두려웠는데……."

"단이야."

"또 그럴 거면 이름도 부르지 말아요."

"하하하."

그녀는 화가 나 있는데 그는 웃고 있었다.

"구혁민!"

"점점."

단이의 손을 잡아 그가 자신의 품에 안았다. 다행히도 그는 여전히 힘이 셌다.

"이젠 안 그럴게."

"고마워요."

"그래도 난 보스의 삶을 살아야 해."

"알아요. 그래도 직접 그렇게 싸우지는 말아요."

"알았어. 어디 우리 아기 좀 만져 볼까?"

그가 단이를 세우더니 단이의 배에 손을 가만히 가져다 댔다.

"지금은 손가락보다 작아요."

"그래?"

단이는 따뜻한 미소를 지으며 그를 쳐다보았다.

"사랑해. 그리고 평생 잘할게."

거친 남자의 부드러운 표현이었다. 그는 달라지려고 노력할 것이다. 그게 일원당의 남자들이었다. 단이는 조용히 그의 침대에 나란히 누웠다.

"많이 아프죠?"

"응."

"어디가 제일 아파요?"

그가 자신의 심장에 단이의 손을 가져다 댔다.

"여기가 제일 아파."

"의사 부를까요?"

"아니, 의사도 못 고쳐."

"……."

"심장이 요즘 단이 때문에 많이 아파."

알고 보니 완전히 버터맨이었다.

"느끼해요."

"내가 사랑고백을 하는데 느끼해?"

"네, 아주 많이요."

"앞으론 더할 거야."

"알았어요. 앞으론 마음의 준비를 단단히 하고 들을게요. 사랑해요."

"나는 더 사랑해."

그들은 서로 링거를 꽂은 채로 서로를 안고 있었다. 남들이 보면 웃길 수 있지만 그들은 지금 아주 행복했다. 그리고 이런 그들의 행복은 앞으로도 계속될 것이었다. 김단 인생의 최고의 선물이 그녀의 품 안에 있었다.

에필로그

일원당이 전통 혼례식장으로 바뀌었다. 마치 드라마 속의 세트장을 방불케 꾸며진 이곳에 모처럼 사람들로 북적이고 있었다. 신랑 신부가 가마를 타고 등장을 할 때는 사람들의 박수 소리와 함성이 일원당을 울렸다.

전주에 내려온 지 6년 만에 일원당에 경사가 생긴 것이었다. 전통식으로 신부는 연지곤지를 찍고 예쁜 한복을 입고 신랑 앞에 수줍게 서 있었다.

처음엔 1월 1일로 하려고 했지만 아들의 얼굴이 거의 걸레가 되어버려서 한 달을 미루었다. 2월의 날씨가 제법 추웠지만 행복한 날이니만큼 모두의 마음이 추위를 녹이고 있었다. 구 회장의 옆에는 한 집사가 앉아 있었다.

조카의 결혼식에서 어찌나 우는지 구 회장이 손수건을 건넸다. 양쪽 다 어머니가 없다 보니 보기가 안 좋았다.

"한 집사는 왜 결혼을 안 했나?"

"네?"

뜬금없는 그의 말에 한 집사가 당황했다.

"둘 다 여자가 없으니 그림이 안 좋아."

그의 말에 한 집사가 그제야 미소를 띠었다.

"그래도 한쪽만 있는 것보다는 낫지 않습니까? 공평하게."

그건 또 한 집사의 말이 맞는 것 같았다.

"봄날은 저기 도훈 씨 같은데요?"

도훈의 옆에서 김 여사가 손으로 입을 가리며 웃고 있었다.

"저놈은 말하지 말고."

"네."

여전히 도훈이 얄밉기는 하지만 같이 늙어가는 처지에 지난 일은 어느 정도 가슴에서 정리가 되어 있었다. 그리고 도훈이 김 여사와 남은 여생을 행복하게 지내길 바라는 마음이었다.

"제가 태몽을 꾸었습니다."

"무슨."

"용이 하늘로 날아오르는 꿈이었습니다. 그것도 백룡이 말입니다. 그런데 꿈이 어찌나 생생하던지 태몽인지도 모르고 로또를 십만 원어치나 샀지 뭡니까?"

"그래서?"

"오천 원짜리 두 개 맞았습니다."

"허허허, 도박도 하나?"

"처음입니다. 다시는 안 하려고요."

"우리 단이가 로또지."

구 회장은 한 집사의 이야기에 웃음을 터트렸다. 단이는 임산부 같지 않게 편해 보였다. 입덧도 없고 음식도 잘 먹었다.

"좋은 꿈입니다."

일원당에 아이들의 웃음소리가 끊이지 않을 것 같았다. 그 생각만으로도 기분이 좋은 창진이었다.

"내가 사람 보는 눈은 좀 있지."

그의 말에 한 집사가 의미심장한 미소를 지었다. 그 미소에 창진도 의미 있는 미소를 지었다. 이 결혼의 비밀은 둘만이 알고 있었다. 아니, 얄미운 도훈이 녀석 이렇게 셋만이 알고 있는 이야기였다.

사실, 단이는 그가 고른 며느리였다. 그걸 아이들은 모르고 있었다. 이 생각을 하자 그의 입가에 뿌듯한 미소가 걸렸다. 이건 다 그가 꾸민 일이었다. 일생일대의 아들을 위한 프로젝트이자 그의 선물이었다.

6개월 전.

덜컹!

"아이씨."

"죄송합니다."

세상 불만을 다 가지고 있는 구창진의 하루가 오늘도 시작이 되었다. 예전에는 그렇지 않았는데 마누라가 죽고 나서부터 짜증이 심해지더니 몸이 안 좋아지고 나서는 살짝만 건드려도 폭발을 하는 그였다.

만사가 귀찮았고 짜증이었다. 도훈이 휠체어를 끌고 연못가를 거닐었다. 둘은 언제나처럼 말이 없었고 창진은 햇빛이 비치는 게 짜증나 있었다.

"내일부터는 휠체어에 양산 달아. 아니다. 나오지 마."

"그래도 산책은……."

"시끄러."

그때였다. 그의 앞에는 한 집사가 뭔가 바쁜 일이 있는지 그가 오는 줄도 모르고 전화통화를 하고 있었다. 한소리를 할까 하다가 창진은 도훈에게 멈추라는 손짓을 했다.

"어, 단이니? 집에는 잘 도착했어? 삼촌이 일 때문에 나와 있어서 마음이 걸리는구나."

그렇게 통화를 하다가 창진을 발견한 한 집사가 전화를 황급히 끊고는 그에게 구십도로 인사를 했다. 일원당의 모든 사람이 그의 눈치를 봤다.

"누구야?"

전화통화를 하는데 다른 때 같으면 무시할 텐데 오늘은 자신이 생각해도 이상하게 한 집사에게 누구냐고 물었다.

"제 조캅니다."

"조카?"

"네."

한 집사의 조카에 대한 이야기는 일원당에서 유명했다. 여동생이 죽자 그녀의 딸을 결혼도 안 한 한 집사가 클 때까지 키웠다는 이야기를 들은 적이 있었다. 굉장한 미인이라는 소리도 들었고 유명한 집안으로 시집을 아주 잘 갔다는 말도 들었었다.

"조카가 왜?"

"그게 좀……."

머뭇거리는 폼이 무슨 일이 있는 것 같았다.

"왜?"

"이혼을 했습니다. 좀 쉬려고 서울에서 제가 있는 곳으로 오겠답니다."

"그래?"

"네."

"간호사라고?"

오늘따라 이런저런 이야기를 묻는 창진에게 한 집사는 좀 당황한 듯한 모습을 보였다.

"왜 물으십니까?"

"아니야."

그는 이렇게 말을 하고는 커피를 마시기 위해 본당으로 향했다. 커피를 마시는 동안 그의 아들이 그의 옆을 지나쳤다.

"출근하냐?"

"네."

둘은 거의 대화가 없었다. 남자 둘이서 하는 이야기라 봐야 일원당 이야기가 전부였다.

"여자친구는 ?"

"네?"

뜬금없는 그의 질문에 혁민이 놀랐는지 되물었다.

"여자 없어?"

"없습니다."

"멀쩡하게 생긴 놈이 왜 여자가 없어?"

자신이 봐도 아들 혁민은 잘생긴 놈이었다. 또 몸은 얼마나 좋은지 몰랐다. 그런데 바보같이 여자 하나가 없었다. 바보라기보다는 그놈의 결벽증 때문에 여자를 멀리한다고 이 실장에게 전해 들은 기억이 있었다.

"바빠서요."

아들은 이 말만을 남기고는 재빠르게 본당을 빠져나갔다.

"쟤 진짜 여자 하나 안 만나?"

"여자를 안 만나는 게 아니라 못 만나는 게 아닌가라는 생각이 듭니다."

도훈이 작심을 한 듯 말했다.

"왜?"

"결벽증이 날이 갈수록 너무 심해져서 구 사장님 방 청소를 하루에만 3번 합니다."

"뭐? 잠만 자는 녀석의 방을 세 번이나 뭣 하러 청소를 해?"

"안 그러면 불호령 떨어집니다."

"여자가 더러워서 안 만난다고?"

"뭐 그럴 가능성도 있다는 말씀입니다."

"에잇!"

그가 티슈통을 도훈에게 집어 던졌다.

"못난 놈."

그날로부터 창진의 머릿속엔 온통 아들의 장가 생각뿐이었다.

언제쯤 이 녀석을 보내면 좋을지 누가 좋을지 도훈에게 몰래 조사하도록 시켰고 아가씨들의 명단이 점차 좁혀지고 있었다. 재벌가의 딸부터 교육자 집안의 딸까지 모두가 아름답고 스펙들이 화려한 아가씨들이었다.

"누가 제일 나아 보여?"

"글쎄요. 도련님의 강한 성격을 받아들일 만한 여자가 있을까요? 다 귀하게 자랐는데……."

"뭐?"

화는 냈지만 그 말을 반박할 수는 없었다. 그렇게 한 달의 시간이 흘렀고 구 사장은 그동안 계속해서 그의 머릿속에 남아 있었다.

처음엔 재벌집의 딸들을 생각했지만 다들 혁민의 강한 성격을 견디지 못할 것 같았다. 뻔했다. 한두 번 만나다가 두 손 두 발을 다 들 게 분명했다.

"그리고 요양사가 내일부터 출근을 못 하겠다고……."

"뭐?"

"그래도 이번엔 도망가지 않고 자기 입으로 오늘까지만 한다고 하더라고요."

"다 필요 없어."

"그래도 제대로 관리를 받으시려면……."

갑자기 창진의 머리에 한 집사의 조카가 떠올랐다.

"한 집사 불러."

"네."

그의 말에 도훈이 빠르게 대답을 하고는 한 집사를 데리고 왔다.

"한 집사."

"네."

"조카가 간호사라고?"

"그렇습니다만."

갑작스럽게 조카에 대한 얘기를 하자 한 집사의 얼굴이 굳어졌다.

"내 요양사로 오면 어때? 3개월 후에 김 여사가 오지만 난 한 집사 조카가 김 여사가 오기 전까지 날 봐줬으면 하는데."

"그게 지금 이혼의 상처를 받은 아이라서……."

"어차피 집에 있으면 더 괴로운 법이야. 일을 해야지."

"……."

"내일부터 당장에 출근하라고 해."

그렇게 단이는 그의 집에 오게 되었다. 처음엔 그저 요양사로만 봤는데 옆에서 찬찬히 보니 단이라는 아이가 굉장히 괜찮은 아이라는 생각이 들었다. 그의 까다로운 성격에 맞출 수 있다면 당연히 아들의 성격도 맞출 수 있을 거란 판단에서였다. 그의 생각은 맞아떨어졌고 단이는 정말로 마음에 쏙 드는 아이였다.

그는 이래저래 심술을 부리며 단이를 자극했지만 단이는 잘도 피해 나갔다. 간호사로서도 그리고 인간적으로도 훌륭한 아이였다.

그리고 단이가 이 집에 들어온 지 2주 차에 그는 한 집사를 불렀다.

"한 집사, 단도직입적으로 내가 말을 하지. 단이를 내게 주게."

"네? 구 회장님께요?"

단이를 그의 첩으로 들인다고 생각한 모양이었다.

"아니, 우리 구 사장 짝으로 말이야."

"싫습니다."

너무나 간단히 그리고 빠르게 한 집사가 거절을 했다.

"이게 아닌데……."

그의 말에 구 회장이 어리둥절해했다.

"그러니까 회장님 말씀은 우리 구 사장님이 조금 부족하지만 단이 같은 아가씨와 평생을 같이한다면 사람이 되지 않겠냐는 얘깁니다."

"그렇지."

도훈이 자신의 말을 잘 전달해 주었다.

"하지만……."

"하지만은 무슨. 그렇게 알고 있어. 일은 내가 추진할 테니까."

구 회장은 그렇게 말을 하며 아들과 단이를 엮어주기 위해 노력했고 아들 녀석이 생각보다 너무 쉽게 넘어와 버렸다.

매일 밤 도둑처럼 단이의 방에 들락거리던 녀석을 생각하자 웃음이 터져 나왔다. 하지만 결정적인 건 아들이 섹스만 즐길 줄 알았지 단이와 결혼은 생각지도 않았던 것이었다.

그래서 그는 사람을 고용해서 단이와 아들의 사진을 찍도록 했다. 그래서 얻은 사진이 카섹스 사진이었다.

그걸 아는 기자에게 풀고 때를 기다렸다. 그래도 아들 입에서 결혼이란 말이 튀어나오지 않아서 그가 억지로 결혼 이야기를 꺼내게 만들었다. 지금 생각해 보면 다 그의 뛰어난 작전 때문인 것이었다.

옆의 한 집사도 그를 돕기는 했지만 창진은 이번 결혼의 공로자는 자신이라고 자신있게 말할 수 있었다.

"신랑신부 하객에게 인사."

잠시 생각에 잠겨 있던 그의 정신이 사회자 때문에 번쩍 들었다.

"예쁘죠?"

한 집사가 눈물을 훌쩍이고 있었다.

"울긴 왜 울어."

그러는 자신의 목소리도 갈라지고 있었다. 친영례부터 성혼례까지 모든 예식이 끝이 나고 신랑신부가 옷을 갈아입으러 들어간 사이에 그가 한 집사를 조용히 불렀다. 그리고 그에게 뭔가를 주었다.

"이게 뭡니까?"

"이건 한 집사 퇴직금이야."

"네?"

단이가 집으로 들어오자 한 집사는 집을 나가기로 마음을 먹고 사직서를 냈다. 조카와 한집에 있으면 조카가 불편해할까 봐 내린 결론인 것 같았다.

"그리고 이거."

"이건 또 뭡니까?"

"이건 단이에게 줘."

한 집사가 단이의 것을 풀어보았다.

"일십백천만……."

"10억이야. 단이가 쓰고 싶은 거 있으면 우리 혁민이 눈치 보지 말고 쓰라고 해."

"회장님."

"단이는 이런 대접을 받아도 돼."

"감사합니다."

한 집사가 감동을 받았는지 또 울었다. 남자가 나이가 들면 여성호르몬이 넘치는 것 같았다.

"이거 그만두고 나서 매일 우는 거 아냐?"

"아닙니다."

한 집사가 얼른 눈물을 닦았다.

"이제 그만두니까 말인데요. 우리 단이를 일원당 식구들이 뭐라고 부르는지 아십니까?"

"몰라."

"악마의 선물이라고 합니다."

악마는 그의 별명이었다.

"악마가 자신의 아들에게 준 선물이죠."

"하하하."

잘못 들으면 기분이 좋지 않을 수 있었지만 생각해 보면 아주 딱 들어맞는 말이었다.

"난 착한 악마야."

"……."

"도훈아, 그렇지?"

옆에서 듣고 있던 도훈이 답을 하지 못했다.

"못 합니다."

요즘 들어 부쩍 기어오르는 도훈이었다. 하지만 오늘은 굉장히 행복한 날이니 창진은 한번 눈감아주기로 했다.

누가 뭐라고 해도 오늘은 그의 인생 최고로 행복한 날이었다.

촛불 아래에 주안상이 차려져 있고 원앙금침 옆에는 그의 신부가 다소곳이 앉아 있었다. 연지곤지 찍은 모습은 아니었지만 혁민의 정신을 쏙 빼놓고 있는 속이 다 비치는 한복을 입고 있는 단이었다.

"이런 옷은 어디서 사는 거지?"

"이상하죠?"

단이도 머쓱했는지 그를 보며 말했다.

"아니, 너무 섹시해. 당장 안고 싶어."

"진짜요?"

"응."

그가 단이의 옆으로 다가가서 다정하게 안아주었다.

"이렇게 결혼을 하고 나니 다 꿈만 같아요."

"나도 그래."

정신없이 하루가 흘렀다. 단이가 옆에 있는데도 단이의 손 한번 못 잡아본 하루였다. 그는 단이의 얼굴을 들어 부드럽게 입을 맞추었다. 거칠게 뜨거운 사랑을 하고 싶었지만 뱃속의 아이 때문에 요즘은 어울리지 않게 조심스러운 섹스를 하고 있었다.

단이의 저고리를 벗기자 혁민은 숨을 훅하고 들이마셨다. 그녀의 터질 듯한 가슴이 반쯤 치마 위로 올라와 있는데 미칠 것같이 섹시하게 보였다.

"한복이 이렇게 야한 옷인지 몰랐어."

"저도요."

"매일 밤 이렇게 입어주면 안 될까?"

"원해요?"

"응."

단이가 부드럽게 웃었다. 단이의 미소를 보고 있으면 얼었던 마음이 다 녹아내리는 것 같았다. 그가 치마의 끈을 풀자 치마가 단이의 몸을 타고 흘러내리면서 아름다운 알몸의 단이가 앉아 있었다.

"오늘 아주 날 죽일 셈이군."

단이가 얼굴에 화사한 미소를 지었다.

"다른 놈들에게 이런 미소를 보이면 안 돼."

"네."

단이의 앵두 같은 입술 위로 자신의 입술을 내리며 그는 세상에서 가장 행복한 사내가 되었다. 오늘따라 유난히 달빛이 밝았다.

혁민은 단이를 품에 안고 밝은 보름달을 보며 맹세했다.

"달이 하나이듯이 앞으로 나에게 여자는 김단 하나뿐이야."

"저도요."

둘은 약속이라도 한 것처럼 서로의 입술을 부딪쳤다. 사랑하는 마음을 가득 담아서.

- 끝 -